La maîtresse du comte

Noces orientales

CHRISTINA HOLLIS

La maîtresse du comte

Traduction française de
DIANE LEJEUNE

DIADÈME

HARLEQUIN

Titre original :
THE COUNT OF CASTELFINO

Ce roman a déjà été publié en 2010

HARPERCOLLINS FRANCE
83-85, boulevard Vincent-Auriol, 75646 PARIS CEDEX 13
Service Lectrices — Tél. : 01 45 82 47 47 - www.harlequin.fr
ISBN 978-2-2804-8828-0

Composé et édité par HarperCollins France.
Imprimé en mars 2023 par CPI Black Print (Barcelone)
en utilisant 100% d'électricité renouvelable.
Dépôt légal : avril 2023.

FSC www.fsc.org MIXTE Papier issu de sources responsables FSC® C159065

Pour limiter l'empreinte environnementale de ses livres, HarperCollins France s'engage à n'utiliser que du papier fabriqué à partir de bois provenant de forêts gérées durablement et de manière responsable.

Prologue

Sourire aux lèvres, Meg remercia silencieusement sa bonne étoile. Sa participation aux célèbres Floralies de Chelsea constituait une occasion exceptionnelle de donner un coup de pouce à ses affaires. Les grands de ce monde accouraient de l'autre bout de la planète pour cet événement, et ses compositions de fleurs tropicales connaissaient toujours un succès retentissant auprès de cette clientèle fortunée.

Soudain, un mouvement dans la foule attira son attention. Un homme au physique imposant se frayait un chemin parmi les stars de cinéma et les magnats des affaires, dispensant poignées de main et sourires comme s'il était le propriétaire des lieux. Grand, musclé, la démarche élégante, il portait le smoking avec un naturel évident. Meg ne pouvait détacher son regard de ce fascinant visage au sourire ravageur. Comme elle aurait aimé elle aussi faire partie de son cercle d'intimes !

Mais bientôt, la foule d'admirateurs se referma sur lui et, privée de cette délicieuse vision, Meg baissa les yeux, prenant une longue inspiration, enivrée par le parfum des milliers de fleurs alentour. Elle aurait donné cher pour obtenir elle aussi une petite seconde de son attention.

Mais elle n'avait pas le temps de se laisser aller à rêver : elle avait du travail ! Elle releva la tête avec détermination, mais s'immobilisa net. L'objet de ses fantasmes avançait droit sur elle, un sourire aux lèvres, cherchant visiblement à attirer son attention. Et il l'obtint sur-le-champ.

— *Buona sera, signorina!* la salua-t-il dans un italien chantant. Je cherche un cadeau original pour quelqu'un de… *spécial*. On m'a dit que cette plante me garantirait le succès…

Il sortit de sa poche un petit carnet, l'ouvrit en fronçant les sourcils puis posa de nouveau sur elle son regard perçant.

— Dites-moi, parvenez-vous à déchiffrer cette écriture ? lui demanda-t-il avec un sourire irrésistible, sans pour autant tendre le carnet vers elle pour lui faciliter la tâche.

Ce serait probablement sa seule occasion de s'approcher de lui, songea Megan avec un frémissement d'appréhension. Elle hésita un instant avant de contourner son stand pour venir à ses côtés. Luttant contre la timidité, elle ne put s'empêcher de constater combien, de près, son charme et sa virilité décuplaient. Costume impeccable, parfum discret et luxueux, Rolex luisante sur sa peau cuivrée : la perfection faite mâle. Elle retint un soupir d'aise et tâcha de se concentrer sur la page que l'homme lui indiquait d'un doigt fin et soigné. Le reste de son corps était-il aussi parfait ? se demanda-t-elle, parcourue d'une soudaine onde d'excitation. Elle s'approcha encore un peu, consciente qu'il s'agissait là d'un moment aussi unique qu'éphémère, et qu'il fallait le prolonger aussi longtemps que possible. Car d'ici quelques instants, cet homme rêvé disparaîtrait de sa vie aussi rapidement qu'il y était entré.

Un autre effluve de son enivrant parfum lui parvint aux narines, et elle en inspira une longue bouffée, s'efforçant de faire passer cela pour un signe de concentration.

— C'est un croisement très rare, monsieur, annonça-t-elle

enfin, se redressant à regret. La pépinière de ma famille est la seule à cultiver cette orchidée.

Le sourire satisfait qu'il lui adressa la fit fondre davantage. Il se pencha vers elle avec une expression pleine de malice.

— Ce que je tiens à savoir, c'est si les femmes aiment cette fleur ?

— Elles… elles l'adorent, monsieur ! balbutia-t-elle avec un petit rire incontrôlable. Nos orchidées sont le cadeau idéal à faire à une femme.

— Et à *plusieurs* femmes ?

Meg s'efforça de ne pas relever sa remarque. Trop de gens comptaient sur elle pour qu'elle se laisse étourdir par les insinuations grivoises d'un inconnu. Elle se ressaisit et se tourna vers les compositions florales qui égayaient son stand de leurs couleurs chatoyantes. Elle en était si fière qu'elle ne put s'empêcher de sourire en les désignant.

— Elles seront parfaites… On les surnomme souvent « belles danseuses ». Vous laisseriez-vous tenter, monsieur ?

Son mystérieux interlocuteur pencha la tête de côté avec une expression amusée.

— Ça dépend… Vous dansez ?

Meg laissa échapper un petit rire nerveux. Elle qui d'habitude se montrait si sérieuse en affaires se sentait ce soir d'une incroyable légèreté en compagnie de cet homme. Oui, quelque chose dans son regard éveillait en elle un étrange bien-être.

Déstabilisée, elle baissa de nouveau les yeux sur ses plantes.

— Oh, je n'ai pas vraiment le temps pour ça. La pépinière exige une attention de tous les instants, et…

— Un travail admirable, l'interrompit-il avec un regard entendu. Tout est absolument magnifique.

— Merci ! répondit Meg, dont le plaisir lui fit un instant oublier sa timidité.

Elle s'aperçut alors qu'il ne regardait pas ses plantes, mais elle. Aussitôt, elle sentit une douce chaleur l'envahir et colorer ses joues.

— Je vous en achète une dizaine, reprit l'homme. Envoyez-les à mon appartement de Mayfair. Cela devrait calmer les ardeurs de mes belles pour quelques jours. Je m'appelle Gianni Bellini. Merci pour ces quelques minutes passées en votre charmante compagnie. Voici ce que je vous dois, et ma carte.

Il s'empara de son portefeuille, y prit une liasse de billets et sa carte de visite puis les lui tendit, le regard éclairé d'une lueur suggestive. Meg sentait déjà ses joues s'empourprer davantage, lorsqu'il lui saisit la main d'un geste sûr pour y déposer un baiser d'une incroyable douceur. Elle manqua de défaillir sur place.

— Eh bien, à très bientôt, sans doute, *bella*…

Et sans attendre sa réponse, il lui lâcha la main avant de tourner les talons pour disparaître dans la foule.

Chapitre 1

Meg se réveilla en sursaut, et il lui fallut quelques secondes pour se souvenir qu'elle se trouvait à trente mille pieds au-dessus du sol, dans l'avion qui la menait vers la villa Castelfino, en Toscane. Beaucoup de choses avaient eu lieu depuis les Floralies de Chelsea, mais la vision de Gianni Bellini n'avait cessé de la hanter depuis, et seule la pensée de démarrer ce nouveau travail à la villa parvenait à la distraire de ses troublantes rêveries. Le comte de Castelfino lui avait en effet proposé le poste de conservatrice en chef des plantes exotiques du domaine. Après plusieurs allers-retours en Italie, elle avait fini par accepter. C'était la chance de sa vie, mais malgré son excitation, elle ressentait une grande nervosité à l'idée de vivre aussi loin de sa famille, qui avait tant besoin d'elle.

L'esprit encore embrumé de sommeil, elle descendit de l'appareil, soulagée de savoir que Franco, le chauffeur du comte, l'attendrait comme d'habitude dans le hall de l'aéroport. Mais son soulagement fut de courte durée : il n'était pas à l'endroit indiqué.

Qu'est-ce que cela signifiait ? se demanda-t-elle non sans éprouver une étrange appréhension. Y avait-il eu un problème à la villa ? Elle avait suffisamment parlé avec le vieux comte pour savoir que ce dernier ne s'entendait pas avec son fils. Meg, elle-même, n'avait jamais rencontré *il ragazzo*, comme le père surnommait son héritier avec un certain dédain, et rien ne lui donnait envie de le connaître. Le comte de Castelfino chérissait son domaine, avec ses paysages grandioses, ses chênes centenaires et ses vastes étendues de fleurs sauvages. Mais son fils voulait passer à la monoculture et faire pousser des vignes à perte de vue. Quant à la chère collection de plantes exotiques du comte... Père et fils se livraient un combat où deux mondes s'opposaient. Celui de la beauté et celui des affaires. Et l'ambition du fils menaçait à chaque instant de détruire la noble passion du vieil homme.

Lasse d'attendre Franco, Meg entassa ses bagages sur un chariot et, maugréant à voix basse, se dirigea vers la file des taxis. Quand elle fut montée dans l'un d'eux, le chauffeur lut l'adresse qu'elle lui tendit et lui adressa une longue tirade en italien. Son vocabulaire se limitant à quelques phrases glanées çà et là durant ses brefs séjours, elle esquissa un faible sourire sans rien comprendre et s'assit sans mot dire sur la banquette arrière.

Inconsciemment, ses pensées allèrent, une fois de plus, vers Gianni. Où était-il en ce moment ? Que faisait-il ? A lui, on ne posait certainement pas de lapin dans un aéroport ! songea-t-elle en l'imaginant entouré de belles créatures toutes plus empressées les unes que les autres de voler à son secours. Elle laissa échapper un soupir. Il allait sans dire qu'il était fort improbable qu'elle le revoie un jour, sauf si elle persuadait le vieux comte d'exposer ses fleurs lors d'un festival horticole à Londres. Elle visualisa un instant Gianni Bellini, devant son stand, en quête de spécimens rares pour gâter son harem.

Pas étonnant qu'il ait autant de filles à ses pieds, songea-t-elle avec amertume. Son sourire avait provoqué chez elle des ravages tenaces. Pourtant, elle savait d'instinct qu'elle devait se tenir loin des hommes comme lui. Mais rien ne l'empêchait de fantasmer, se dit-elle avec un petit sourire. Car dans ses rêves, elle pouvait imaginer ce qu'elle voulait…

Gianni contempla d'un regard vide les bouteilles de liqueur qui s'alignaient devant lui. Il savait que noyer ses soucis dans l'alcool ne résoudrait rien, au contraire. Cela ne ferait qu'aggraver son état, déjà affaibli par tant de nuits sans sommeil. Sans parler de son image, qu'il savait déjà mauvaise, auprès du personnel dont il était désormais responsable. Il décida donc de s'abstenir.

A peine vingt-quatre heures de sa nouvelle vie venaient de s'écouler, et il n'arrivait toujours pas à prendre toute la mesure de l'événement. Pourtant, d'aussi loin qu'il s'en souvienne, il savait que sa destinée le rattraperait un jour. Ainsi, agacé par cette voie toute tracée, il avait cultivé son autonomie avec acharnement afin de ne pas dépendre de cet héritage forcé, et s'était forgé de son côté une brillante carrière. Jusqu'ici, la vigne qui assurait sa fortune personnelle n'avait couvert qu'une infime partie du domaine de Castelfino. Désormais, cela allait changer. Car il n'avait qu'une obsession : faire connaître son vignoble dans le monde entier. Et maintenant qu'il avait hérité du domaine paternel, rien ne pouvait l'arrêter.

Derrière la fenêtre du boudoir, il aperçut une spirale de poussière se former au bout du sentier qui menait à la villa. Une voiture approchait. Il poussa un soupir irrité. Il ne se sentait certainement pas d'humeur à recevoir de la visite aujourd'hui. Malheureusement, fatigué ou pas, il se devait de recevoir dignement les visiteurs venus rendre un dernier hommage à son défunt père. Il ferma les paupières, concentré sur les formules de remerciement à prononcer en cette circonstance, puis, le corps ankylosé par le manque de sommeil, se leva lentement de son siège pour traverser la pièce et sortir sur la terrasse.

Dans l'air brûlant de cette journée toscane, pas une feuille ne remuait. Au loin, un oiseau lança sa complainte, bientôt couverte par le bruit du moteur qui se rapprochait. Gianni entendit le véhicule s'immobiliser devant le porche de la villa, et se retourna enfin. Le chauffeur sortit de la voiture, lui adressa une révérence obséquieuse, et alla vers le coffre pour en extraire une pile de bagages, sous le regard médusé de Gianni.

La porte arrière du taxi s'ouvrit enfin, et son étonnement décupla. La plus belle des créatures posa pied à terre. Sa jupe, remontée durant le trajet, découvrait des jambes fines et galbées. En se redressant, la mystérieuse visiteuse secoua sa chevelure, dont le blond cendré s'illumina dans la lumière estivale.

Jurant à mi-voix, il se détourna de cette vision. Malgré les circonstances, son corps ne pouvait s'empêcher de réagir à chaque apparition d'une jolie femme, songea-t-il avec agacement. S'intéresser à la gent féminine semblait tout naturel, mais aujourd'hui n'était vraiment pas le jour pour se laisser charmer. Il secoua la tête avec lassitude, avant d'entendre la jeune femme pousser une exclamation de surprise.

— *Signor Bellini !* Est-ce bien vous ? Je n'aurais jamais cru vous revoir un jour, et encore moins ici !

Elle se dirigea alors vers lui d'un pas assuré, mais il vit son sourire s'effacer à mesure qu'elle se rapprochait, sans doute déconcertée par l'air accablé qui marquait ses traits. Son pas devint hésitant, et lorsqu'elle parla de nouveau, ce fut d'une voix chargée de doute.

— Vous êtes bien l'homme que j'ai rencontré aux Floralies de Chelsea, n'est-ce pas ?

— Je suis Gianni Bellini, déclara-t-il avec froideur tout en la scrutant avec perplexité.

C'est alors qu'il la reconnut. La fleuriste. Il n'oubliait jamais un joli visage, ou un corps comme le sien. Leur agréable discussion lui revint à la mémoire. Lui non plus n'aurait jamais cru la revoir un jour. Que venait-elle donc faire ici ?

Elle s'arrêta au bas des marches de la terrasse et lui tendit la main.

— C'est incroyable comme vous avez changé ! Toutes ces jolies filles vous auraient-elles épuisé, *signor* ?

— Que faites-vous ici ? demanda-t-il à brûle-pourpoint sans lui prendre la main.

Elle fronça les sourcils et le dévisagea d'un air déconcerté.

— Je… Je travaille pour le comte de Castelfino. Je suis censée emménager dans le petit cottage. D'habitude, son chauffeur vient me chercher à l'aéroport, mais bizarrement, personne n'est venu aujourd'hui.

— Sans doute parce que mon père est mort, annonça-t-il d'un ton sec et formel. Le comte de Castelfino, maintenant, c'est moi.

Meg sentit son visage se vider de ses couleurs.

— Oh… Je suis navrée, commença-t-elle avant de regarder derrière elle le chauffeur qui continuait d'empiler ses bagages. Quelle indélicatesse de ma part d'arriver aujourd'hui… Que… que s'est-il passé ?

— Crise cardiaque, il y a quelques jours. Il est mort hier, euh non… avant-hier.

Gianni secoua la tête et, d'un geste las, passa la main sur ses joues assombries d'une barbe de plusieurs jours.

— Je… je suis vraiment navrée, répéta-t-elle d'une voix faible et embarrassée.

— Vous n'étiez pas censée le savoir. On ne m'a pas dit que vous veniez, c'est pour ça qu'il n'y avait personne pour vous accueillir à l'aéroport, reprit-il en sortant son portefeuille avant de désigner le taxi. Désolé, mais vous avez fait tout ce voyage pour rien. Vous devez repartir.

Meg écarquilla les yeux, la voix de plus en plus faible, si bien que le comte dut se rapprocher pour entendre ce qu'elle disait.

— Mais je ne peux pas partir… Quelqu'un doit s'occuper des plantes de votre père. Monsieur le comte veut… Monsieur le comte aurait voulu qu'on en prenne grand soin, et…

Gianni l'interrompit d'un mouvement de tête.

— C'est maintenant, moi le comte. Et j'ai l'intention d'apporter nombre de changements ici. Dorénavant, il n'y a plus de place pour tout ce qui n'est pas rentable. J'ai l'esprit bien plus pragmatique que mon père, et ses projets ne sont pas les miens.

Tandis qu'il parlait, il aperçut les yeux bleus de la jeune femme se voiler d'une brume humide et ses épaules s'affaisser. Quand elle parla de nouveau, ce n'était plus qu'avec un filet de voix.

— Vous n'êtes pas sérieux, *signor* ?

— J'ai bien peur que si. Je compte transformer Castelfino en un vaste domaine viticole.

Il descendit les marches de la terrasse d'un pas décidé et se dirigea vers le taxi. Incapable de perdre ses vieilles habitudes, il revint vers elle pour lui passer un bras protecteur autour des épaules et l'inviter à le suivre.

— Ne vous inquiétez pas, *signorina*. Je vais vous payer votre voyage retour. Le temps que vous arriviez à l'aéroport, mon majordome vous aura réservé un billet pour Londres.

— Mais…

Interdite, Meg le regarda fourrer dans la main du chauffeur une liasse de billets bien trop épaisse. Il fit ensuite demi-tour en lui adressant une dernière remarque par-dessus l'épaule.

— Vraiment désolé de vous avoir fait perdre votre temps, *signorina*. Au revoir.

Gianni s'obligea à reléguer tout au fond de sa mémoire l'expression stupéfaite de la jeune femme, son beau visage, ses lèvres pleines qui invitaient au baiser et ses yeux couleur cobalt. Tout son esprit devait se consacrer à l'agrandissement du vignoble. L'heure n'était vraiment pas au batifolage.

Soudain, une voix interrompit ses pensées.

— Non. Non merci, *signor* Bellini.

Il s'immobilisa, sourcils froncés. Cela ne faisait pas partie du scénario qu'il avait imaginé. Jamais personne ne s'opposait à sa volonté, et tandis qu'il restait là à se demander ce que sa visiteuse n'avait pas compris dans ses explications, il entendit un bruit sourd suivi de pas légers qui accouraient vers lui. A sa plus grande stupéfaction, elle avait laissé tomber au sol son sac à main et courait pour le rattraper. Cette fille s'apprêtait à lui faire une crise d'hystérie alors que tout le personnel épiait probablement la scène derrière les fenêtres, se dit-il. Parfait : il avait là l'occasion rêvée d'asseoir une fois pour toutes son autorité à leurs yeux. Gianni inspira une longue bouffée d'air et s'apprêta à la faire taire d'un mot, mais il n'en eut pas le temps.

— Sauf votre respect, *signor*, il faut que je reste, insista la jeune femme d'une voix fluette. Je vous en prie, au moins quelques jours ?

Totalement déboussolé, il resta sans mot dire. Cette fille paraissait vraiment inquiète de l'avenir qu'il réservait au domaine, se dit-il. Il serra les mâchoires, et sa réponse fusa comme une bourrasque glaciale.

— Vous osez me parler de respect ? Vous qui débarquez dans une maison en deuil avec vos valises et votre grand sourire ?

Pétrifiée, Meg se força néanmoins à lui tenir tête. Elle se tenait si près de lui qu'elle perçut le souffle tiède qui s'échappait de ses lèvres entrouvertes. Il lui fallait à tout prix se battre pour lui faire entendre raison. Et tant pis pour sa dignité, elle ne pouvait se permettre de perdre ce précieux emploi, pour elle et pour sa famille qui comptait tant sur elle.

— Quand votre père était encore en vie, c'est lui qui a insisté pour que je vienne m'installer ici, expliqua-t-elle de la voix la plus calme possible. Il comptait sur mon expérience pour prendre soin de ses plantes exotiques et mettre en place ses projets horticoles pour le domaine, notamment celui d'ouvrir les lieux aux visiteurs pour encourager le tourisme dans la région. Je ne doute pas que vous allez continuer ce beau projet, n'est-ce pas, *signor* ? Votre père était un homme bon.

Elle s'interrompit un instant, hésita, puis reprit d'une voix plus basse.

— Quand mon propre père est tombé malade, il s'est fait un sang d'encre à l'idée de laisser ses projets inachevés. Le comte lui aussi voulait tellement voir son rêve se concrétiser, monsieur, il serait dommage d'y mettre fin aussi brutalement.

Gianni la dévisagea pendant un long moment sans

rien dire. Enfin, Meg vit sa bouche esquisser le même sourire dévastateur qui l'avait hantée depuis leur première rencontre. Il avança d'un pas et lui tendit la main.

— Permettez-moi de vous féliciter, mademoiselle… ?

— Imsey. Megan Imsey.

Elle sentit la délicieuse chaleur de sa main envelopper la sienne.

— Bravo, mademoiselle Imsey. Je ne sais pas quoi dire. Une grande première, pour moi !

Elle lui rendit son sourire. Quelques secondes avaient suffi pour transformer l'homme de tous ses fantasmes en un être de chair et de sang, qu'elle pouvait sentir et toucher. Aussi incroyable que cela puisse paraître, lui et elle partageaient au moins deux choses, réfléchit-elle. Le travail représentait tout pour eux, et il semblait aussi doué qu'elle pour cacher ses véritables sentiments. Elevée dans la modestie par des parents aimants, elle avait embrassé une ambitieuse carrière d'horticultrice dans l'espoir de subvenir à son tour à leurs besoins. Voilà pourquoi ce travail comptait tant pour elle.

— Dites-moi simplement que vous m'accordez ma chance, *signor* Bellini, répondit-elle enfin. Je connais bien les lieux à présent, vous n'aurez pas à vous soucier de moi. Je suis consciente que vous devez vous occuper de milliers de choses… à commencer par vous.

A son ton et à son expression, Gianni vit qu'elle était sincère, mais il n'avait certainement pas besoin qu'on le prenne en pitié.

— Non, je vais bien, mentit-il.

— On dirait pourtant que vous avez passé quelques nuits blanches.

Et cette fois-ci, sa fatigue n'était sûrement pas due à ses fréquentations nocturnes, songea-t-elle en réprimant un frisson d'amertume. Car difficile d'oublier toutes ces fleurs qu'elle avait emballées à l'intention des innombrables amies de ce don Juan. Mais non, aujourd'hui, son épuisement était tout autre, et elle connaissait bien cet état, elle qui avait veillé des nuits entières au chevet de son propre père.

Gianni haussa les épaules, puis regarda sa montre.

— *Dio!* Je n'ai pas dormi depuis des jours ! finit-il par concéder, visiblement surpris lui-même.

— Ça se voit, acquiesça Megan.

Troublée par le souvenir de sa propre anxiété lors de la maladie de son père, Megan ne put réprimer un élan de sympathie envers Gianni. Elle avança la main, mais il recula d'un pas.

— Non, c'est bon. Vraiment, ça va aller. J'ai trop de travail.

— Vous avez besoin de repos, monsieur. Inutile de le nier. Si vous ne dormez pas, c'est vous qui allez finir à l'hôpital ! Et qui prendra soin de la villa et du personnel dans ce cas ?

Il la contempla d'un air étrange. Meg soutint son regard. Epuisé, mal rasé, Gianni Bellini n'en paraissait pas moins irrésistible. Tous les fantasmes qu'elle avait nourris ces derniers temps refaisaient surface à son esprit. Elle avait passé tant de nuits à se remémorer son visage, son sourire, qu'à présent, alors qu'il se tenait devant elle, elle sentit une boule de chaleur se former au creux de son ventre.

— Pourquoi vous soucier de tout ça, miss Imsey ? l'interpella-t-il, la sortant soudain de ses douces pensées. Tout le monde sait que je suis quelqu'un de froid et d'implacable. Demandez autour de vous, vous verrez. Quand j'aurai mis un terme aux projets farfelus de mon père, il n'y aura plus de travail pour vous ici.

Meg haussa les sourcils.

— Je garde toujours espoir que vous changiez d'avis. Je n'ai pas d'autre choix que de m'en contenter ! répliqua-t-elle d'une voix douce mais ferme. Puisque je suis ici, j'ai tout intérêt à faire mon travail, car je tiens à mériter mon salaire !

A ces mots, l'expression de Gianni passa lentement de la résignation à la condescendance. Il prit une moue dédaigneuse.

— J'aurais dû le savoir. Avec les femmes, tout est question d'argent. Et on s'étonne que je les tienne à distance !

Sa réponse fit à Megan l'effet d'une gifle. En fait, Gianni Bellini se révélait à l'opposé de l'homme idéal qu'elle s'était plu à imaginer. Non sans regret, elle comprit qu'il était aussi terre à terre et ambitieux qu'elle. Aucun espoir dans leur vie de se consacrer à autre chose qu'à leur carrière.

Très bien, conclut-elle intérieurement. Puisque toutes ses belles illusions tombaient à l'eau, elle n'avait plus qu'à se plonger tête baissée dans le travail. Et puis, elle ne pouvait décemment pas revenir chez elle, alors que ses parents avaient placé tous leurs espoirs en elle. Impossible de les décevoir.

— L'argent n'est pas la seule raison, monsieur. Il s'agit également de bon sens. Trop de gens comptent sur moi. J'ai redressé les affaires familiales, et à présent tout marche pour le mieux, mais je sais combien la chance peut tourner.

A ses mots, Gianni posa un bref regard sur elle. Il approuva d'un signe de tête, mais resta silencieux.

— Voilà pourquoi il me faut ce travail, *signor.* Je ne vous dérangerai pas, n'ayez crainte. Mais nous parlerons de tout cela plus tard. Pour l'instant, il vous faut du repos.

— Non. Je dois rester alerte.

Pourtant, il paraissait aussi vif qu'un homme privé de sommeil pouvait l'être. Meg lui adressa un sourire bienveillant.

— Bien sûr, monsieur. Voilà pourquoi vous devez vous reposer. Ne vous inquiétez pas, je sais à peu près comment cette maison fonctionne. Vos employés vous tiendront informé. Vous ne raterez rien, lui assura-t-elle avec douceur. Votre père me vantait souvent l'excellence de son personnel.

Gianni plongea son regard dans le sien pendant un long moment. Alors, sans prévenir, il lui saisit la main et la porta à ses lèvres pour y déposer un lent baiser. Aussitôt, elle sentit toutes les émotions que cet homme éveillait en elle bouillir à la surface de sa peau. Le souffle court, elle releva la tête et aperçut la même lueur sombre qui éclairait ses yeux lors de leur première rencontre.

— Vous en êtes le plus bel exemple, murmura-t-il enfin de sa voix grave et sensuelle.

Chapitre 2

Gianni n'eut d'autre choix que de suivre le conseil de Meg, tant il sentait son propre corps lui intimer de se mettre au repos. Tel un somnambule, il alla dans ses appartements et, à peine déchaussé, s'étendit sur son lit pour sombrer dans un sommeil de plomb.

Quand il se réveilla enfin, le soleil brillait haut dans le ciel. Tiraillé par la faim, il décrocha son téléphone pour demander qu'on lui serve un repas chaud. Megan avait eu raison, se dit-il. Il se sentait tellement mieux après ce somme ! Il avait sans doute beaucoup dormi…

Vingt minutes plus tard, douché, rasé et l'esprit enfin clair, il pénétra dans sa salle à manger privée où l'attendait un repas étrangement appétissant. En effet, durant les trente-deux ans qu'il avait passés ici, la cuisine de la villa ne l'avait jamais séduit.

— Ça m'a l'air délicieux, observa-t-il avec une moue suspicieuse en ouvrant le journal posé sur la table.

— *C'est* délicieux, *signor*, confirma son majordome. La jardinière nous a invités à déjeuner dans son cottage et nous a servi la même chose.

Avant même de réagir à cette réponse, Gianni eut un temps d'arrêt à la lecture de la première page.

— Mais, c'est le journal de lundi, Rodolfo… Et dimanche ?

— Le personnel de la maison a reçu l'ordre de ne pas vous déranger, *signor.*

Gianni haussa les sourcils. Diable ! Il avait donc tant dormi ? Il fit le tour de la table pour étudier les plats sous tous les angles. Au centre trônait un soufflé au fromage, accompagné de différentes sortes de salades, et plus loin, un dessert aux couleurs acidulées reposait dans une coupe en cristal.

— On dirait du *trifle*. Je n'en ai pas vu depuis le pensionnat, en Angleterre. Où avez-vous déniché cela ?

— La jardinière a suggéré quelques nouveautés dans le menu de la villa, monsieur.

Gianni s'immobilisa. Ainsi, à peine avait-il le dos tourné que l'importune mettait déjà son grain de sel dans les affaires du domaine, songea-t-il non sans un certain agacement. Et apparemment, tout le personnel était tombé sous le charme. A commencer par Rodolfo.

— Eh bien, ne vous laissez pas trop séduire par son charmant visage, ses longues jambes, son sourire, ses cheveux dorés ou son regard azur..., dit-il à son majordome en sentant avec contrariété combien cette description le troublait lui-même. Car elle ne va pas rester ici bien longtemps. De toute façon, l'argent est la seule chose qui la motive. Elle me l'a elle-même confié à son arrivée.

Inattentif à cette remarque, Rodolfo se racla la gorge.

— Inutile de préciser, monsieur, que la cuisinière n'est pas de la meilleure humeur.

A cette remarque, Gianni ne put s'empêcher de sourire. Il n'avait jamais porté cette vieille grincheuse dans son cœur. Une nouvelle pareille ne pouvait que le réjouir. Il congédia Rodolfo avant d'attaquer son assiette, affamé. D'aussi loin que remontaient ses souvenirs, c'était la première fois qu'il se régalait ainsi à la villa Castelfino.

D'habitude, il repoussait son plat non par satiété mais par dégoût pour ce qui lui était servi. Et puis, ce n'était pas seulement la nourriture qui le remplissait de satisfaction, mais également le fait d'avoir si bien dormi, bien plus que ce qu'il dormait normalement en une semaine entière, lui semblait-il. Oui, aujourd'hui, il se sentait vraiment bien.

Mais la réalité ne tarda pas à revenir assombrir ses pensées. Son père était mort. L'avenir du domaine et de milliers d'employés à travers le globe reposait désormais entre ses mains. Il alluma sa chaîne hi-fi, y glissa un CD puis sortit sur le balcon. De là, il pouvait embrasser d'un seul regard toutes les collines alentour et l'étendue des terres dont il avait dorénavant la charge. A présent, ses affaires allaient pouvoir s'accroître rapidement, se réjouit-il intérieurement. Finies, ses nuits d'ivresse et de fêtes. A partir d'aujourd'hui, il n'allait vivre que pour son vignoble. Cela l'empêcherait, au moins pour un temps, de penser aux autres responsabilités qui incombaient à son titre. A savoir, produire un héritier. Car il n'avait aucune envie de faire subir à un enfant ce qu'il avait lui-même vécu au sein du clan Bellini.

Il secoua la tête pour chasser les sombres pensées qui menaçaient de gâter son humeur, et s'assit un instant pour mieux profiter de la vue qui s'offrait à lui. D'ailleurs, il se rendit compte qu'il n'avait jamais pris le temps d'admirer le paysage qui s'étendait derrière les fenêtres de sa suite. Pourtant, cela en valait vraiment la peine. Ce tableau enchanteur avait le don de le détendre instantanément, s'aperçut-il en allongeant les jambes avec satisfaction.

C'est alors que Megan Imsey entra dans son champ de vision. Coiffée d'un large chapeau de paille, elle poussait devant elle une brouette remplie d'outils de jardinage. Gianni ne pouvait déceler l'expression de son visage, mais à la façon dont elle marchait avec entrain, il devina qu'elle prenait son travail à cœur. De toute évidence, elle se dirigeait vers les serres paternelles, oublieuse des projets qu'il comptait mettre très prochainement à exécution. Gianni secoua la tête avec impatience. Pourquoi insistait-elle pour trimer ainsi ? Il lui avait pourtant bien fait comprendre ses intentions concernant les plantes de son père.

Mais sa moue d'agacement se transforma bientôt en un sourire. Car il connaissait bien le sentiment qui semblait animer la jeune femme. Combien de fois était-il lui-même rentré à l'aube, après nombre de fêtes bien arrosées, pour se précipiter vers ses vignes, un outil dans chaque main, et dépenser son trop-plein d'énergie dans la taille des ceps ? Une telle attitude lui avait assuré en un temps record une carrière spectaculaire dans le domaine du vin. Et cela, en appliquant toujours la même ligne de conduite : pour que les choses soient bien faites, mieux vaut les faire soi-même.

Megan s'essuya le front, humide de sueur. Le soleil toscan la harcelait sans relâche. Outre sa longue chemise blanche, sa salopette bien large, son chapeau et ses lunettes de soleil, elle portait une bonne dose de crème solaire. Pourtant, malgré le poids de son accoutrement, elle progressait d'un pas léger vers l'endroit qui occupait à présent toutes ses pensées. Un siècle plus tôt, le comte d'alors avait fait construire pour son épouse anglaise un verger clos pour adoucir son mal du pays. Depuis, les lieux avaient été plus ou moins laissés à l'abandon, jusqu'à ce que le père de Gianni imagine d'y ériger plusieurs serres majestueuses. Voilà ce qu'elle était venue superviser durant tous ses voyages en Italie. A présent, la serre principale et les annexes étaient presque finies, mais c'était la partie encore sauvage du jardin qui retenait toute son attention aujourd'hui.

Sourire aux lèvres, elle ouvrit le portail pour pénétrer dans ce petit coin de paradis. Non sans fierté, elle admira la splendide structure de verre et de métal qui s'élevait sous ses yeux, telle une goélette toutes voiles dehors. Comment Gianni pourrait-il rester indifférent face à la perfection de cet ouvrage ? Envahie d'un soudain frisson d'angoisse, elle se demanda comment elle allait persuader le nouveau comte d'épargner ce projet.

Pour reprendre courage, elle se tourna vers le reste du jardin. Jadis, le potager qui s'y trouvait nourrissait toute la villa. A présent, ce n'était rien de plus qu'un carré de mauvaises herbes où poussaient tant bien que mal quelques arbres fruitiers chétifs. Elle posa sa brouette à l'ombre et plongea dans l'eau d'une petite mare sa bouteille d'eau pour la rafraîchir. Ensuite, elle se mit au travail.

Il fallait tracer des bordures au pied des murs et y planter des fleurs avant la fin de la semaine pour égayer les lieux au plus vite. Car le temps pressait : plus Gianni Bellini serait impressionné par son travail, plus elle avait de chances de conserver son poste.

Elle s'agenouilla et commença à prendre des mesures, mais eut rapidement trop chaud. Elle fit voler ses sandales et sentit avec délice l'herbe fraîche et piquante lui chatouiller les pieds. Quel plaisir de contribuer à embellir ce lieu magique ! songea-t-elle avec un soupir d'aise. Elle reprit ses calculs, puis se redressa de nouveau, accablée de chaleur. Il y avait tellement peu de vent que sa chemise collait désagréablement à sa peau. Elle jeta un regard autour d'elle. Personne ne surveillait l'endroit.

Elle avait justement refermé à clé le portail pour ne pas être dérangée. Et puis, travailler en sous-vêtements n'avait rien de choquant, pas plus que de se promener en maillot de bain ! raisonna-t-elle intérieurement.

D'un mouvement impulsif, elle ôta chemise et salopette, et se remit aussitôt à la tâche. Après quelque temps, elle se réfugia à l'ombre pour se désaltérer et souffler un peu. Rafraîchie, elle se releva et examina d'un œil satisfait ses bordures naissantes. Mais alors qu'elle s'apprêtait à replonger la bouteille dans l'eau, une voix désormais bien familière la fit sursauter.

— Est-ce donc ainsi que s'habillent les jardinières en Angleterre, Megan ?

En se retournant, elle sentit son sang se figer dans ses veines. A quelques mètres d'elle se tenait Gianni, le *vrai* Gianni. Pas le fantôme anéanti par le deuil et la fatigue qu'elle avait quitté deux jours plus tôt, mais bien le fauve implacable et séducteur rencontré aux Floralies.

— Que faites-vous ici ? s'écria-t-elle en s'efforçant en vain de cacher de ses mains tremblantes tout ce que découvraient ses sous-vêtements.

Gianni haussa les sourcils.

— J'habite ici.

Totalement prise de court, elle resta un instant interdite avant de tenter de se ressaisir, rouge d'embarras et de colère.

— Je n'imaginais pas qu'on puisse venir me déranger ! J'avais fermé le portail à clé. Comment êtes-vous entré ?

Une main dans la poche, il se dirigea lentement vers le vieux néflier aux branches duquel elle avait accroché son chapeau et sa chemise, et les cueillit comme des fruits particulièrement appétissants. Il ne faisait aucun doute qu'il prenait un malin plaisir à la faire attendre, constata Meg avec une impatience croissante. Mais elle n'était certainement pas d'humeur à plaisanter. Dès qu'il fut assez près d'elle, elle lui arracha ses vêtements des mains avant de les enfiler à toute allure. L'observant avec un amusement évident, il sortit alors la main de sa poche et brandit une clé d'un geste théâtral.

— Comme je vous l'ai dit, je vis ici. Je détiens donc un double de toutes les clés du domaine.

Maintenant rhabillée, elle avait retrouvé un peu de dignité et fronça les sourcils, pour lui prouver qu'elle n'était pas satisfaite de son explication.

— Mais vous n'avez rien à faire ici.

— Si. J'avais envie de vous voir, Megan.

Il y avait une telle insistance dans son regard qu'elle se sentit déshabillée une seconde fois, et cela n'était pas sans la troubler délicieusement. Affolée à l'idée qu'il parvienne à lire dans ses pensées, elle baissa les yeux, en proie à un tourbillon d'émotions contradictoires.

— Contente de vous voir reposé, monsieur le comte, parvint-elle enfin à articuler d'une voix mal assurée.

Il sourit davantage, le blanc d'ivoire de ses dents contrastant magnifiquement avec le hâle de sa peau mate.

— C'est vrai, je me sens beaucoup mieux. Mais appelez-moi Gianni, je vous en prie !

Meg sentit son cœur faire un bond, mais se raisonna aussitôt. Gianni exigeait sans doute cela de tous ses employés.

— C'est une des raisons qui m'amènent ici, reprit-il. Je tenais à vous remercier, car vous aviez raison : le repos m'a fait un bien fou. Sans oublier ce succulent repas. Mais par quel mystère avez-vous réussi à éclipser la cuisinière en chef ?

Elle lui jeta un regard rapide pour sonder son expression

et vit avec soulagement que Gianni souriait avec une approbation évidente. Manifestement, la cuisinière n'avait pas ses faveurs.

— Eh bien, je savais que manger ne ferait vraiment pas partie de vos priorités ces jours-ci, lui répondit-elle finalement. Quand j'ai vu qu'il y avait de la viande en sauce au menu, j'ai pensé que ce n'était pas du tout idéal par un temps pareil. J'ai donc préféré préparer mon propre repas, et je me suis dit que vous auriez peut-être, vous aussi, envie de quelque chose de plus léger. Quant au dessert, j'ai pensé qu'une spécialité de mon pays vous changerait un peu.

— J'apprécie votre prise d'initiative, déclara-t-il avec une sincérité apparente. Surtout quand cela vous oblige à tenir tête à notre cuisinière ! Vous êtes la première employée à oser la contredire. Félicitations !

— Vous n'êtes donc pas fâché ? demanda-t-elle d'une voix hésitante, stupéfaite devant ce compliment inattendu. Après tout, je suis nouvelle ici, et la première chose que je fais, c'est de me mettre à dos l'une des plus anciennes employées de la maison. J'ai du mal à croire que vous approuviez mon geste.

— Au contraire, vous avez très bien fait. Une des premières tâches à laquelle je comptais m'atteler en tant que nouveau maître des lieux était de dépoussiérer les menus. Vous m'avez devancé, voilà tout.

Il s'interrompit en la voyant rougir brusquement. Aussitôt, il se précipita vers elle et lui saisit le coude pour la soutenir tant elle semblait prête à défaillir.

— Megan ? Qu'avez-vous ? Sûrement un coup de chaud. Tenez, asseyez-vous là.

Elle sentit ses mains lui enserrer la taille pour l'aider à s'installer sur le sol. Il la touchait avec la même douceur qu'elle avait imaginée dans ses songes les plus secrets. C'était une merveilleuse sensation.

— Ce… Ce n'est rien, balbutia-t-elle, étranglée par l'émotion que lui procurait le contact de ses doigts. Je vais bien. Je suis juste un peu surprise de votre réaction, c'est tout.

— Je vous ai approuvée, mais n'oubliez pas qu'ici, c'est *moi* qui dicte les règles, lui rappela-t-il, soudain grave, en ôtant les mains de sa taille.

Gianni appuya ses propos d'un regard entendu. Mais en voyant son air apeuré, il esquissa un sourire amusé.

— Allons, vous ne manquez ni d'initiative, ni de volonté. Vous irez loin, *ragazza insolente* !

La façon dont il pinça alors les lèvres indiqua à Meg qu'il se retenait de rire. Elle baissa de nouveau les yeux, sentant qu'après toutes ces émotions, le fou rire la guettait elle aussi.

— Mais c'est déjà le cas, *signor*, lui rappela-t-elle sur un ton plein d'humour, mise en confiance par l'air détendu de son hôte. Je suis sortie première de ma promotion, j'ai sauvé l'entreprise familiale de la faillite, et j'ai décroché un travail ici. Et ce n'est que le début !

— Je n'en doute pas un instant, acquiesça-t-il doucement. Eh bien, Madame la Conservatrice des Plantes Exotiques bardée de diplômes, quels sont vos projets pour mon nouveau jardin ?

Meg voyait bien qu'il se moquait gentiment d'elle, mais elle ne pouvait s'empêcher de rester sur ses gardes. Car tant qu'elle ne connaissait pas vraiment ses desseins véritables, elle devait rester vigilante.

— Je suis ici pour mettre en place les projets de votre père, pas les miens, lui rappela-t-elle avant de l'inviter d'un geste à la suivre. Venez, je vais vous montrer les serres.

Elle se mit à longer le muret vers l'autre bout du verger. Mais Gianni attendit quelques instants avant de lui emboîter le pas.

— Marcherais-je trop vite pour vous, monsieur ?

— Pas du tout, dit-il d'un air désinvolte. C'est une belle journée et je profite de la vue. Pourquoi se presser ?

Elle jeta un œil par-dessus son épaule et comprit ce qu'il était en train de regarder.

— *Signor !*

— Je vous l'ai déjà dit. C'est Gianni.

Tâchant d'ignorer son regard lascif, elle se remit en route, s'efforçant de ne pas penser au nombre de fleurs qu'il lui avait achetées pour offrir à sa ribambelle d'adoratrices. Hors de question de devenir l'une d'entre elles, décida-t-elle fermement en elle-même. Même si elle se sentait défaillir chaque fois qu'il la dévorait du regard, comme il le faisait à présent…

Arrivée devant la grande serre, Meg ouvrit la porte et enveloppa d'un regard satisfait la profusion de fleurs exotiques aux feuilles luxuriantes qui s'épanouissaient à l'intérieur.

— N'est-ce pas merveilleux ? s'enflamma-t-elle en inspirant une longue bouffée d'air chaud et parfumé.

— Vous qui accordez tant d'importance à l'argent, vous devriez savoir qu'une telle extravagance a un coût exorbitant, fit sèchement remarquer son interlocuteur alors qu'il entrait à son tour dans la serre. L'air conditionné n'est pas vraiment en vogue de nos jours, Meg. Surtout pour quelque chose d'aussi futile que des plantes. N'avez-vous jamais entendu parler du réchauffement climatique ? Mon père était de l'ancienne école, mais vous, avec toutes vos belles études, je suis surpris que vous n'ayez pas envisagé de solutions plus économes en énergie !

Piquée au vif, elle le toisa avec un air de défi.

— Oh, mais sachez que tout a été pensé ! Une fois que les nouvelles serres seront achevées, j'ai prévu d'y installer une climatisation à la pointe de la performance énergétique. Votre père voulait faire de cet endroit un modèle en la matière en l'ouvrant aux visiteurs.

Malgré son calme apparent, elle dut alors s'interrompre tant son cœur battait fort dans sa poitrine. Gianni la dévisageait d'un regard perçant qui la faisait frissonner de toute part. Mais elle se fit violence et reprit finalement la parole.

— Vous n'avez pas l'air très impressionné par mes qualifications, *signor*, n'est-ce pas ?

— D'après ce que j'ai pu voir, plus on est diplômé, moins on a l'expérience du terrain. Je préfère les gens qui se forgent une carrière à la force du poignet, comme je l'ai fait moi-même.

— Comme vous ? Car vous n'avez bien sûr pas usé de votre statut, de vos relations ou du nom de votre père ?

Une pointe d'ironie perçait dans sa voix. Elle le regretta aussitôt, mais Gianni ne sembla pas le remarquer.

— Exactement ! affirma-t-il avec un parfait sérieux. Le vignoble de Castelfino est mon bébé, depuis sa conception jusqu'à sa renommée internationale. J'ai participé à toutes les étapes de son succès, et je n'ai jamais eu le moindre sou de mon père, comme vous devez le savoir.

— J'ai rarement parlé de vous avec le vieux comte, Gianni. Je n'avais aucune idée que vous étiez son fils jusqu'à avant-hier.

Il plissa les yeux avec une expression suspicieuse.

— Voulez-vous dire qu'il ne vous a jamais parlé de mon agacement devant ses dépenses extravagantes ? lui demanda-t-il en désignant les fleurs d'un geste dédaigneux.

Meg s'apprêtait à lui répondre, lorsqu'elle croisa son regard. Alors, quelque chose se passa. Le rai de lumière qui éclaira les yeux de Gianni à cet instant lui révéla une lueur d'une telle intensité qu'elle en perdit ses mots. Et elle ne doutait pas une seconde qu'il eût parfaitement conscience de l'effet qu'il produisait sur elle.

— J'espère pourtant que les propos de mon père ne vous ont pas mis en tête que j'étais pingre, reprit-il d'une voix tranquille et chaude comme l'air de la serre. Au contraire : je peux me montrer très généreux si les circonstances — et la femme — s'y prêtent.

— Je n'en doute pas, répliqua-t-elle, s'efforçant de paraître la plus détachée possible. Rappelez-vous, je vous ai vendu toutes ces fleurs à Londres…

Elle s'interrompit de nouveau, prise d'un léger vertige. Mais le manque d'oxygène n'était pas seul responsable de son trouble. La proximité de Gianni dans cet espace confiné, baigné d'une lumière dorée, étourdissait ses sens. La discrète fragrance citronnée de son after-shave se mêlait au lourd parfum des fleurs et lui montait délicieusement à la tête. Un frisson électrique lui parcourut le bas du dos et, comme poussée par une main invisible, elle se rapprocha de lui.

— Dans ce cas, vous savez ce que je vais vous annoncer, continua-t-il d'une voix de velours.

Elle remua les lèvres, mais aucun son n'en sortit. Elle se contenta de secouer la tête en signe de négation.

— J'ai finalement décidé de garder ces serres, en hommage à mon père. Vous pouvez être fière : vous avez su me convaincre.

Elle soupira de soulagement en voyant son expression radoucie. Comme elle l'avait tant espéré, la beauté des lieux avait réussi à le faire changer d'avis. Elle l'observa porter tout autour de lui un regard admiratif. Ce même regard qui, un instant plus tôt, s'était posé sur elle…

— Vous allez me coûter une fortune, murmura-t-il.

— Est-ce toujours en termes d'argent que vous raisonnez ? parvint-elle à répliquer dans un souffle.

— Non, c'est une simple observation. Tout a un prix. Quant aux femmes… Mieux vaut rester sur ses gardes. C'est d'ailleurs la raison pour laquelle mon père ne s'est jamais remarié après la mort de ma mère, et heureusement ! Vous me trouvez sûrement dur, mais croyez-moi, je sais de quoi je parle. Je dois reconnaître qu'il avait au moins raison sur un point : toujours se méfier des histoires de cœur.

Soupirant avec mélancolie, il observait silencieusement les plantes se balancer doucement dans la brise légère qui soufflait par la porte ouverte. Meg émit un petit rire nerveux.

— Votre père aurait été fier de vous, Gianni.

Il tourna lentement son visage vers elle. Alors, lorsqu'il plongea son regard sombre et tourmenté dans le sien, elle sut qu'elle était perdue. Un seul geste de sa part, et elle succomberait aussitôt à la tentation. Mais non : elle ne pouvait se permettre de suivre ses pulsions. Ce travail était trop important pour qu'elle gâche tout en flirtant avec son patron. Même si ce patron n'était autre que le beau Gianni…

— Oui, je l'espère, répondit celui-ci en la sortant de son trouble. C'est en tout cas mon intention. Je lui ai causé tant de tracas de son vivant que le moins que je puisse faire à présent est de respecter son souhait. Je prie seulement pour ne jamais avoir à choisir entre mon cœur et mon héritage.

Il fronça les sourcils comme si, en son for intérieur, il luttait contre d'insondables démons.

— Pourquoi le devriez-vous ? lui demanda Meg avec innocence.

— Vous n'avez pas idée du nombre de « princesses » locales qui donneraient cher pour m'épouser et me donner un héritier, soupira-t-il. Mais le mariage de convenance tel que le conçoit ma famille n'est à mes yeux qu'une institution moyenâgeuse ! Pour moi, un mariage reste avant tout une affaire de contrats et de clauses écrites pour protéger tous mes biens en vue d'un inévitable divorce après la naissance de mon héritier.

La façon dont il abordait la question du mariage, comme s'il s'agissait d'un quelconque marché d'affaires, la choquait profondément.

— Tous les mariages ne se concluent pas ainsi, voyons ! Une union entre deux êtres ne devrait être dictée que par l'amour, rien d'autre, déclara-t-elle avec fermeté. Et puis, de nos jours, beaucoup de femmes souhaitent consolider leur carrière avant de se marier. Ce n'est plus la seule issue possible pour nous.

— J'aime les femmes, comprenez-moi bien, précisa Gianni. C'est juste que le modèle italien classique ne m'attire pas.

— Il va vous falloir trouver ailleurs, alors.

— Non. Croyez-moi, toutes celles que je rencontre ne sont intéressées que par ma fortune et mon titre.

Occupée à consolider le tuteur d'une plante en bourgeons, elle répondit sans réfléchir.

— Pas moi.

Gianni soupira.

— C'est ce que vous dites maintenant, mais…

Il s'interrompit, et son étrange silence interloqua

Megan, qui releva la tête. Toute trace de sourire avait disparu de son visage, remarqua-t-elle, le cœur battant. L'expression dans son regard lui semblait refléter le désir qu'elle éprouvait depuis si longtemps à son égard.

Elle retint son souffle, incapable de détourner les yeux.

Et soudain, elle fut dans ses bras.

Chapitre 3

Ils s'embrassèrent avec une passion dévorante. Comme Gianni l'attirait tout contre lui, elle passa la main dans ses boucles brunes, avide de ses caresses. Tous ses fantasmes se réalisaient, tout ce dont elle avait toujours rêvé se concrétisait enfin, et pourtant… Pourtant, il ne le fallait pas. Non, ce n'était pas ainsi que les choses devaient se passer. Retenant la vague de désir qui s'abattait sur elle, Meg parvint à reprendre tout juste assez de souffle pour protester.

— Non ! Gianni, stop !

Alarmé, il la relâcha.

— Qu'y a-t-il ?

— Rien… C'est juste que…

— Allons, tout va bien ! lui assura-t-il en resserrant son étreinte.

— Non ! cria-t-elle, cette fois avec résolution. N'avez-vous donc aucun principe ?

— Pas en présence d'une femme aussi jolie que vous…, lui répondit-il en enfouissant les lèvres dans sa chevelure.

Comprenant qu'elle devait agir vite si elle ne voulait pas s'abandonner de nouveau à son instinct, elle parvint à glisser ses mains contre le buste de Gianni pour l'éloigner.

— Bien sûr ! s'écria-t-elle. Comment pourrais-je

ignorer à qui j'ai affaire : Gianni Bellini, séducteur international, n'est-ce pas ?

La pique ne sembla pas le moins du monde le contrarier. Mais, bien qu'il ne desserre pas aussitôt son étreinte, Meg sut qu'elle était désormais hors de danger. Elle vit un sourire effleurer ses lèvres. Il aurait pu user de son charme irrésistible pour la soumettre, et pourtant, elle comprit qu'il ne représentait plus une menace pour elle, du moins pour le moment... Gianni Bellini n'était pas le genre d'homme à ternir sa réputation en entamant une histoire avec une employée de maison. Il ne tenait certainement pas à se retrouver à la une des journaux à scandale.

— Je suis venue à la villa Castelfino pour travailler, pas pour vous divertir, l'avertit-elle au cas où un doute subsisterait encore.

Il ne dit rien, mais laissa retomber ses mains dans ses poches, visiblement à contrecœur.

— Dois-je comprendre que vous m'approuvez ? insista-t-elle.

Il attendit quelques secondes avant de répondre.

— Je voulais juste savoir jusqu'où vous étiez prête à aller pour conserver votre poste.

Malgré la légèreté de son ton, la portée de ses paroles fit à Megan l'effet d'une douche glacée. Elle qui, un instant plus tôt, luttait pour repousser l'onde de désir qui montait en elle, sentit bientôt une sueur froide courir à la surface de sa peau.

— Cela signifie-t-il que vous allez me renvoyer après ce qui vient de se produire ?

Gianni parut sincèrement choqué.

— Bien sûr que non ! D'abord, ça serait illégal, et bien plus important encore, ça serait immoral. Nous sommes au XXIe siècle, et j'ai beau être votre patron, je n'ai pas pour autant le droit de vous soumettre à mon désir contre votre gré. Pour *qui* me prenez-vous donc ?

Elle écarquilla les yeux, stupéfiée par l'expression sincèrement innocente qu'il arborait, paumes ouvertes devant lui en signe de protestation. Dire que quelques minutes plus tôt, il l'avait entraînée avec lui dans une irrésistible spirale de passion !

Devant son silence, il leva les yeux au ciel. Puis, il avança la main pour lui relever lentement une boucle de cheveux tombée sur son front.

— J'aime prendre du bon temps, mais en donner me fait également plaisir, Megan, continua-t-il sans ôter ses doigts de son visage, dont il dessina doucement le contour avant de reculer d'un pas avec un soupir de regret. Je ne pratique ni chantage, ni harcèlement. Si vous n'avez pas envie de coucher avec moi, ce n'est pas mon problème, mais le vôtre.

Il termina sa phrase par un petit sourire narquois, qui la décontenança de plus belle. Comme elle aurait voulu se jeter dans ses bras de nouveau ! Mais, incapable de trouver les mots pour le retenir auprès d'elle, elle le vit s'éloigner d'un pas nonchalant vers la sortie, tandis qu'une terrible vérité se faisait jour en elle, malgré ses efforts pour l'ignorer : elle *rêvait* de coucher avec Gianni Bellini ! De toute sa vie, jamais elle n'avait été aussi sûre d'une chose.

Dès lors, Meg fut hantée jour et nuit par le souvenir de leur baiser. Gianni Bellini occupait toutes ses pensées, et l'emprise qu'il exerçait sur elle ne semblait jamais décroître. Gianni, quant à lui, n'avait pas l'air le moins du monde affecté par cet épisode. Au contraire, il faisait même comme si de rien n'était et ne montrait absolument aucun signe de vouloir recommencer l'expérience. Il passait le plus clair de son temps enfermé dans le bureau de la villa, alors qu'elle travaillait toute la journée dehors. Ainsi, elle n'avait que peu d'occasions de le croiser. Frustrée de cette situation, elle guettait le moindre signe d'un quelconque rapprochement avec fébrilité. Mais en vain. Qui aurait cru qu'elle chercherait autant à plaire à un homme ? s'étonnait-elle intérieurement, elle qui jusque-là avait soigneusement cherché à les éviter ? Sa rencontre avec Gianni avait tout changé. Il avait éveillé chez elle un désir enfoui au plus profond de son être.

Elle n'avait connu qu'une seule histoire d'amour, mais Gavin, son petit ami de l'époque, se montrait trop pressant à son goût. Elle l'aimait beaucoup comme ami, mais il insistait trop pour passer à l'étape supérieure, et cherchait par tous les moyens à la divertir de ses études, qu'elle prenait très à cœur. Elle ne tenait absolument pas à compromettre sa carrière à cause d'une relation amoureuse. Du moins, c'est ce qu'elle pensait jusqu'à ce que Gianni Bellini entre dans sa vie et bouleverse tous ses plans d'avenir. Les rares fois où elle l'apercevait, il remontait d'un pas rapide l'allée bordée de cyprès, un téléphone collé à l'oreille, absorbé par sa conversation. Dans ces moments-là, le plus discrètement du monde, elle le dévorait du regard.

Le soir restait cependant pour elle le moment à la fois le plus agréable et le plus douloureux de la journée. Car elle pouvait guetter les allées et venues de Gianni hors de la villa, son cottage se situant non loin de l'allée qu'il empruntait pour se rendre à ses dîners en ville. Il donnait systématiquement un coup d'accélérateur en passant devant chez elle, et au volant de sa Ferrari, il ne pouvait certainement pas passer inaperçu. La première fois qu'elle entendit le rugissement du moteur passer sous ses fenêtres, elle lâcha de surprise un plateau de cookies qu'elle sortait tout juste du four. Bientôt, cependant, elle n'y prêta plus garde. Mais au retour de Gianni à l'aube, c'était une autre histoire. Systématiquement réveillée par ce même vrombissement, elle se glissait hors des draps et allait à pas de loup jusqu'à la fenêtre. Là, elle restait tapie dans l'ombre, à guetter le moment où il sortirait de son bolide pour rentrer chez lui. Chaque nuit, elle retenait son souffle, craignant de le voir accompagné d'une jeune femme. Mais cela n'arrivait jamais. Il revenait toujours seul.

Cependant, une chose l'empêchait de refermer l'œil jusqu'au matin. Invariablement, juste avant de refermer la lourde porte de la villa derrière lui, Gianni jetait un coup d'œil en direction de son cottage. Megan reculait aussitôt dans l'ombre pour ne pas se faire voir, mais savait que, quelque part, il devinait sa présence derrière la vitre. Pourtant, il se gardait bien de lui en parler s'il la croisait la journée au détour d'un sentier. Et d'ailleurs, elle préférait qu'il garde le silence, ainsi, elle pouvait poursuivre son espionnage et admirer à loisir l'objet de tous ses fantasmes.

Les veilles nocturnes continuèrent ainsi pendant une semaine. Le jour, Megan supervisait les derniers travaux dans les serres, sans jamais la moindre visite de son patron. Ce jour-là, alors qu'elle s'apprêtait à achever l'aménagement de la serre tropicale, l'angoisse d'être démasquée vint brusquement la rattraper. Comme elle arrangeait les tiges de jeunes orchidées au pied d'un arbuste, la sonnerie de son téléphone portable la fit sursauter.

— Miss Imsey ? Le comte de Castelfino vous demande dans son bureau, lui annonça d'un ton sec et pressé l'une des assistantes personnelles de Gianni.

A ces mots, son cœur fit un bond gigantesque dans sa poitrine.

— D'accord… Quand ?

Au silence qui s'ensuivit, Meg comprit que quand Gianni Bellini donnait un ordre, il s'attendait à être aussitôt obéi. Et en effet, la réponse de l'assistante fusa.

— Immédiatement !

Meg ne se fit pas prier davantage, et partit au pas de course vers la villa. Elle époussetait encore les bouts d'écorce qui s'accrochaient aux genoux de son jean lorsqu'elle entra dans le secrétariat du bureau. Le silence feutré des lieux contrastait tant avec le joyeux vacarme des travaux de la serre que Meg resta un instant interdite. Derrière elle, une assistante, balayette à la main, se précipita pour ramasser la traînée de débris végétaux qu'elle avait laissée dans son sillage. Une autre jeune femme, impeccablement habillée et maquillée et équipée d'un rouleau de plastique sous le bras, lui fit signe de la suivre vers une lourde porte en acajou massif portant l'inscription : « Accès strictement interdit ». L'assistante frappa trois coups.

— Entrez !

Au ton grave et profond de Gianni, Meg sentit sa propre nervosité monter d'un cran. La secrétaire ouvrit alors la porte avant de dérouler en un geste rapide et sûr le rouleau de plastique sur le sol afin de protéger le parquet impeccablement ciré du bureau.

Meg se hasarda à détendre l'atmosphère glaciale par un petit trait d'humour.

— Je n'ai donc pas droit au tapis rouge ? dit-elle avec un petit rire nerveux à l'assistante.

— Non, juste à un tapis de protection, répliqua sèchement celle-ci avant de refermer la porte derrière elle.

A présent, elle se retrouvait seule face à lui. Elle fit un pas en avant. Tout au bout de la pièce, assis derrière un gigantesque bureau, Gianni travaillait sur quelque dossier apparemment important. Elle noua les mains derrière son dos et patienta quelques instants sans rien dire, muette d'embarras. Mais il semblait à peine l'avoir remarquée. Il écrivait, tête baissée, très lentement, une phrase interminable. De toute évidence, il jouait avec ses nerfs. Et il y parvenait très bien.

Dehors, un piaillement d'oiseau résonna dans l'air, puis, plus loin, un aboiement. Des particules de poussière s'élevaient lentement dans un rai de lumière qui tombait sur le plancher ciré. Meg sentit la chaleur de la pièce augmenter encore. Ou était-ce la température de son propre corps ? se demanda-t-elle. Un autre aboiement se fit entendre. Derrière son bureau, Gianni restait impassible. Meg sentit toute patience l'abandonner. Elle devait dire quelque chose, n'importe quoi…

— Je suis désolée de vous observer derrière ma fenêtre la nuit, mais c'est parce que le bruit de votre voiture me réveille chaque fois que vous passez devant chez moi, et ensuite je n'arrive pas à me rendormir, et maintenant, j'ai pris l'habitude de me lever et de vérifier que tout va bien, et il se trouve que vous regardez toujours dans ma direction à ce moment-là et… et…

Pendant sa tirade, Gianni avait cessé d'écrire et lentement relevé la tête. Il la contemplait à présent avec une curiosité non dissimulée. Megan baissa les yeux et se tut, désarçonnée par l'intensité de son regard.

— Intéressant, Megan. Très intéressant, murmura-t-il avec une ironie qui la troubla de plus belle. A vrai dire, je n'avais pas la moindre idée que vous faisiez ça.

Elle resta parfaitement immobile, priant intérieurement pour disparaître sous terre. Quelle folie l'avait prise de s'épancher de la sorte ?

— En fait, je vous ai fait appeler pour une tout autre raison, poursuivit Gianni. Je tenais simplement à savoir comment votre installation se passait. Rien de plus excitant, j'en ai bien peur. Peut-être souhaiteriez-vous ressortir, frapper de nouveau à ma porte, et recommencer cet entretien du début ?

Megan jeta un œil par-dessus son épaule en direction de la sortie. C'était la seule chose qui se tenait entre elle et la destruction totale de sa dignité.

— Vraiment ? lui demanda-t-elle d'une voix hésitante.

Il émit un rire lent et grave.

— Allons, je plaisantais, lui assura-t-il avec la même expression amusée qui l'avait tant charmée aux Floralies.

Quelque peu rassurée, elle tenta un sourire.

— C'est juste que… Vous m'avez fait appeler avec une telle urgence, j'ai cru que… Je n'ai même pas eu le temps de me changer ou de me recoiffer !

— Vous êtes très bien comme ça, affirma-t-il avec un regard satisfait qui la fit frémir.

— Vos assistantes n'ont pas l'air du même avis, répondit-elle nerveusement avant de pointer du doigt le tapis de plastique.

Gianni éclata de rire.

— Allons, ne vous vexez pas. C'est la procédure habituelle pour tous ceux qui travaillent sur mes terres et pénètrent dans ce bureau. Mes pauvres assistantes seraient sans cesse en train de nettoyer les lieux si on ne prenait pas cette précaution.

Faisant une pause, il l'invita d'un geste de la main à s'asseoir, puis reprit sans se départir de son sourire.

— Bien, et maintenant, venons-en aux faits. Cela fait des jours que j'essaye de vous parler, mais dès que je vous aperçois dans le jardin, vous disparaissez. Voilà pourquoi je vous ai convoquée ici. Je veux vous entretenir de choses sérieuses.

— Et moi aussi, Gianni, répliqua-t-elle avant même de réfléchir à ce qu'elle allait bien pouvoir dire ensuite.

Cela ne manqua évidemment pas d'éveiller son attention, remarqua-t-elle en pestant intérieurement contre la spontanéité de sa réponse.

— Très prometteur, murmura-t-il, amusé. Continuez, je vous en prie.

Gianni, les coudes sur son bureau, se pencha vers elle avec un sourire carnassier. Tant d'heures passées à réfléchir à l'attitude à adopter face à lui, et voilà qu'elle gâchait tout avec une confession prononcée sous le coup de la nervosité ! Elle devait rattraper cette bêtise et inverser le cours que prenait la conversation si elle ne voulait pas se retrouver totalement à sa merci. Elle prit une grande inspiration, serra les poings et se lança.

— Eh bien… Pour en revenir justement à ce que je vous disais, j'aimerais savoir s'il vous était possible de faire un peu moins de bruit quand vous rentrez la nuit, si cela ne vous dérange pas trop…

Elle finit sa phrase dans un murmure, rouge de honte, s'attendant à subir d'une seconde à l'autre les foudres de Gianni. Mais celui-ci ne dit rien pendant un long, un très long moment. Puis, il acquiesça d'un lent mouvement de tête.

— Vous savez, vous êtes la première personne à vous plaindre de cela.

Meg tenta un trait d'humour pour détendre l'atmosphère.

— Sans doute ont-ils tous peur de vous !

— Et pas vous ? lui demanda-t-il sur un ton plus étonné que courroucé.

Elle se risqua à lui jeter un coup d'œil. Il semblait tout à fait calme, le regard brillant de curiosité.

— Je… je vais devoir réfléchir avant de vous donner une réponse, répondit-elle finalement.

Et c'était vrai : Gianni pouvait se montrer aussi terrifiant que chaleureux et drôle. Mais comment pouvait-elle connaître sa véritable nature ?

— J'espère que ça ne sera pas trop long, répliqua-t-il en éclatant de rire.

Elle leva les yeux vers lui. Gianni souriait à pleines dents derrière ses mains jointes.

— Je vous cause donc des insomnies ? lui dit-il. Eh bien, si cela peut vous rassurer, le manque de sommeil ne se lit pas un instant sur votre visage. Ne parvenez-vous pas à vous rendormir ?

— Non, je n'essaye même pas. Je me lève, me prépare, classe mes papiers, et pars aussitôt au travail.

— Je sais, acquiesça-t-il d'un air entendu. Souvent, quand je me suis déshabillé et que je m'apprête à me coucher, vous êtes déjà dehors, en route vers le verger.

— Comment le savez-vous ? demanda-t-elle, sourcils froncés.

Il se contenta de sourire. Meg ne mit pas longtemps à comprendre. Le sentier qui partait du cottage vers les serres passait juste devant la villa. La suite de Gianni donnait sans doute sur ce chemin qu'elle empruntait chaque matin. Elle eut d'un coup la délicieuse vision de Gianni, nu devant sa fenêtre, l'observant de loin.

— Ne vous inquiétez pas, dit Gianni, interrompant son agréable rêverie. Maintenant que je suis Comte, je ne peux plus me permettre de sortir autant. J'ai désormais trop de travail pour songer à m'amuser. Et à propos de travail, j'en reviens à ce pour quoi je vous ai convoquée, Megan.

Au ton soudain sérieux de Gianni, elle se figea et lui jeta un regard inquiet. Etait-ce donc le moment qu'il avait choisi pour mettre fin à sa mission à la villa ?

— A vous observer, reprit Gianni d'un ton calme et posé, j'en ai conclu que vos compétences dépassaient largement le cadre des plantes exotiques. Alors voilà ce que je vous propose. Un poste de jardinière en chef du domaine. Et si, comme je l'espère, vous comblez mes attentes, vous pourriez vous voir promue horticultrice en chef de toutes mes propriétés : la Barbade, l'île du Diamant, Manhattan et le reste…

Muette de surprise, Meg déglutit très lentement. Il parlait avec un tel détachement… Se rendait-il compte à quel point sa proposition la bouleversait ?

Gianni se leva de son fauteuil et fit le tour du bureau avant de venir s'asseoir devant elle, sur le coin de la table, une jambe balançant dans le vide à quelques millimètres d'elle.

— Bien sûr, vous bénéficierez de tout un tas d'avantages, continua-t-il sur un ton confidentiel et insinuant.

Elle leva les yeux vers lui. L'avenir de sa carrière reposait entre les mains de cet homme envoûtant, songea-t-elle, hypnotisée par son regard plein de sous-entendus.

— Tout d'abord, une prime vestimentaire, annonça-t-il.

Elle jeta un coup d'œil à sa propre tenue. Son T-shirt blanc soulignait à ravir son récent bronzage, mais ni lui ni son jean n'était neuf. D'un autre côté, elle s'y sentait à l'aise.

— Mais cette tenue est parfaitement adaptée à mon travail, protesta-t-elle dans un murmure.

Gianni fit la moue.

— Pas avec le projet que j'ai en tête. J'ai décidé de fusionner mon vignoble et les projets de mon père de façon à attirer une clientèle plus large encore. Mes employés deviendront ainsi les ambassadeurs de la villa, et devront pour ce faire être impeccablement vêtus. Lors de ma prochaine réception, je tiens à ce que chaque chef des différents secteurs du domaine soit présent. J'attends donc que vous soyez aussi ravissante que les lieux qui nous entourent.

Meg se sentit rassurée. Si tous les membres du personnel étaient traités à la même enseigne, elle pouvait accepter cette prime vestimentaire sans trop de scrupules.

Gianni continua.

— J'ai fait quelques recherches pour trouver des idées et faire de cette réception un événement exceptionnel. Saviez-vous qu'il y a un siècle, les aristocrates anglais faisaient visiter le potager du domaine à leurs invités les plus prestigieux ?

— Oui… j'étais au courant, répondit-elle avec hésitation, ignorant où le comte voulait en venir, lui qui rejetait tout ce qui avait trait au passé. Mais nous sommes en Italie, au XXIe siècle…

— Je sais. J'ai passé toute ma vie à combattre l'image poussiéreuse des Bellini. Mais maintenant que je suis comte, je comprends que certaines traditions ancestrales ont du bon, et peuvent même s'avérer rentables. Outre le vin, la propriété produit également de l'huile d'olive. J'ai l'intention d'élargir la production à d'autres spécialités locales. Ainsi, je pourrais inviter mes relations d'affaires à venir visiter les lieux, pour leur donner envie de contribuer au commerce local. Une fois que ma jardinière en chef leur aura offert un tour du domaine, ils auront droit à un fabuleux banquet, où toutes les spécialités de la villa seront présentées : nourriture, vin, fleurs… Voilà pourquoi je tiens à ce que vous fassiez une impression spectaculaire sur mes invités, Megan.

Chapitre 4

En théorie, l'idée d'un tel banquet ne déplaisait pas à Meg. En pratique, cependant, elle devinait qu'une réception organisée par l'incorrigible Gianni, habitué de la jet-set, n'allait pas être de tout repos. Voir autant de beau monde autour d'elle l'effrayait d'avance, elle qui se délectait du calme et de la sérénité des lieux. Sans parler du nombre de femmes, toutes plus jolies et riches les unes que les autres, qui répondraient à l'invitation…

— C'est entendu, répondit-elle tout de même, gardant ses craintes pour elle.

— Vous m'en voyez ravi, se réjouit-il. Bien, je vous donne votre journée pour que vous vous trouviez quelque chose à porter.

Mal à l'aise, elle remua dans son fauteuil. Le shopping ne constituait pas son activité de prédilection. Econome par nécessité, elle avait toujours eu tendance à acheter des vêtements plus solides qu'esthétiques.

— Inutile de perdre du temps dans les boutiques, déclara-t-elle finalement. La chemise et la jupe que je portais à mon arrivée ici feront bien l'affaire !

Mais à ses mots, elle vit le visage de Gianni se décomposer.

— Megan ! s'écria-t-il, visiblement indigné. Une telle tenue convient pour un rendez-vous d'affaires, pas pour une fête. Non, ce qu'il vous faut, c'est une robe éblouissante. Quelque chose d'assorti au bleu de vos yeux, et qui mette en valeur le galbe parfait de vos jambes.

— Je ne vois pas ce que mes jambes ont à voir là-dedans, Gianni, observa-t-elle avec froideur.

— Je suis un homme, répliqua-t-il en feignant l'innocence. Mais ça, vous l'avez déjà remarqué. Vous êtes la seule femme chef de section de la villa, et vous voir habillée comme une princesse parmi tous ces hommes d'affaires me remplira de fierté.

Elle dut rassembler toute sa volonté pour ne pas fondre de plaisir devant un tel compliment. Certes, il utilisait sûrement le même genre d'arguments avec toutes ses conquêtes d'un soir, mais comment résister quand il appuyait ses paroles de ce regard dévastateur ? Elle savait bien que tout cela faisait partie d'un seul et même dessein, celui de la mettre en confiance pour mieux la soumettre à son désir… Mais il fallait se contenir, et tourner la situation à son avantage.

Au terme d'un effort suprême, elle parvint à articuler une réponse appropriée.

— Endosser le rôle d'ambassadrice pour votre compte ne peut que me réjouir : cela m'aidera à étoffer mon réseau professionnel. C'est une très bonne idée. Avez-vous une idée plus précise de ce que je devrais porter ?

Pour la deuxième fois en peu de temps, il parut sincèrement surpris de sa réaction. Mais il se ressaisit rapidement et se leva pour aller donner quelques instructions par l'Interphone.

— Voilà. Mes assistantes se chargent de mettre les meilleures boutiques de Florence à votre disposition. J'ai des comptes dans chacune d'entre elles, précisa-t-il en sortant d'un tiroir une longue liste imprimée. J'y invite régulièrement des femmes pour qu'elles se fassent plaisir.

Meg tenta de se convaincre qu'il faisait uniquement allusion à des relations de travail, mais le sourire malicieux qu'il affichait lui indiqua que ce n'était sans doute pas le cas.

— Vous n'aurez aucun mal à y trouver quelque chose d'à la fois sexy et élégant.

Il lui tendit la liste, qu'elle étudia attentivement. Bien sûr, elle connaissait le nom des marques de luxe qui y figuraient, mais jusque-là, elle ne les avait vues que dans les grands magazines de mode qui s'empilaient dans la salle d'attente de son dentiste. Elle ne s'était jamais imaginé une seconde pousser la porte de ces magasins hors de prix. Et maintenant que Gianni se proposait de lui offrir une nouvelle garde-robe, elle ne savait comment accepter ce cadeau empoisonné. Car n'était-ce pas tomber dans un piège que de dépendre financièrement d'un tel personnage ? Comment comptait-il se faire remercier ? Elle ne pouvait nier son attirance pour lui, et ce genre de largesse ne pouvait que la tenter davantage. Mais il fallait tenir bon. Son histoire avec Gavin lui avait appris qu'un homme qui dépense sans compter pour une femme estime avoir droit de regard sur sa vie.

Elle observa une fois encore la lueur sensuelle qui brûlait au fond de ses sombres pupilles. Allons, quelques vêtements neufs ne pouvaient en effet lui faire de mal, décida-t-elle finalement, en lui adressant un grand sourire.

— C'est vraiment très gentil, Gianni, dit-elle tandis qu'il inclinait la tête avec satisfaction.

Elle se leva, et comme elle s'apprêtait à quitter son bureau, il regarda sa montre.

— Attendez ! Je dois me rendre à Florence pour un

rendez-vous. Je peux vous déposer là-bas. Vous n'aurez qu'à faire vos achats pendant ma réunion, et je vous ramènerai en fin de journée.

Elle s'immobilisa. Cette suggestion provoquait un tourbillon de pensées confuses dans son esprit. Passer du temps seule avec Gianni dans son bureau était une chose. Mais voyager côte à côte avec lui en était une autre !

— Mais… Je ne peux pas partir comme ça, je dois me changer et donner au moins quelques instructions à mon équipe pour continuer sans moi.

— Si vous voulez mon avis, vous êtes très bien comme ça, mais puisque vous tenez à régler ces détails, je préfère vous accompagner. Je connais les femmes, et je n'ai pas l'intention que vous me mettiez en retard en vous éparpillant.

Meg ne chercha pas à le contredire. Sa présence à ses côtés la remplissait d'excitation, et la sensation se révélait bien trop agréable pour qu'elle s'en prive. Elle retourna donc au potager pour régler les derniers détails, talonnée de près par Gianni, dont elle sentait les yeux constamment posés sur elle. Pourtant, dès qu'elle se retournait, il regardait ailleurs.

— Et que devient la Pépinière Imsey pendant votre absence ? s'enquit Gianni une fois qu'elle eut fini de se changer, en route vers la voiture.

— Je téléphone tous les jours pour prendre des nouvelles. Avec mon portable, s'empressa-t-elle d'ajouter. Mon père et ma mère m'assurent que tout va pour le mieux, mais j'ai parfois peur qu'ils me cachent des choses. C'est ce qui s'est passé la dernière fois.

Elle se mordit la lèvre, perdue dans le souvenir douloureux de ces années noires.

— Alors pourquoi accepter un travail si loin de chez vous quand vous semblez si dévouée à vos parents ?

— Je n'avais pas le choix. Quand votre père m'a offert ce poste, c'était l'occasion rêvée de démarrer enfin ma propre carrière. Après avoir redressé l'entreprise familiale, je pouvais enfin voler de mes propres ailes.

Elle se tut alors, songeant aux récents événements qui avaient bouleversé sa vie. D'abord, sa rencontre avec Gianni aux Floralies de Chelsea, qui l'avait plongée dans un état second pendant des semaines. Puis, la proposition du vieux comte de venir travailler en Italie. Et à présent, voilà qu'elle se retrouvait aux côtés de l'homme de ses rêves, comme si tous ses désirs les plus chers se réalisaient enfin… ou presque. Elle s'efforça de ne pas admirer le magnifique profil de Gianni, la beauté de ses traits méditerranéens, l'éclat de ses cheveux de jais, peinant de plus en plus à rester concentrée sur ce qu'elle lui racontait.

— Comme mes parents m'ont répété qu'ils n'avaient plus besoin de mon aide à la pépinière, j'ai fini par accepter, et me voilà !

Ils avaient atteint la voiture, une Ferrari noire et luisante qui attendait sur le sentier.

— Je n'ai jamais approché un tel bolide d'aussi près, avoua-t-elle non sans une certaine appréhension.

— Pourquoi ? Que conduisez-vous ?

— Je ne conduis pas. Du moins, pas dans ce pays. J'aurais trop peur de rouler du mauvais côté de la route. Je veux dire, de *l'autre* côté.

Gianni esquissa un sourire espiègle.

— Alors, il est grand temps que vous vous entraîniez.

Sans un mot de plus, il lui envoya d'un geste sûr le trousseau de clés. Les attrapant au vol, Meg se sentit submergée par une soudaine vague de panique.

— Vous voulez que je conduise *votre* voiture ? s'étrangla-t-elle.

— A la campagne, tout le monde doit savoir conduire, déclara-t-il. Question de survie. Autant s'initier dès maintenant. Rassurez-vous, je reprendrai le volant dès que nous franchirons le portail de la villa, je ne suis pas complètement fou.

Ils s'installèrent, et Gianni profita de cette pause pour reprendre le fil de leur conversation.

— Nous parlions de vous. Je croyais pourtant vous avoir entendue dire que vous étiez heureuse chez vous ? dit-il avec une pointe d'ironie dans la voix, comme s'il cherchait à la coincer sur ce sujet. Il ne vous a pas fallu grand-chose pour mettre à exécution vos projets d'argent et de gloire, n'est-ce pas ?

Meg secoua la tête avec agacement face à cette pique.

— Si vous m'aviez mieux écoutée, vous auriez compris ce que j'essayais de vous expliquer, répliqua-t-elle. Je voulais me forger une carrière pour moi-même.

— Je comprends… Il vous manquait quelque chose pour être parfaitement heureuse dans votre vie.

Quelqu'un, plutôt…, eut-elle envie d'ajouter. Mais elle se garda bien de le dire. Déjà, une sourde douleur la traversait. C'était le même pincement qu'elle avait ressenti en Angleterre, chaque fois qu'elle avait cru apercevoir Gianni dans la foule, ou qu'elle se souvenait de son rire.

Mais il la sortit de ses sombres pensées en lui lançant les premières instructions pour démarrer le véhicule. Meg se ressaisit, agrippant le volant gainé de cuir noir avec une détermination farouche. Lorsqu'elle appuya sur l'accélérateur, la voiture cahota sur quelques mètres, puis effectua un grand bond sur le sentier. Devant la catastrophe de cette première tentative, Gianni leva les deux mains en l'air en secouant la tête.

— Non, non, stop !

Au grand soulagement de Meg, il ouvrit précipitamment la portière, fit le tour de la voiture et vint la faire descendre.

— Je vais faire en sorte que mon équipe vous réserve quelques leçons de conduite avec une école du coin. Ensuite, je vous trouverai une voiture, annonça-t-il avant de réintégrer le bolide, cette fois à la place du conducteur.

Elle fit le tour pour s'installer sur le siège passager.

— L'ai-je abîmée ? s'inquiéta-t-elle d'une petite voix. Je rembourserai les réparations qui s'imposent, bien sûr.

Gianni éclata de rire tandis que la Ferrari franchissait le portail et s'engageait sur la route. Il lui lança alors un regard en coin.

— Ah oui ? Un remboursement en nature ?

Meg réagit à cette remarque en rougissant violemment. Et comble de son agacement, Gianni avait beau se montrer outrageusement provocant, elle savait au plus profond d'elle-même que son désir pour lui n'en restait pas moins intact.

— Mon travail ici est la seule chose qui retienne mon attention, déclara-t-elle sur un ton péremptoire, comme pour mieux se convaincre elle-même, le regard perdu au loin afin d'éviter de croiser le sien. Quand j'ai mentionné vouloir mériter mon salaire, vous avez eu l'air de croire que je ne m'intéressais qu'à l'argent. Que voulez-vous que je pense d'un homme qui traite une employée de la sorte dès le premier jour ?

Le sujet tabou de l'argent était revenu sur la table. L'espace d'un instant, elle crut que Gianni allait la jeter dehors pour avoir osé lui parler sur ce ton. Mais il n'en fit rien, se contentant simplement de hausser les épaules.

— Dommage qu'il n'y ait pas plus de femmes qui raisonnent comme vous le faites. Toutes celles que je rencontre essayent systématiquement de profiter de moi et de ma fortune. Croyez-moi, dans ces conditions, je préfère rester célibataire ! Mais cela n'exclut pas que, quand je suis en bonne compagnie, je sache me montrer viril et attentionné…

Sur ces paroles, il lui adressa un regard sans ambiguïté, et elle dut rassembler toute sa volonté pour ne pas se jeter dans ses bras. C'est alors qu'elle vit l'énorme poids lourd qui se dirigeait droit sur eux. et elle se cramponna de toutes ses forces au siège.

— Gianni ! Attention !

— *Inferno*, Megan ! Calmez-vous ! Pensez-vous vraiment que je risquerais un accident avec ma nouvelle voiture ?

Toute trace de sensualité avait cette fois bel et bien disparu de sa voix.

Comme prévu, Gianni la déposa devant la première boutique indiquée en haut de la liste. Ignorant les Klaxon furieux qui tonitruaient autour d'eux tandis qu'il sortait pour venir lui ouvrir la portière.

— Que dois-je vous donner en pourboire ? ironisa Megan en posant pied à terre.

— Je l'ajoute à votre ardoise, répliqua-t-il avec malice, avant de lui saisir la main pour y déposer un baiser.

Devant ce geste, elle resta bouche bée. Mais, avant même qu'elle ne réagisse, il avait déjà sauté dans sa voiture et redémarra aussitôt en faisant rugir le moteur. Baignant dans une douce torpeur, elle resta un instant sur le trottoir, immobile, bien après qu'il eut disparu au coin de la rue. Elle se sentait pousser des ailes, et se réjouissait maintenant de cet après-midi de shopping. Décidément, cet homme avait le don d'illuminer sa journée.

D'habitude, faire les boutiques équivalait pour elle à une séance de torture. Elle se frayait un chemin à travers la foule, tête baissée, jouant des coudes, encombrée de sacs remplis de vêtements bon marché. Mais aujourd'hui, tout lui semblait différent. Gianni lui avait ordonné de se faire plaisir tout en lui assurant de payer pour elle. Le contact de ses lèvres lui chatouillait encore la main et, tout sourires, elle tourna le visage vers le soleil haut dans le ciel. Seul un nuage obscurcissait le ciel azur de ses pensées : elle devait maintenant oser franchir le seuil de ces boutiques hors de prix.

Il lui fallut quelque temps pour rassembler son courage et pousser la porte de la première boutique. Alors qu'elle s'apprêtait à entrer, elle s'effaça de justesse pour laisser sortir une élégante dame, grande et fine, couverte de fourrures et de diamants. Une fois à l'intérieur, paralysée par le trac, elle perçut cependant une voix aimable et invitante.

— Mademoiselle Imsey ?

Elle aperçut alors une élégante Florentine avancer vers elle avec un grand sourire de bienvenue.

— Co… comment connaissez-vous mon nom ? balbutia Meg.

— Le comte de Castelfino nous a prévenus de votre arrivée. Allons, entrez.

Peu à peu, malgré le raffinement des lieux et la profusion de pièces de designers, Meg sentit son embarras s'évanouir devant l'accueil chaleureux du personnel de la boutique. Dans ces conditions, elle n'eut aucun mal à trouver en quelques minutes la robe parfaite. Un étroit fourreau de soie moirée bleu ciel, court et sans manches, assorti d'une veste ajustée. La couleur faisait ressortir à merveille son bronzage nouvellement acquis. Pour compléter l'ensemble, la vendeuse l'aida à choisir une paire d'escarpins de soie d'une finesse extrême. Perchée sur ses talons vertigineux, Meg ne cessait de s'admirer dans les miroirs de l'immense cabine d'essayage. Elle se sentait belle, rayonnante ! Cette tenue semblait faire des miracles et lui redonner toute la confiance dont elle manquait parfois si cruellement. Pour la première fois de sa vie, elle regardait son reflet avec satisfaction. Forte de cette toute nouvelle assurance, elle déclara sur un ton décidé qu'elle prenait le tout. Mais la responsable secoua la tête d'un air grave.

— Pas encore, madame. J'ai pour instruction de vous demander combien de boutiques vous avez visitées avant de vous vendre quoi que ce soit.

— C'est… c'est la première, répondit Meg avec innocence, regrettant aussitôt son honnêteté.

Une assistante vint alors lui retirer doucement les vêtements des mains pour aller les déposer dans la réserve.

— Ne vous inquiétez pas. Nous vous les gardons soigneusement. Vous comprenez, nous ne préférons pas froisser le nouveau comte.

Oui, Meg le comprenait. Mais elle ne put s'empêcher de soupirer de frustration. Tout à coup, elle n'eut plus qu'une envie : retourner dans son petit cottage de la villa, le seul endroit où elle se sentait vraiment à l'aise. Travailler parmi les plantes, les mains dans la terre, c'était son univers, pas le shopping. Même si, cette fois, quelqu'un payait pour ses achats.

— Oh non… Cela signifie-t-il qu'il me faut faire toutes

les boutiques indiquées, d'un bout à l'autre de la ville ? se lamenta-t-elle en étudiant une fois encore la longue liste que Gianni lui avait confiée.

— Allons, ce n'est pas si difficile, madame. Essayez de voir le côté positif de la chose, l'encouragea l'assistante.

Ses paroles ramenèrent Megan à la raison.

— Grand Dieu ! A m'entendre parler, on croirait qu'il s'agit d'un supplice… Vous avez raison, après tout, je vais tenter d'apprécier ce cadeau comme il se doit !

Et contrairement à ce qu'elle imaginait, ce ne fut pas très difficile. Dans les boutiques suivantes, elle prit de plus en plus de plaisir à admirer les coupes parfaites des vêtements, à tâter les étoffes et essayer des tenues qu'elle n'aurait jamais osé porter auparavant. Pourtant, après maints essayages et hésitations, elle retourna finalement dans la première boutique pour prendre la tenue qui lui avait tant plu.

Elle avait prévu de retrouver Gianni sur le Ponte Vecchio, et le vit arriver de loin, plongé dans une conversation au téléphone. Dès qu'il l'aperçut à son tour, il raccrocha et avança vers elle avec un grand sourire. L'après-midi était chaude, mais pour Megan, la température sembla grimper encore de plusieurs degrés. Il était magnifique. Elle avait toujours admiré le contraste entre son teint hâlé et le blanc de ces chemises qu'il affectionnait. Mais aujourd'hui, il la gâtait davantage encore : il avait retroussé ses manches, laissant apparaître le brun cuivré de ses avant-bras, et ouvert les premiers boutons de sa chemise, débarrassée de sa cravate, pour découvrir la sombre toison de son torse. Meg sentit son pouls s'accélérer de façon incontrôlable.

— Voilà, mission accomplie ! déclara-t-elle d'une

voix la plus détachée possible. Merci beaucoup pour tout. Croyez-le ou non, j'ai finalement choisi la toute première tenue que j'avais essayée ! Ils la livreront une fois faites toutes les retouches. Et maintenant, retournons à la villa. J'ai tellement hâte de rentrer, d'ôter mes chaussures, de…

Elle s'interrompit, consciente qu'il n'avait pas encore dit un mot. Gianni leva les yeux au ciel et fit claquer sa langue.

— Ah, ces femmes ! Quand elles sont à la maison, elles rêvent de faire du shopping, et quand elles font du shopping, elles n'ont qu'une seule hâte : rentrer à la maison ! Toutes les mêmes ! railla-t-il sur un ton plein de condescendance.

Mais ce n'était pas son cas, à elle. Elle aurait tant aimé rester flâner ici avec lui. Si seulement il s'en doutait… Mais elle se garda bien de lui avouer ces pensées.

Les jours qui précédèrent le banquet de Gianni filèrent à toute allure. Il y avait tant à faire ! Meg passait le plus clair de son temps dans les serres, à peaufiner les arrangements floraux pour le grand jour qui arriva enfin. Agenouillée dans le grand hall de la villa, absorbée par la disposition de fleurs dans une grande corbeille en osier, elle n'entendit pas les pas qui se rapprochaient doucement dans son dos.

— Je savais que je prenais la bonne décision en embauchant une jardinière en chef ! se félicita Gianni d'une voix forte.

Elle sursauta, se ressaisissant aussitôt avant de secouer la tête avec une moue dubitative sans se retourner.

— Vous avez la mémoire courte ! Souvenez-vous que

vous avez voulu me renvoyer chez moi à peine étais-je arrivée !

Il ignora sa remarque, sans doute trop occupé à examiner les décorations florales qui égayaient le grand hall d'été, et dont elle se sentait si fière. Elle avait tout conçu elle-même, des immenses guirlandes de lys qui tombaient des plafonds jusqu'au moindre bouquet de table. Et elle y avait pris tant de plaisir ! Les éloges de Gianni ajoutaient encore à sa satisfaction, et elle soupira d'aise alors qu'elle mettait la touche finale à la composition de minuscules orchidées sauvages.

— Je vous le demande : quel homme serait capable d'une telle minutie ? observa Gianni à voix basse, comme à lui-même.

Elle secoua la tête avec un sourire indulgent.

— Mon arrière-arrière-grand-père, entre autres, répliqua-t-elle. Jadis, l'art floral figurait en bonne place parmi les compétences d'un jardinier digne de ce nom, aussi viril et bourru fût-il. Savez-vous qu'au Japon, c'était un talent recherché chez les samouraïs ?

— Pour ma part, je préfère les geishas.

— Ça ne m'étonne pas de vous, rétorqua-t-elle en lui jetant un coup d'œil par-dessus l'épaule.

Mais la vision qui s'offrit à son regard lui coupa le souffle.

Il restait encore un peu de temps avant l'arrivée des invités, mais il portait déjà sa tenue de soirée. Et il était tout simplement renversant. Avec un sérieux étudié, il observait le travail de Meg sans dissimuler son contentement. Elle ne parvenait pas à détacher son regard de cette vision idyllique, consciente qu'il devinait son trouble, mais incapable de se ressaisir.

— Allons, Cendrillon ! se moqua-t-il gentiment. Ce n'est

pas le moment de rêver. Votre grand moment approche, et vous n'avez plus qu'une heure pour vous faire belle ! Je tiens à ce que mon personnel se montre ponctuel.

Elle se releva lentement. Elle n'avait pas tant d'occasions de se retrouver aussi près de Gianni, et elle prit tout son temps pour épousseter ses habits.

— Vous n'avez pas l'air pressée d'y être.

Meg fit la grimace. Après tout, elle n'avait rien à perdre en se montrant honnête.

— A vrai dire, j'ai un peu peur.

— Moi aussi.

Elle écarquilla les yeux, incrédule. S'il y avait bien quelqu'un qui aimait faire la fête, c'était lui !

— Mais vous adorez ce genre de soirées ! s'écria-t-elle d'une voix moqueuse. Je n'en reviens pas !

— Ce n'est pas une fête, Megan. Je le fais pour mon travail. Et pour moi, les deux choses ne vont pas du tout ensemble. Avant, j'aurais pu m'amuser. Mais à présent, j'ai la responsabilité du domaine et de l'ensemble du personnel. Je dois tout faire pour vendre mon projet auprès de mes invités. Et ça ne va pas être une partie de plaisir.

Il semblait si sérieux qu'elle eut un instant de désarroi.

— Eh bien, Dieu merci, moi, j'ai un travail que j'aime ! répondit-elle enfin, avec une telle sincérité qu'il éclata de rire, ce qui détendit aussitôt l'atmosphère.

Il lui tapota l'épaule doucement en lui adressant un sourire rassurant.

— Allons, ne vous inquiétez pas, Megan. Tout va bien se passer, vous verrez.

Meg, cependant, ne parvenait pas à éprouver l'assurance de Gianni. Une fois douchée et habillée, elle commença à sentir l'angoisse monter en elle. Devait-elle porter du rouge à lèvres ? Du parfum ? Chacune de ces hésitations retardait le moment de sa sortie, et seul le souvenir des paroles réconfortantes de Gianni parvint finalement à la pousser hors de chez elle. Dehors, elle aperçut les premières voitures franchir les grilles du domaine. A contrecœur, elle avança sur le sentier.

— *Bravissima!* Vous êtes resplendissante.

Meg leva les yeux. Gianni se tenait accoudé à l'une des balustrades du premier étage. Elle sentit son ventre se nouer en repensant à ce qu'il lui avait dit, qu'il l'observait lui aussi depuis sa fenêtre. Derrière ce balcon devait donc se trouver sa chambre... Elle sentit sa peau, encore tiède et parfumée de la douche, parcourue d'un frisson d'excitation.

— Que... que faites-vous là ? balbutia-t-elle en s'efforçant de camoufler les tremblements de sa voix.

— Je vous attendais, bien sûr. Une minute de plus, et je lançais mes hommes à votre recherche.

Il la contemplait d'un air satisfait, et son regard admiratif la rendit audacieuse.

— Quel employeur dévoué vous faites, Gianni ! Il vous suffisait de venir, vous savez.

Il secoua lentement la tête.

— Non, certainement pas. Une visite de ma part au cottage mérite du temps que je n'ai pas pour le moment. Quand j'entame quelque chose, j'aime aller jusqu'au bout.

Elle sentit la voix profonde et grave de Gianni s'immiscer sous sa peau et caresser ses sens. Et il savait parfaitement l'effet qu'il produisait sur elle. Elle le lisait dans son regard, dans l'assurance tranquille de sa pose.

Une brise tiède souffla dans les bambous disposés

tout autour du porche, apportant avec elle le bruit de véhicules approchant.

— Je… je dois me tenir prête dans les serres, annonça-t-elle en se retournant en direction du verger, rechignant à détacher son regard du sien jusqu'à la dernière minute.

Elle vit alors ses lèvres esquisser son fameux sourire ravageur, ce même sourire qui avait dû lui valoir ses innombrables conquêtes.

— Ne vous inquiétez pas, *mia dolce*, murmura-t-il avec calme. Je ne vais pas commencer sans vous.

Chapitre 5

Au fil des minutes, Meg sentait la pression monter. Sa mission consistait à faire visiter le potager et les serres flambant neuves aux visiteurs avant le banquet. Pourtant, ce n'était pas la présence de tous ces riches et élégants convives qui la troublait tant. Non, elle n'avait que faire de tous ces aristocrates et autres milliardaires… Une seule personne occupait ses pensées : son patron.

Tandis qu'elle restait confinée hors de la villa, Gianni accueillait ses invités sur le porche. Il ne se trouvait qu'à quelques dizaines de mètres d'elle, mais elle n'avait pas encore réussi à le voir. Elle ferma les paupières et s'efforça d'imaginer ce qui se passait : Gianni, en hôte parfait, souriant à tous, adressant à chacun un regard complice… Elle sentit son corps s'embraser de désir, et elle se força à rouvrir les yeux afin de se ressaisir. Il lui fallait plutôt se concentrer sur le programme de la soirée à venir, se rappela-t-elle.

Selon le plan de table, elle se trouvait placée en face de Gianni et entre deux des plus influents notables de la région. Comme tous les autres chefs de section du domaine Castelfino, sa tâche consistait à persuader ces messieurs de participer au projet commercial de Gianni. Celui-ci se chargeait de son côté de convaincre ses voisins de table, dont une certaine *signora* Ricci. Sans rien connaître d'elle,

Meg la détesta d'instinct. Pour mériter une invitation à cet événement, cette femme devait sûrement posséder fortune et relations. Et si elle s'avérait en plus de cela belle et charmante ? Rongée par la jalousie, elle faisait les cent pas dans la grande serre. Il restait encore une heure avant le grand dîner. Comment allait-elle parvenir à gérer son angoisse ?

Mais elle oublia tout ceci avec l'arrivée des premiers visiteurs. Non sans fierté, elle les accueillit dans son domaine, et fut si occupée à leur expliquer le fonctionnement de la serre que l'heure fila à toute allure. Elle fut longuement félicitée pour ses compositions exotiques qui donnaient, selon l'avis de tous, l'impression de marcher dans une forêt tropicale. Mais quand l'heure approcha enfin, elle ne put cacher la nervosité qui l'agitait, hantée par la dernière vision de Gianni sur son balcon. L'ivresse du succès et l'excitation de cette soirée à venir lui donnaient le tournis.

Le rez-de-chaussée de la villa fourmillait de monde. Partout, des serveurs en livrée proposaient aux convives petits-fours et champagne à flots. Meg parcourut la foule du regard, à la recherche de la seule silhouette qui l'intéressait. Lorsqu'elle l'aperçut, elle ne put s'empêcher de sourire de soulagement. Gianni évoluait parmi ses invités avec un calme et un naturel intuitifs. Meg n'eut que quelques secondes de répit avant que ne sonne la cloche du dîner. Soudain intimidée, elle s'écarta sur le côté pour attendre que les invités rejoignent leur table.

D'un coup, Gianni fut près d'elle.

— Que se passe-t-il ?

— Tout ça me rend si mal à l'aise ! Je ne connais personne ! murmura-t-elle avant qu'il ne balaye ses angoisses d'un geste de la main.

— Vous me connaissez, *moi*. C'est tout ce qui compte.

Il releva les pans de sa veste, révélant un court instant sa taille parfaitement enserrée et le blanc immaculé de sa chemise. A cette vue, elle sentit son cœur bondir. Aussitôt, toutes les plaisanteries et les bons mots qu'elle comptait lui dire se dérobèrent à son esprit. Elle resta là, à le dévorer du regard, incapable d'articuler la moindre phrase. Il lui sourit, et Meg eut une étrange révélation. Car derrière le masque formel qu'il arborait, elle devina que lui aussi éprouvait ce même trouble. Grisée par cette découverte, elle eut envie de se jeter dans ses bras, de plonger ses doigts dans ces boucles brunes et de connaître une fois encore l'extase de son baiser.

Mais elle se contenta de rougir furieusement, regard baissé. Gianni, lui, sut parfaitement comment répondre à son embarras. Il s'approcha davantage et lui prit doucement le menton. Meg releva la tête. Ils se dévisagèrent un long moment, avec une insistance parfaitement déplacée dans ce genre de circonstance officielle. Mais Gianni Bellini n'avait que faire des conventions. Du bout du doigt, il traça lentement la ligne de sa mâchoire.

— Je n'ai jamais vu femme plus ravissante, chuchota-t-il. Ou mieux habillée.

Meg ouvrit la bouche pour lui répondre, mais aucune parole n'en sortit. Elle lissa sa robe d'une main tremblante en souriant faiblement. Heureusement, elle parvenait encore à sourire, malgré l'effet que Gianni produisait sur le reste de son corps.

— Voilà qui est mieux ! ajouta-t-il. Il vous suffit juste de sourire pour devenir la plus belle femme du monde.

Il lui prit alors le bras, laissant courir ses doigts le long de sa peau jusqu'à sa main. Puis, il inclina la tête vers la salle du banquet.

— Et à présent, miss Imsey, vous venez ?

— Avec plaisir, *signor* Bellini.

La proximité de Gianni l'étourdissait comme une drogue. Comment était-elle censée suivre poliment une conversation avec les autres invités dans un tel état ? se demanda-t-elle. Elle se sentait si nerveuse qu'elle pouvait à peine le regarder. Il était, de loin, le plus bel homme de sa connaissance. Et aussi étrange que cela pouvait lui paraître, il semblait éprouver quelque chose pour elle ce soir… Elle se sentit rougir en repensant à la fougue de leur baiser.

— Allons, pressez le pas ! lui dit-il d'un air amusé, avant de devenir soudain très sérieux. Qu'y a-t-il ? Un de ces messieurs aurait-il tenté de vous distraire lors de la visite de la serre tropicale ?

Meg sentit son cœur s'emballer. S'il y avait bien un seul homme sur terre capable de la distraire, c'était lui !

— Ne me dites pas qu'Alterra, ce vieux renard, vous a fait du charme, si ? s'emporta Gianni avec élan.

— Mais non ! Tout le monde s'est montré adorable. Dire que j'avais peur de rencontrer plein de ces fameux dons Juans aux mains baladeuses dont l'Italie semble regorger…

Elle s'immobilisa avec un petit cri de surprise, les yeux écarquillés. La main de Gianni venait de glisser vers ses fesses pour les pincer discrètement. Sans cesser de sourire aux invités qu'ils croisaient sur leur chemin, il se pencha vers elle.

— Allons, quelle idée, *mia dolce* ! chuchota-t-il à son oreille avec un clin d'œil, avant de s'écarter pour rejoindre sa place.

Meg le vit s'éloigner avec un frisson d'excitation mêlée d'angoisse.

— Restez avec moi, Gianni ! cria-t-elle avant de pouvoir se retenir. Je ne suis pas faite pour ça !

— Mais bien sûr que si ! lui assura-t-il en tendant de nouveau la main vers elle, cette fois dans un geste sécurisant. Venez vous asseoir. Rappelez-vous comme vous m'avez impressionné aux Floralies de Chelsea, vous n'avez aucune raison de douter de vos capacités.

Il s'interrompit un instant, revint vers elle, puis ajouta quelque chose à son oreille.

— Toutes ces célébrités ne vous arrivent pas à la cheville, vous savez ? lui glissa-t-il en lui pressant le coude avant de repartir.

Elle haussa les sourcils. Gianni pensait-il vraiment cela ?

Sincères ou pas, ses compliments firent leur effet. Meg se dirigea vers le banquet la tête haute, forte de tous ses encouragements. Tandis qu'elle se rapprochait, un seul homme attirait immanquablement son regard. Gianni. Il semblait parfaitement dans son élément. Grand et svelte, il se tenait derrière sa chaise au centre d'une table de quinze mètres de long, discutant avec les uns et les autres avec une décontraction évidente. Meg avait hâte de rejoindre sa place et de s'asseoir en face de lui pour avoir tout le loisir de l'admirer encore. Mais les gens devant elle avançaient avec une lenteur insupportable, et elle devait se contenter de le regarder de loin. Soudain, il dut deviner qu'elle l'observait, car il interrompit sa conversation pour lui adresser un grand sourire complice avant de s'éclaircir la voix.

— Mesdames et messieurs, je vous prie d'accueillir comme il se doit la chef jardinière de la villa Castelfino, Mlle Megan Imsey, qui est également à l'origine des compositions florales qui décorent cette pièce !

Et sur ces paroles, il se mit à applaudir, bientôt suivi

de toute la salle. L'ensemble des invités se tourna avec des sourires bienveillants vers Megan, muette de stupeur. Terrassée d'embarras, elle dut néanmoins rassembler toutes ses forces pour ne rien en laisser paraître. Ce soir, si elle voulait garder son poste, elle n'avait d'autre choix que de remplir sa mission, se rappela-t-elle avec détermination. Et après tout, Gianni semblait véritablement apprécier son travail. Sur ces réflexions, elle afficha un large sourire, releva le menton et avança avec une nouvelle assurance parmi la foule qui maintenant s'écartait pour la laisser passer. Quand elle arriva à la table, un valet la fit asseoir et déplia pour elle une grande serviette blanche qu'il lui glissa sur les genoux. Gianni regardait la scène avec un amusement non dissimulé.

— Je vous avais dit que vous seriez la star de la soirée, Megan, lui murmura-t-il.

Arriva alors un couple âgé, tous deux corpulents et essoufflés, tandis que Megan cherchait ses mots pour lui répondre.

— Allez-vous donc laisser ces jeunes femmes tranquilles, Gianni ? lança l'homme avec un rire jovial.

— Quand allez-vous enfin filer droit et vous assagir ? ajouta la femme tout en prenant place à côté de Gianni.

C'était donc la *signora* Ricci que Megan avait imaginée en jeune top model. En fait, il s'agissait d'une dame plus très jeune, croulant sous le maquillage et les kilos en trop. Meg laissa échapper un long soupir de soulagement et, malgré l'expression dédaigneuse de celle-ci à son égard, lui adressa un chaleureux sourire.

Gianni leva les yeux vers Meg et l'étudia un instant, puis son regard se fit perçant.

— En toute franchise ? Jamais ! répondit-il avec le plus grand sérieux du monde.

Sa réponse fit à Megan l'effet d'une douche froide. Ainsi, sa vraie nature refaisait surface, se lamenta-t-elle intérieurement.

— Allons, présentez-nous à votre dernière « amie », Gianni ! s'écria alors la *signora* Ricci, un regard hautain fixé sur elle. Même si je ne suis pas sûre de pouvoir retenir son nom parmi ceux de toutes vos conquêtes… Je parie que vous allez vous en dégoter une autre avant la fin de la soirée !

Meg ne savait quoi faire. Elle aurait tant aimé la faire taire d'une réplique incisive, mais cette soirée était bien trop importante pour tout gâcher. Elle retint sa colère et baissa les yeux. Mais, contre toute attente, Gianni vola à son secours. Il se leva lentement, dominant l'ensemble de la table du haut de son mètre quatre-vingt-dix. Un silence gêné se fit autour d'eux.

— C'est ce que vous croyez, *signora* Ricci, murmura-t-il, le regard aussi noir que l'encre. Mais désormais, le domaine de Castelfino est ma priorité. Tout le reste passe au second plan. Je dis bien, tout le reste. Si je dois faire des excès, je les ferai en privé.

Mais sa réponse ne parvint pas à museler ses indiscrets voisins de table. Le vieux couple s'esclaffa à l'unisson.

— Oh, vous ne changerez jamais, Gianni ! Votre vie dissolue menace de détruire le fabuleux domaine de votre pauvre père, caqueta la vieille femme. Dire que vous n'avez même pas voulu lui donner un héritier de son vivant !

Jusque-là, Gianni avait paru simplement agacé. Mais à la mention du nom de son père, Meg perçut un changement notable dans sa posture. Il laissa échapper un long soupir exaspéré et leva le menton avec défiance. Une veine palpitait à la base de son cou, et une étincelle mauvaise éclairait son regard. Son invitée avait apparemment trouvé la faille sous son masque d'impassibilité. Il toisa cette dernière et prit un ton sans équivoque.

— J'ai tout prévu, annonça-t-il froidement. Dès que mes projets pour la villa seront mis en œuvre, je vais me marier. Et je vous saurai gré de montrer à ma jardinière un peu plus de respect, *signora*.

Rien n'avait changé dans ses manières ou son sourire poli. Malgré cela, Meg vit combien son corps était tendu, et ses phalanges blanchies tant il serrait fort le dossier de sa chaise. Un frisson d'inquiétude et d'effroi courut dans ses veines. Mais la *signora* Ricci, elle, ne semblait pas affectée le moins du monde. Elle éclata de rire.

— *Vous ?* Marié ? Allons, Gianni, à qui allez-vous faire croire cela ?

— La tradition compte plus que tout dans ma famille, répliqua-t-il de but en blanc. J'aurai un enfant, coûte que coûte.

Chacune de ses paroles fusa comme une flèche en direction de la vieille *signora*. A son ton, Meg frémit de peur même si la colère de Gianni n'était pas dirigée contre elle. Cependant, dès qu'il vit sa réaction, il reprit son calme, se rassit et demanda à ce qu'on serve le vin. Il profita alors de cet intermède pour lui glisser à voix basse quelques mots par-dessus la table.

— Tout va bien, Megan. Cette soirée est avant tout une occasion de s'amuser. Ne l'oubliez pas, et profitez-en !

Quand Gianni vit qu'elle lui souriait, son humeur se radoucit instantanément. Cette fête ne valait peut-être pas ses soirées romaines ou new-yorkaises du passé, mais cela restait une fête. Après tout, il se trouvait dans son élément. La nourriture était délicieuse, le vin coulait à flots, et il avait assise en face de lui la plus fascinante des jeunes femmes. Chaque fois qu'il lui parlait, il voyait son ravissant visage s'éclairer et son corps aux courbes parfaites réagir au son de sa voix. La lueur des bougies se reflétait dans la teinte caramel de sa chevelure, la parsemant d'éclats dorés. A chaque instant, son regard revenait vers elle, comme irrémédiablement attiré.

Une superbe créature. Et ce soir, elle jouait le rôle de femme du grand monde à la perfection. Il sourit de nouveau alors qu'une idée lui venait à l'esprit. Et s'il faisait de ce banquet l'occasion d'un premier rendez-vous amoureux ? songea-t-il. Après tout ce travail accompli, lui comme elle méritaient bien un peu de détente, n'est-ce pas ?

Son regard revint se poser sur elle. Les flammes des bougies projetaient leur ombre dansante sur son buste, révélant de temps à autre la courbe parfaite de ses seins. Malgré la chaleur régnante, leurs pointes saillaient sous la soie de sa robe. Gianni sentit monter en lui une onde de désir. Une nouvelle idée prit forme dans son esprit. Meg était ambitieuse. Il avait envie d'elle. Peut-être existait-il un moyen de combler à tous deux leurs attentes ? Son sourire s'élargit encore. Décidément, ce banquet s'avérait bien prometteur, se réjouit-il.

Chapitre 6

D'autres bouteilles de vin arrivèrent sur la table. Meg étudia d'un œil dubitatif l'étiquette mangée par la moisissure, avant d'interroger Gianni du regard.

— Elles proviennent de notre cave, je les sers lors des grandes occasions comme celle-ci, lui expliqua-t-il. Mais ne laissez pas refroidir votre consommé, Megan. Un vrai délice…

Son regard se fit plus pénétrant, et ses paroles prirent un tout autre sens, comme s'il ajoutait silencieusement : *Tout comme vous…*

Décidément, Gianni méritait en tout point sa réputation de play-boy, songea-t-elle. Et s'il ne semblait pas le moins du monde intéressé par le mariage, du moins pour le moment, il lui indiquait clairement qu'il avait bien l'intention de flirter avec elle. Alors, pourquoi ne pas se laisser aller, pour une fois ? se dit-elle. Elle le méritait bien, que diable ! Jusqu'à maintenant, elle n'avait pensé qu'à sa carrière. Il était grand temps qu'elle se rattrape pour tout le reste !

Elle leva les yeux pour les poser sur Gianni en face d'elle. Aucune femme ne pouvait lui résister. Personne ne pouvait donc la condamner de tomber elle aussi sous le charme de cet homme, n'est-ce pas ? songea-t-elle avec un frisson incontrôlable. Il avait beau adresser son fameux sourire irrésistible à toutes les femmes de l'assemblée, et même à la jolie petite serveuse qui lui débarrassait son assiette, Megan ne pouvait se raisonner. Son corps l'emportait sur sa raison : tout en lui l'envoûtait, depuis le parfum enivrant de son after-shave jusqu'aux notes suaves et profondes de sa voix de basse. Elle brûlait de désir pour lui. Et qu'importe ce que lui réservait l'avenir. Un chagrin d'amour lui paraissait bien peu de chose face à cette promesse imminente de plaisir, si fugace soit-il.

A ce moment, l'expression de Gianni changea. Ses pupilles s'étaient rétrécies, et un sourire triomphant passait sur ses lèvres, comme s'il devinait le sujet de ses pensées. Meg frémit. Plus son regard se faisait insistant, plus elle se sentait fléchir, comme poussée vers lui par une main invisible. C'était un terrain totalement inconnu pour elle. Consciente qu'elle jouait là sa réputation, elle ne pouvait cependant étouffer la petite voix insidieuse qui l'intimait de s'abandonner à son désir. Une nuit avec Gianni serait sûrement spectaculaire ! Si elle ne prenait pas le risque maintenant, elle ne connaîtrait jamais le vrai plaisir. Et puis, après tout, où était le problème ? Un élan d'audace lui fit relever la tête. Lorsqu'elle osa enfin poser les yeux sur Gianni, c'était avec un nouveau regard.

Les plats les plus raffinés passèrent sur la table sans qu'elle y prête la moindre attention. Les conversations n'étaient à son oreille qu'un bruit de fond incompréhensible. Enfin, lorsque le dernier dessert fut dégusté, on apporta le champagne. Gianni repoussa sa chaise et se leva pour faire son discours. Il s'adressait à l'ensemble des convives, d'une voix haute et forte, habituée à ce genre d'exercice. Meg buvait ses paroles, admirant son calme et la grâce de chacun de ses mouvements. Mais à son grand désespoir, il ne croisa pas une fois son regard. Il porta de nombreux toasts sans jamais toucher à son propre verre tandis que, saisie d'une incontrôlable nervosité, Meg vidait d'un trait deux coupes. Et, malgré son apparent détachement, cela n'échappa pas à Gianni, qui, d'un geste discret, lui ôta la flûte en cristal des mains.

— Assez bu pour ce soir, Megan. Vous aurez besoin de toute votre tête sur la piste de danse.

Ses paroles effacèrent aussitôt son sourire.

— J'avais oublié… Je pensais retrouver bientôt mes serres, murmura-t-elle d'un air accablé.

— Ne vous en faites pas, lui chuchota-t-il. Nous allons d'abord danser, et ensuite, vous m'emmènerez visiter vos serres, comme vous me l'aviez promis. Après tout, je suis le seul ici à ne pas encore avoir découvert cette partie du domaine. Un peu de détente sera bienvenue. Acceptez-vous que j'explore votre paradis tropical un peu plus tard, Megan ?

Sa voix était aussi suggestive que son expression : grave, sensuelle et irrésistible. Meg ne put rien faire d'autre que d'incliner la tête en guise d'approbation. Elle brûlait d'impatience d'obtenir un seul regard, un seul geste de lui. Mais elle dut se contenter de l'observer faire le tour de la salle pour saluer et remercier chacun de ses invités, avec cette bienveillance et cette chaleur qu'elle avait déjà pu observer lors des Floralies de Chelsea. Elle-même s'efforçait de se concentrer sur sa mission, et finit par réussir à suivre les discussions sans cesser de vérifier de temps à autre, d'un coup d'œil discret, où se trouvait Gianni.

Quand celui-ci, après avoir fini sa tournée, revint à ses côtés, elle se retint de lui sauter dans les bras.

— Dieu merci vous voilà, Gianni ! Je ne sais plus quoi raconter à nos invités !

— Oh, j'en doute fort, lui répondit-il en riant. Je vous ai observée, et vous semblez née pour cela.

Rouge d'embarras devant ce compliment inattendu, elle ouvrit la bouche pour protester, mais il ne lui en laissa pas le temps.

— Allons, pas de fausse modestie, Meg. Cette « pudeur anglaise » ne vous sied pas, lui glissa-t-il à l'oreille tout en la guidant vers la piste de danse.

Après quelques pas, il se pencha vers elle, visiblement étonné.

— Eh bien, sachez que peu de femmes dansent aussi bien que vous !

Meg faillit protester de nouveau, mais se souvint à temps du sermon qu'il venait de lui faire. Elle accepta donc son compliment avec plaisir.

— Merci Gianni. Bien danser peut s'avérer utile dans ce genre de situation, vous savez.

— Tout à fait, et je sais à présent que vous avez toutes les qualités pour satisfaire nos clients. Merci de m'avoir si bien assisté ce soir, Meg.

Le sourire qu'il lui adressa alors réchauffa tous ses membres, et une onde de chaleur se répandit en elle telle une gorgée de chocolat chaud, doux et sucré. Tous ses compliments à propos du verger s'avéraient donc sincères, songea-t-elle, transportée de joie. Il appréciait véritablement son travail, tout comme ses invités. Il ne disait pas cela simplement pour lui faire plaisir. Cette prise de conscience, alliée aux deux coupes de champagne bues plus tôt, la rendit plus téméraire.

— Oh, vous savez, je me contente de tenir mon rôle, déclara-t-elle.

— *Mai !* s'exclama-t-il en riant. Je ne vous crois pas. Vous savez conserver votre calme en toute circonstance.

Par exemple, si je vous prends dans mes bras et que je vous fais tournoyer ainsi…

D'un geste rapide et sûr, il l'attira tout contre lui et l'emmena vers le centre de la piste, où les autres danseurs s'écartèrent pour les laisser passer. Emportée par la fougue de son mouvement, Meg se laissa porter par ses mains expertes. Sa nouvelle robe scintillait de mille feux, telle la roue chatoyante d'un paon dans le reflet de mille bougies. Elle plongea le regard dans le sien, où se reflétait l'éclat des lustres.

— Gianni… J'ignorais qu'on puisse se sentir si bien…, balbutia-t-elle tandis qu'il souriait de plus belle.

A cet instant, elle sut qu'elle aurait mieux fait de se taire. Comment pouvait-elle oublier qui était Gianni Bellini ? se réprimanda-t-elle. Cet homme connaissait sur le bout des doigts les techniques de séduction. Et cette valse dans laquelle il l'entraînait ne faisait qu'embrouiller davantage son esprit déjà confus. Lui avouer ses sentiments ne pouvait que renforcer chez lui sa complaisance de séducteur, pourtant, elle n'avait pu s'empêcher de se confier, comme si une force obscure la poussait vers lui. Ses gestes étaient à la fois si légers et si sûrs !

Comme s'il devinait une fois encore ses pensées, il la tint serrée contre son torse, une main plaquée délicatement contre son dos, l'autre enserrant la sienne avec fermeté, et l'emporta dans le tourbillon de la valse. Elle s'abandonna au rythme de son corps contre le sien, la tête soudain légère, calant ses pas sur la cadence. Lorsque expirèrent les dernières mesures de Strauss, la déception lui fit un instant baisser les yeux. C'est alors qu'éclata un tonnerre d'applaudissements. Elle releva la tête, figée de stupeur. Tout le monde l'applaudissait. Même Gianni.

— Mesdames et messieurs, je vous présente la plus

belle, la plus gracieuse et la plus talentueuse des chefs jardinières dans l'histoire de l'horticulture ! annonça-t-il d'une voix forte.

Meg se cacha aussitôt le visage dans les mains, pétrifiée. La foule lança des hourras d'approbation, tandis que Gianni lui saisissait le bras. Elle le contempla avec des yeux brillants d'espoir, mais il se contenta de lui tapoter l'épaule avant de s'éloigner.

— Vous voyez que vous pouvez conserver votre calme en toute circonstance, lui lança-t-il avec un clin d'œil, disparaissant dans la foule.

— Gianni…, commença Megan.

Mais trop tard. Il était déjà ailleurs. Les danseurs revinrent occuper le centre de la piste. Bientôt, elle se retrouva au milieu de couples valsant autour d'elle, lui adressant de temps à autre un sourire amical, comme si elle faisait désormais partie de leur cercle. Elle parvint à se frayer dignement un chemin vers le bord de la piste. Gianni l'avait peut-être emmenée au paradis, mais elle ne pouvait se permettre de garder la tête dans les nuages, se sermonna-t-elle. Mélanger plaisir et travail ne donnait jamais rien de bon, elle l'avait appris quand, étudiante, elle avait laissé Gavin la distraire. Hors de question de refaire la même erreur. Elle avait décroché le travail de ses rêves, et ne pouvait se permettre de tout gâcher. Pourtant…

Elle passa le reste de la soirée à subir le supplice de l'attente. Vibrante de la promesse de Gianni, elle redoutait que les invités ne remarquent son trouble. Elle se sentait fiévreuse, et lorsqu'elle aperçut son propre reflet dans l'un des gigantesques miroirs du hall, elle mit quelques secondes avant de se reconnaître. A la place de la petite souris sans charme qu'elle avait l'habitude d'y voir, elle découvrait une bien différente créature. Sa fabuleuse robe et ses talons vertigineux lui faisaient une silhouette de rêve. Elle observa ses yeux fardés, immenses et lumineux, ses joues empourprées par la fougue de la valse, ses cheveux enroulés autour de ses épaules, lisses et soyeux. Une véritable métamorphose…, songea-t-elle.

Quant à Gianni, il paraissait totalement absorbé par ses invités. Aucun d'entre eux ne semblait pressé de quitter ce lieu féerique, et à vrai dire, lui non plus ne donnait pas l'impression de vouloir les chasser, au contraire.

Amenée au bord de l'extase puis abandonnée, elle se sentait de plus en plus désemparée. Au bout d'un moment, sa patience céda. Si Gianni tenait tellement à s'occuper de ses invités, c'est qu'elle ne l'intéressait pas tant que cela, conclut-elle. Dans un élan d'amertume, elle se dirigea vers la sortie. Mais elle n'avait pas fait trois pas que Gianni apparut de nulle part et posa la main sur son bras.

— Et où pensez-vous partir ainsi, *mio tesoro* ? lui demanda-t-il avec un haussement de sourcils, lui pressant délicatement mais fermement le bras. Aucun de mes employés ne part sans mon autorisation, et je ne crois pas vous l'avoir donnée. Vous devez me faire visiter vos serres, ne l'oubliez pas.

Elle hésita, ne sachant quoi penser. Comment pouvait-il lui parler de travail lorsqu'il savait pertinemment qu'elle aurait tout donné pour se retrouver enfin seule avec lui ?

— Si vous insistez…, finit-elle par murmurer.

Pour toute réponse, il laissa un instant ses doigts sur sa peau, puis, sans prévenir, descendit la main le long de son avant-bras jusqu'à ce qu'il atteigne sa paume. Là, il lui tint la main quelques délicieuses secondes, avant de la relâcher. Sans aucun doute, la visite à venir n'allait pas constituer un entretien classique entre patron et employée…

Gianni prit tout son temps pour faire ses adieux à ses invités. Il savait qu'il pouvait se le permettre, tant Megan semblait avoir envie de lui. Il voulait savourer le fantasme de son joli corps, souple et docile, aussi longtemps que possible. Alors que la foule se dissipait peu à peu, il commença à congédier le personnel. Enfin, lorsque les employés de nuit arrivèrent pour nettoyer les lieux, il se dirigea d'un pas tranquille vers le buffet des rafraîchissements. Là, il servit deux tasses de café et se retourna pour en tendre une à Megan, qu'il avait sentie se rapprocher derrière lui. La flamme qui brûlait dans son regard lui dit tout ce qu'il avait envie de savoir. Coucher avec elle n'était qu'une histoire de temps. Il n'avait plus qu'à choisir où, quand et comment. Ce sentiment de toute-puissance valait tout l'or du monde. Il sentit son propre corps se raffermir à cette pensée, et il sourit. Megan était intelligente : il ne doutait pas un instant qu'elle refuse ses conditions. Ne lui avait-elle pas confié dès le premier jour que la seule chose qui l'intéressait était son salaire ? Cette approche directe méritait un certain respect, et il savait parfaitement à quoi s'en tenir avec ce genre de femmes. Sur un claquement de doigts, elle se jetterait dans ses bras. Elles agissaient toutes ainsi. Pourtant, Miss Imsey semblait quelque peu différente. Il l'observa serrer entre ses mains sa petite tasse de café. On aurait pu croire qu'elle se montrait timide. Mais d'après sa grande expérience en matière de femmes, il interpréta aussitôt ses petits coups d'œil vers lui comme ceux d'une séductrice encore novice.

Il soupira. Elles étaient décidément toutes pareilles, se désola-t-il. Pourtant, Meg se distinguait de toutes les autres lorsqu'elle parlait de ses satanées plantations exotiques. Un peu comme son père, d'ailleurs. Et si Gianni ressentait nombre d'émotions à la pensée du vieux comte, la seule qui ressortait vraiment était la pitié. Il avait passé tant de temps à éviter de suivre le même chemin que lui, à fuir les tourments de l'amour ! Car c'était l'amour qui avait transformé son père en loup solitaire pendant près de trente ans. Gianni ne comptait vraiment pas se faire envoûter de la sorte.

Il secoua la tête, puis tendit la main pour saisir une framboise sur un plateau de fruits. Il porta alors la baie rouge et fraîche aux lèvres de Megan, qui mordit docilement dedans. Le fruit était tendre, sucré, parfumé, juste parfait. Elle soupira.

— Rien ne peut être meilleur que ça.

Une réplique brûla les lèvres de Gianni, mais il se ravisa, préférant aborder un sujet plus pressant.

— Ah non ? Mais si, pourtant : vous n'avez tout de même pas oublié notre petite visite, *cara* ? Allons, venez, Eve, venez me montrer votre jardin d'Eden…

De nuit, les jardins de la villa Castelfino se paraient d'atours magiques. On avait accroché dans chaque arbre une lanterne remplie de cire parfumée, et dans leur douce lueur, les fleurs que Meg avait arrangées avec tant de soin lançaient dans la nuit leurs ombres aériennes. Les massifs argentés de verveine et de tabac d'ornement scintillaient dans l'obscurité. Gianni la guida vers le verger sur le chemin éclairé de minuscules lampions dorés. Arrivée dans la grande serre, sans presque s'en rendre compte, Meg appuya sur un bouton pour déclencher le système de ventilation.

— Je ne vous ai pas emmenée ici pour que vous travailliez, prévint Gianni sévèrement. D'ailleurs, j'ai bien vu sur les plans de mon père que tout le système d'aération est automatisé.

— C'est vrai, admit Megan. Mais rien ne vaut la main de l'homme.

Elle avait prononcé cela sans réfléchir, et se demanda aussitôt s'il allait relever l'ambiguïté de ses paroles. Comme il ne dit rien, elle se mit à parler pour combler le silence.

— Que pensez-vous de l'éclairage ? Je vais allumer cette lampe, et éteindre celle-là, et…

— Non, arrêtez. L'effet est parfait pour ce que j'ai à vous dire, Megan.

Alors qu'elle s'apprêtait à allumer la lampe, elle s'immobilisa. Gianni l'avait rattrapée, et s'était placé juste derrière elle, si bien qu'elle sentit son souffle chaud sur sa nuque.

— J'ai une proposition à vous faire, annonça-t-il doucement.

Meg se retourna, interdite.

— Quel genre de proposition ? parvint-elle tout juste à articuler.

Détachant son regard du sien, il étudia attentivement la majestueuse structure de la serre de verre. L'œuvre de Megan était si parfaite qu'on se serait cru au beau milieu de la jungle. Des branches lourdes d'orchidées pendaient au-dessus de leurs têtes et offraient en spectacle le bourgeonnement rose et ivoire de leurs fleurs. Le ruissellement d'une cascade miniature dans une mare claire complétait le tableau. Coupés du reste du monde derrière les hauts murs du verger, Meg et Gianni se retrouvaient seuls dans leur petit paradis reconstitué.

— Avez-vous aussi chaud que moi ? chuchota-t-il, le souffle court.

Pour toute réponse, Meg enleva sa veste.

— Et voilà ! Vous recommencez à vous déshabiller, se moqua-t-il gentiment. Ne me dites pas que ma délicate rose anglaise est en train de se transformer en mangeuse d'hommes !

— Faites de l'humour si vous voulez, mais n'oubliez pas que nous sommes sur mon lieu de travail, lui rappela-t-elle avec un embarras non dissimulé. J'ai trop chaud, c'est tout.

— Alors me permettez-vous d'ôter également ma veste ?

— Bien sûr.

Il s'exécuta, puis défit le nœud de sa cravate et la laissa tomber au sol.

— Je suis vraiment navré de la façon dont la *signora* Ricci vous a traitée, Megan. C'est impardonnable, même si je connais ses raisons. Voyez-vous, elle a envie de moi, expliqua-t-il sans l'ombre d'une gêne.

Comme toutes les femmes, songea-t-elle. *Comme elle…*

— Je l'ai remarqué à la façon dont elle vous a dévoré du regard toute la soirée, acquiesça-t-elle. Et j'ai bien vu qu'elle ne m'appréciait guère.

— Voilà pourquoi je veux rattraper le coup. Vous êtes déjà une employée modèle : travailleuse, discrète et bien élevée. Vous m'avez tellement ébloui ce soir, tant par vos compositions florales que par vos qualités d'hôtesse, que j'aimerais vous offrir… une sorte de promotion.

Il avait l'air parfaitement sérieux, mais dans son regard, il y avait une lueur d'amusement.

— En fait, j'aimerais que vous endossiez un rôle bien plus important dans mon foyer, *carissima*...

Son ton s'était fait caressant, aussi intime que le contact de sa main sur son épaule maintenant dénudée. Comme elle ne bougeait pas, il s'autorisa à glisser un doigt sous l'étoffe de sa robe sans manches.

— Je ne suis pas sûre de vous suivre..., hésita-t-elle avant de risquer un trait d'humour pour tenter d'apaiser sa nervosité grandissante. Allons, vous n'allez tout de même pas me demander en mariage !

Elle leva alors les yeux vers lui, s'efforçant de respirer le plus calmement du monde malgré les battements sourds de son cœur.

— Bien sûr que non. Mais vous êtes sur la bonne voie. Allons, ne devinez-vous pas ce que je veux vous proposer ?

Elle l'examina attentivement. Derrière le reflet des centaines de petites lumières qui éclairaient sa pupille, son regard était aussi noir que du jais. Megan y perçut une lueur d'impatience quand il comprit qu'elle n'avait absolument aucune idée de ce qu'il insinuait.

— Parlez, Gianni, l'enjoignit-elle doucement.

— Que les choses soient bien claires, Megan, commença-t-il. Il ne s'agit pas ici de mariage. Ma proposition est d'une tout autre nature. Ne comptez pas sur moi pour tomber amoureux. J'en suis totalement incapable.

Son cœur s'emballa si vite qu'elle dut rassembler toutes ses forces pour ne pas défaillir sur place. Malgré la dureté de ses mots, elle savait qu'elle accepterait tout ce qu'il s'apprêtait à lui proposer. Il la tenait sous son joug, et elle était prête à se jeter corps et âme dans cette aventure. Qu'importe les dégâts que lui causerait ce moment de folie. Incapable de fuir, elle n'avait plus qu'à accepter sa destinée.

Il poursuivait d'une voix grave et posée.

— Pour moi, le mariage est une formalité dénuée de tout sentiment : il ne s'agit que d'argent et d'héritage. Rien à voir avec une quelconque sensibilité entre deux êtres. Quand je me marierai, Megan, ce sera pour le bien de ma famille et de mon clan. Mon épouse sera italienne et bien née, pour perpétuer la lignée des Bellini. Un homme de mon rang n'a d'autre choix que de trouver son plaisir en dehors de cette vieille institution, tant qu'il le peut encore.

Sa voix se fit murmure, et Megan dut se pencher vers lui pour percevoir ses mots. Gianni fit un pas en avant, et vint caresser lentement sa joue d'une main aussi légère qu'une plume.

— En revanche, quand il s'agit de prendre une maîtresse, je m'autorise à chercher dans d'autres sphères que la mienne. Et je vous ai choisie, Megan.

Etait-elle donc en train de rêver ? se demanda-t-elle, tandis que la main de Gianni courait le long de ses cheveux, plongeait dans la profondeur de ses boucles soyeuses. Craignant qu'il ne s'arrête, elle se tint aussi immobile qu'une statue. Ce ne fut que lorsqu'il descendit la main plus bas, vers sa taille, qu'il l'enserra pour l'attirer à lui, qu'elle comprit que tout cela était bien réel. Gianni approcha ses lèvres de son oreille.

— J'ai envie de vous, *cara*.

La chaleur de son souffle remonta le long de ses veines et parcourut son corps comme du miel liquide et chaud. Elle resserra les doigts sur son bras. En un éclair, il posa ses lèvres sur les siennes en un baiser brûlant, avide. Meg se répétait en elle-même que tout cela était insensé, voire dangereux, mais pour une fois dans sa vie, elle avait envie d'ignorer sa conscience. Elle s'abandonnait à son étreinte et laissait la passion la submerger. C'était bien trop agréable pour résister. Pourtant, elle se devait de protester, par principe.

— Non, Gianni, je ne peux pas…

Il glissa la main sous son menton pour lui relever le visage. Il déposa alors un baiser sur le bout de son nez, puis le besoin de l'embrasser de nouveau fut plus fort que lui. Il approcha ses lèvres des siennes en murmurant :

— Mais si, vous le pouvez. Laissez-moi vous montrer comme ça peut être bon.

— Je… je…, balbutia-t-elle, en proie à un délicieux vertige tandis qu'elle luttait pour recouvrer ses esprits. Mais Gianni… je ne peux pas, vraiment. Je ne connais pas… Je n'ai eu qu'une seule histoire sérieuse, que j'ai écourtée pour me concentrer sur mes études. Ce que je cherche à dire, c'est que… Je ne connais rien à l'amour.

Elle termina sa phrase dans un murmure. Gianni s'immobilisa, puis commença à s'écarter d'elle tandis qu'elle tentait de le retenir par la manche.

— Etes-vous en train de me dire que vous avez peur, Megan ? Que je vous fais peur ?

— Non. Bien au contraire…

Il la reprit doucement dans les bras.

— Alors pourquoi s'empêcher de se faire plaisir ? Et puis, ne vous souciez pas « d'amour ». Moi-même, je ne sais pas ce que ce mot signifie.

Elle pressa son visage contre la blancheur immaculée de sa chemise afin de cacher son embarras. Elle se sentait si bien ainsi, mais ne savait quoi attendre de la suite. Vierge, elle n'avait rien à offrir à un homme aussi expérimenté que lui.

— Je suis d'accord, Gianni. Seulement, je n'ai aucune expérience, et…

— Aahhh…, murmura-t-il, jouant lentement avec la soie de sa robe. Vous êtes vierge, c'est ça ?

— Ça vous paraît peut-être vieux jeu, mais c'est ainsi. J'ai toujours eu trop à faire pour me soucier de cela… Pourtant, j'ai eu un petit ami, mais je le repoussais chaque fois qu'il tentait de s'interposer entre moi et mes études, chuchota-t-elle, le visage enfoui au creux de son bras.

— Alors mieux vaut s'arrêter là, *mia dolce*, annonça-t-il doucement.

Meg se figea, saisie d'une douloureuse angoisse devant ce rejet. Elle l'interrogea d'un regard suppliant.

— Non ! Pourquoi ?

— Ne prenez pas une décision cruciale en si peu de temps, Megan.

Mais elle était déterminée.

— Si vous saviez, Gianni. J'ai attendu tellement longtemps ce moment, j'ai laissé passer tant d'occasions ! Aujourd'hui, j'ai fait mon choix, et je veux moi aussi connaître ça, comme tout le monde. J'ai passé des années concentrée sur ma carrière. A présent, je veux que vous soyez l'homme qui me montre ce que j'ai raté !

Il resta silencieux quelques instants avant de plonger un regard soucieux dans le sien.

— Vous en êtes sûre ?

— Je n'ai jamais été aussi sûre de mon choix de toute ma vie, répondit-elle simplement.

Dehors, une mésange siffla une douce et aérienne complainte. Poussé par l'instinct, Gianni pencha la tête vers Megan pour presser ses lèvres sur son cou. Elle retint son souffle, déjà grisée par l'ardeur de son geste. Il remonta alors vers son visage et d'un coup, ses lèvres s'emparèrent des siennes avec une passion telle qu'elle n'en avait jamais connu de toute sa vie. Sa langue vint explorer sa bouche, éveillant en elle un déferlement de sensations exquises, tapies jusque-là au plus profond de son être. Elle passa les mains derrière sa nuque pour le rapprocher encore, avide de ses baisers, tandis que sur la fine soie de sa robe, elle sentait la chaleur de ses mains de plus en plus fébriles. Elles descendirent le long de son dos, caressant lentement ses flancs, l'invitant à venir plus près encore. Meg se mit à onduler doucement au rythme de ses caresses, une cuisse maintenant découverte pressée fermement contre sa jambe. Elle rejeta la tête en arrière, haletante.

— Oh, Gianni…, appela-t-elle dans un souffle. Ne vous arrêtez pas, je vous en supplie…

— Mais je n'en ai pas l'intention, *mio tesoro*, répondit-il sans cesser de l'embrasser, passant lentement de son cou à l'orée de son décolleté. Et maintenant, déshabillez-moi.

Il avait prononcé ces mots avec tant de naturel qu'elle s'exécuta aussitôt, comme poussée elle aussi par son instinct. Elle défit en frémissant les boutons de nacre de sa chemise, délivrant peu à peu l'odeur tiède de son torse puissant. Elle y posa la joue, les mains à présent passées autour de sa taille. Ils restèrent ainsi, enlacés dans la pénombre chaude de la serre, en proie à une douce torpeur, puis Gianni descendit les mains jusqu'à l'ourlet de sa robe et la fit glisser par-dessus sa tête, la lui ôtant d'un mouvement fluide et rapide, faisant disparaître avec elle toute trace d'inhibition. Meg se tenait fièrement devant lui, vêtue maintenant d'à peine quelques grammes de dentelles et de satin.

Il sourit.

— Vous êtes ravissante, souffla-t-il.

Elle s'efforça de ne pas penser au nombre de femmes à qui il avait parlé ainsi. Ce soir, il était là pour elle, et peu lui importaient ses histoires passées : ce moment lui appartenait.

— Et maintenant, laissez-moi vous emporter vers les sommets…, chuchota-t-il, un éclair de satisfaction dans le regard.

Car s'il avait séduit d'innombrables femmes dans sa vie, songea Gianni, aucune d'entre elles ne s'était donnée à lui avec tant d'ardeur et de simplicité. L'expérience que Megan s'apprêtait à vivre avec lui allait la marquer à tout jamais, il en était conscient.

Soudain, à la pensée de Meg dans les bras d'un autre homme, un désagréable pincement lui noua le ventre.

Il s'efforça de chasser cette vision et plongea les yeux dans les siens, où scintillaient les braises du désir. A cette vue, une nouvelle vague d'excitation s'empara de son corps, et il prit ses lèvres avec passion.

Meg se pressa davantage contre lui, se délectant du goût de sa langue enroulée autour de la sienne, étouffant ses gémissements de plaisir. Il enfonçait à présent ses mains dans l'épaisseur soyeuse de sa chevelure, amplifiant encore le flot de désir qui montait entre leurs deux êtres. Grisée d'extase, elle ondulait contre son corps, et lorsqu'il glissa les doigts sous l'étoffe de son bustier, elle ne put réprimer un petit cri de surprise. Du bout du pouce, il caressa lentement la pointe de ses seins. Elle prit une profonde inspiration, yeux clos. Elle ne pouvait plus attendre. Elle tendit alors les mains vers son bas-ventre et lui rendit sa caresse en dessinant de ses doigts tremblants la ligne de son membre tendu de désir.

Lui saisissant la main, il la guida doucement vers un lit de mousse caché parmi les fleurs.

— Ce sera comme faire l'amour au paradis, murmura-t-il d'une voix rauque.

D'un geste empressé, il ôta sa chemise et la jeta plus loin. A la vision de la sombre toison ainsi découverte, Meg ne résista pas et tendit une main vers son torse, qu'il saisit pour y enfouir son visage, couvrant l'intérieur de son poignet d'une myriade de baisers. Alors, elle l'observa, euphorique, se débarrasser du reste de ses vêtements, et mesura enfin toute l'ampleur de son excitation.

— Maintenant, à votre tour, *carissima* ! lui ordonna-t-il avec un sourire satisfait.

Meg fut parcourue d'un frisson de la tête aux pieds. Elle commença à l'aider avec des mouvements hésitants, mais il l'arrêta.

— Non. Laissez-moi ce plaisir.

Un sourire triomphant sur les lèvres, il glissa ses longs doigts hâlés entre sa peau et la fine bretelle de son soutien-gorge, qu'il ôta lentement, dénudant sa poitrine dans toute sa splendeur. Elle se sentit emplie d'une fierté nouvelle sous son regard admiratif. Et lorsqu'il pencha les lèvres vers elle, elle se rapprocha encore, avide de ses baisers, et poussa un autre cri de surprise au contact de ses mains sur la dentelle de sa culotte. Il passa les doigts sous l'étoffe, lui arrachant de nouveau un gémissement d'aise. Une pulsion fébrile palpitait entre ses cuisses. Le souffle court, elle le laissa descendre sa culotte le long de ses jambes, et se tint alors entièrement nue devant lui.

— Et maintenant que le préambule est terminé…

Chaque parcelle de sa peau brûlait de désir pour lui, et une fièvre plus violente encore s'empara d'elle quand les doigts de Gianni descendirent le long de ses flancs, pour venir caresser la fente soyeuse de son sexe. Meg pressa le visage contre la toison luxuriante de son torse. Poussée alors par un instinct si primitif qu'elle ne se rendit même pas compte de son geste, elle tendit la main et encercla de ses doigts l'organe de sa virilité. Une main passée sur l'autre, elle le caressa jusqu'à ce qu'il frémisse d'une incontrôlable excitation.

— Pas encore, lui susurra-t-il en lui écartant les mains. Vous êtes vraiment certaine de ne pas le regretter ?

— Oui. Si c'est ce que vous voulez aussi, Gianni...

Il s'écarta légèrement, un éclair amusé dans le regard.

— N'est-ce pas évident ? Mais peut-être devrais-je vous poser la même question ! se moqua-t-il tandis que ses doigts effleuraient de nouveau la pointe durcie de ses seins. Bien que la façon dont votre corps réagit m'indique tout ce que j'ai besoin de savoir...

Elle émit alors un gémissement voluptueux, un million d'étoiles éclatant au cœur de sa chair la plus secrète, lorsque ses doigts s'aventurèrent avec une savante délicatesse le long de son sillon intime et y trouvèrent le bouton de son clitoris. Elle souleva son corps vers le sien, transportée de plaisir par sa caresse profonde, mais il remonta alors la main vers son ventre et, de l'autre, attira son visage vers le sien pour un autre baiser langoureux. Meg tressaillit, impatiente de sentir de nouveau la chaude pression de son corps contre le sien. Des frissons de plaisir montaient de plus en plus fort en elle tandis que Gianni couvrait de baisers sa gorge, ses seins à la blancheur veloutée. Le désir l'emplit d'une onde si puissante qu'elle se sentit défaillir, et comme il passait la langue sur le bout rosé de son sein, elle enfouit la main dans ses boucles brunes et attira sa tête plus près encore. Il glissa alors sa main chaude vers son pubis, et elle écarta les jambes, l'invitant à descendre plus bas encore. Elle avait connu cette sensation auparavant, mais jamais avec une telle intensité. Le pouce de Gianni pressa de nouveau contre la pointe de son clitoris, et elle laissa échapper un cri aigu de sa gorge, consumée par la force de son désir. Elle vit alors dans son regard la même fièvre qui brûlait en elle.

Gianni n'en revenait pas. Meg ne ressemblait à aucune autre femme qu'il avait connue. Elle était si pure, si innocente et pourtant, il avait réussi à éveiller en elle une sauvagerie insoupçonnée. Elle était parfaite à ses yeux. Ses doigts revinrent tourmenter la tendre fronce de sa féminité, la caressant jusqu'à ce qu'elle halète de plaisir.

— J'ai besoin de vous voir, de voir votre corps, prononça-t-il dans un murmure, avant de lui relever les cuisses pour les poser sur ses épaules.

Et sa bouche effleurant la peau fine de son sexe, il goûta alors la douce saveur de son excitation. C'était incroyablement bon. Il voulait l'explorer avec tous ses sens, transporté par la pureté de son arôme. Il abaissa la tête et passa le bout de sa langue tout au long de l'ourlet enflé de désir. Avec des soubresauts d'extase, Meg le supplia entre deux gémissements irrépressibles de l'emmener vers l'orgasme. Alors, l'envie d'entrer en elle le submergea. Il introduisit un doigt et sentit les spasmes de plaisir qui l'agitaient augmenter encore. Les battements de son cœur s'accélérèrent et des perles de sueur se formèrent un peu partout sur son corps. Mais il devait prendre son temps, tout son temps. Il glissa un autre doigt en elle. Aucune femme n'avait jusque-là réagi avec un tel abandon. Elle remuait les hanches au rythme de ses mouvements réguliers, dans une danse hypnotique, ensorcelante. Ivre d'excitation, elle cambra les reins et vint se placer sous lui. Se forçant à attendre le plus longtemps possible, il sentit ses muscles trépider sous la contrainte. Et quand il s'autorisa enfin à pénétrer en elle, il sentit toute la chaude moiteur de son intimité se refermer sur lui avec un tressaillement de plaisir.

Il eut alors cette étrange révélation : il voulait bien plus que son corps, et dans l'extase de cette découverte, il l'emplit de toute la passion qu'il avait en lui. Elle lui répondit par un cri sauvage de plaisir, qui l'excita au-delà de toute retenue. C'était donc cela… Et comme il la tenait dans ses bras, il sut qu'elle ressentait la même chose.

Chapitre 7

Quelque chose se réveilla en lui. Il avait l'habitude d'obtenir tout ce qu'il désirait, et à présent que Meg était sa maîtresse, plus rien au monde ne pouvait échapper à sa volonté. La ravissante vierge tant convoitée devenue son amante, il éprouvait un contentement inconnu jusqu'alors. La perfection de son corps relevait du miracle.

Dès qu'elle se fut assoupie dans ses bras, il la transporta à travers le jardin, jusque dans sa propre chambre où il la déposa avec une extrême douceur sur son lit. Alors, ils s'unirent encore et encore, jusqu'à ce que les premières lueurs de l'aube embrasent le ciel étoilé.

Au fil des jours, Meg devint son centre d'intérêt premier. Aucune femme n'avait jusqu'ici réussi à captiver son attention à ce point. Dès lors, il lui fit l'amour aussi souvent que possible. Il l'invitait dans son lit chaque soir, même si cela impliquait qu'il ne ferme pas l'œil de la nuit. Et alors qu'elle dormait, il se réveillait plusieurs fois pour le seul plaisir de la trouver étendue à ses côtés. Après le succès de son banquet, il avait reçu de nombreux mots de remerciements, mais pour la première fois de sa carrière, il laissa ses assistants se charger de répondre. Car rien ne pouvait se mettre entre lui et son plaisir.

Un matin, alors qu'ils restaient étendus l'un contre l'autre après des ébats effrénés, Gianni pianotait du bout des doigts sur les épaules de Meg, qui observait la vue derrière la baie vitrée d'un air rêveur. La brise tiède du matin gonflait doucement les voiles d'organza, laissant entrevoir de temps à autre les courbes sinueuses des collines embrumées dans le lointain. Seul le piaillement des hirondelles perchées sur un fil électrique troublait le calme de cette matinée. Meg soupira au creux de son épaule.

— Qu'y a-t-il, *tesoro* ?

— Rien… C'est juste que ces oiseaux me rappellent ce que tu m'avais dit à propos de ta vie… Toujours en partance pour ailleurs… Moi, avant de venir vivre ici, je n'avais jamais mis les pieds hors de mon pays. Je me contentais d'attendre que les hirondelles reviennent de leur migration hivernale, puis je les observais partir à l'automne vers des contrées plus chaudes.

Gianni cessa de la caresser. Il releva la tête, l'air surpris.

— Tu veux dire que mon horticultrice en chef n'a jamais vu un endroit plus exotique que la Toscane ?

Meg secoua la tête, puis ferma les paupières et, avec un sourire de contentement, serra plus fort les bras autour de son torse.

— Mais je n'en ai pas besoin. J'ai tout ce dont je rêve ici.

— Bien sûr…

Elle rouvrit les yeux, consciente du ton préoccupé de son amant. Depuis leur premier baiser, elle n'avait pu empêcher son esprit de tisser de délicieuses possibilités d'avenir. Mais maintenant qu'elle était sa maîtresse, elle ne pouvait ignorer que leur histoire devrait un jour toucher à sa fin. Autant la prolonger le plus longtemps possible, et ne pas gâter son humeur, se dit-elle intérieurement.

— Enfin… du moment que cet arrangement nous convient à tous les deux, s'empressa-t-elle d'ajouter sur un ton faussement détaché, comme Gianni savait si bien le faire. Je profite de ton réseau de clients pour me faire connaître, et…

— Et moi, je profite de toi, compléta-t-il avant de lui déposer un baiser sonore sur le front.

Elle esquissa un sourire. Elle avait déjà remarqué que Gianni ne faisait preuve de spontanéité que lorsqu'il savait qu'elle ne pouvait voir son expression. Il montrait bien plus de passion dans l'obscurité qu'en plein jour. Et comme en ce moment précis, elle avait le visage posé sur son torse, elle devina aux vibrations de ses côtes qu'il riait en silence. Elle releva la tête, mais il changea aussitôt d'expression, ses traits n'affichant pas plus que l'habituelle satisfaction que son visage arborait depuis leur première nuit dans la serre tropicale.

— Etais-tu en train de te moquer de moi ?

— Pas du tout, lui assura-t-il sur un ton pas vraiment convaincant. Seulement, avoue que pour une experte en plantes exotiques, *mia dolce*, tu ne peux pas te contenter de tes connaissances apprises dans les livres, expliqua-t-il en déposant quelques baisers sur son front plissé de contrariété. Tôt ou tard, il te faudra voyager pour étendre ton expérience.

Dehors, un aigle fonça parmi les hirondelles, qui fuirent à tire d'aile en poussant de grands cris. La brusque clameur fit sursauter Meg, déjà nerveuse, mais d'un geste, Gianni l'apaisa.

— J'ai donc l'intention de t'emmener avec moi pour quelque temps, reprit-il. Madère possède tout ce dont nous avons besoin : luxe, repos, et fleurs par milliers. Qu'en dis-tu ?

Une île paradisiaque, et l'occasion d'avoir Gianni rien que pour elle sans que le travail ne vienne interférer entre eux ? Que répondre à cela ? Meg renversa la tête en arrière et lui donna un long, très long baiser avant de murmurer :

— C'est fantastique. Quand partons-nous ?

Sa joie fut de courte durée. Tandis que Gianni se douchait, elle emprunta son ordinateur portable afin de trouver des informations sur Madère. Sur la première page qu'elle ouvrit, une grande bannière qualifiait l'île de « destination de rêve pour une lune de miel ». Une sourde angoisse monta aussitôt en elle. Avec une telle publicité, l'endroit devait à tous les coups attirer des hordes de couples. De couples *mariés*. Et c'était sûrement la dernière chose que Gianni souhaitait voir. Elle referma l'écran et traversa la chambre à pas lents vers la salle de bains attenante. Mais au lieu de rejoindre Gianni dans la douche comme elle en avait à présent l'habitude, elle resta adossée contre le mur, absorbée dans ses pensées.

Elle ne l'entendit pas fermer l'eau et se diriger vers elle. Ce ne fut que lorsqu'il la prit dans ses bras qu'elle sortit de sa torpeur et vit son sourire espiègle. Il pressa son corps humide contre le satin de sa nuisette, qu'il trempa en quelques secondes. Et comme elle sentait la poussée insistante de son bas-ventre contre son bassin, Meg s'efforça un instant de lutter contre le désir qui montait également en elle. Il aurait été si facile de fermer les yeux sur tout cela, de le laisser la guider vers le lit encore une fois… Mais elle devait l'interroger d'abord.

— Gianni… Es-tu déjà allé à Madère ? lui demanda-t-elle entre deux baisers.

— Mmm… plein de fois, murmura-t-il, les lèvres plongées dans sa chevelure.

— Et tu t'y plais ?

— Mmm.

Sa réponse n'était pas explicite, mais ses caresses, elles, indiquaient clairement son intention. Elle se sentit fondre tandis qu'il la soulevait dans ses bras.

— Tu seras dans ton élément, *tesoro*. Tu auras l'impression de vivre dans une serre tropicale, pluie chaude incluse.

— N'y a-t-il rien qui te contrarie dans cet endroit ? insista-t-elle alors qu'il la portait vers le lit.

— Non, rien du tout. Et s'il pleut trop pour rester dehors, on pourra toujours s'amuser à l'intérieur…

Alors, durant un long, un très long moment, il lui montra exactement ce qu'il insinuait. Meg ne tarda pas à oublier ses inquiétudes et s'abandonna tout entière à ses caresses. Lorsque enfin elle s'endormit dans ses bras, elle nageait de nouveau dans le bonheur le plus complet.

Plus tard, elle fut réveillée par un bruit dans la salle à manger attenante et tendit le bras vers l'autre côté du lit. Personne. Elle se leva et, pieds nus, alla voir dans la pièce à côté, où elle aperçut le majordome emporter le plateau vide du petit déjeuner. Gianni se trouvait à l'autre bout de la pièce contre la baie vitrée, sa silhouette élancée se découpant dans le cadre du balcon ensoleillé. Il lui tournait le dos, riant doucement dans son téléphone portable.

— Elle est sortie première de sa promotion, tu sais ? l'entendit-elle dire à son interlocuteur. Rien ne l'arrête. Pourtant, regarde-moi : je n'ai aucun diplôme, et ça ne m'a pas trop mal réussi ! L'obsession de mon père pour ce genre de choses m'a vraiment desservi. Oui, je sais ! Ridicule, non ?

Meg n'en croyait pas ses oreilles. Gianni se moquait d'elle derrière son dos. Pire, il se moquait de ses diplômes avec quelqu'un qu'elle ne connaissait même pas ! La colère remonta dans ses veines à la vitesse d'un raz-de-marée. Depuis leur premier baiser, elle s'était attendue à perdre Gianni pour une autre femme. Mais là, il s'agissait d'une trahison bien différente, et totalement imprévue. Selon toute évidence, il ne respectait pas sa carrière et méprisait son travail. C'en était trop. Elle en avait fini avec lui, décida-t-elle en fonçant vers lui avec fureur.

Au bruit de ses pas rapides, Gianni se retourna, un grand sourire aux lèvres. Mais lorsqu'il vit l'expression exaspérée qu'elle arborait, il prit soudain un air sérieux.

— Ah, *scusi*, Chico, je dois raccrocher.

Il referma son téléphone et le jeta sur la table.

— *Cara mia*, qu'y a-t-il ? Quel est le problème ?

— C'est toi, le problème ! Je t'ai entendu te moquer de moi ! cria Meg.

— Quand ?

— A l'instant ! Au téléphone !

— Oh… ça, soupira-t-il, visiblement soulagé.

Il avança vers elle pour la prendre dans ses bras, mais elle ne se laissa pas faire. Elle recula, raide de colère, poings serrés.

— Comment oses-tu dévaluer mon travail de la sorte ?

Gianni ne se sentait pas d'humeur belliqueuse. Il battit en retraite pour se diriger vers le balcon.

— Viens prendre le petit déjeuner dehors, veux-tu ?

Mais son ton conciliant la fit enrager de plus belle.

— Ne change pas de sujet ! Si le verger a obtenu autant de succès auprès de tes visiteurs, c'est grâce à moi ! Comment peux-tu parler de mon travail aux autres avec autant de mépris ? Je n'ai pas passé toutes ces années à étudier pour ça ! Et mes diplômes — dois-je te le rappeler ? —, c'est grâce à eux que j'ai obtenu ce poste !

Il secoua la tête avec une expression sévère.

— Faux. Tu as décroché cet emploi parce que tu as impressionné mon père. Tu aurais pu être aussi peu qualifiée que moi, ça n'aurait rien changé. Et dois-je te rappeler, à mon tour, que si tu as gardé ce poste après la mort de mon père, c'est grâce à moi ?

— Tu vois : tu avoues, donc ! Tu n'as aucun respect pour ce que je fais ! Je ne suis que ta maîtresse, la « chef horticultrice » que tu exhibes de temps à autre pour tes visiteurs. De la poudre aux yeux, oui ! Dès que tu trouveras une épouse digne de porter ton nom, je ne serai rien d'autre qu'une employée ordinaire…

Elle se mit à ramasser ses vêtements et ses chaussures éparpillés à la hâte la veille, avant leur nuit d'amour enflammée. Gianni leva les mains en signe d'apaisement tandis qu'elle se rhabillait avec des gestes furieux.

— Calme-toi, Megan. Ne va pas dire des choses que tu regretteras plus tard. Je vais te faire couler un bain, allumer ces délicieuses bougies à la rose que je t'ai achetées, et…

— Ne te fatigue pas. Cette fois, tu ne réussiras pas à me remettre dans ton lit, Gianni. J'en ai assez. Je pars !

Il la regarda, incrédule.

— Tu veux quitter la villa Castelfino, et tout ce que nous avons ? s'écria-t-il, soudain furieux lui aussi. Quel est ton problème, *donna* ?

Il se mit à faire les cent pas dans la pièce. Arrivée devant la porte, Meg se retourna, un air de défiance sur le visage.

— Mon problème reste le même depuis le début ! Je suis venue ici pour travailler, pas pour être ta maîtresse !

Je n'ai aucune intention de jouer un rôle de figurante parmi tes innombrables conquêtes féminines !

— Ah, les femmes ! Toutes les mêmes ! A bien y réfléchir, aucune d'entre vous ne vaut mieux qu'*elle* !

Il pointa alors le doigt en direction d'un portrait grandeur nature qui couvrait tout un mur de la pièce. On y voyait le père de Gianni jeune homme, à côté de la plus belle femme que Meg ait jamais vue. Elle possédait le fameux regard pénétrant de Gianni, et une chevelure noir corbeau. Sa silhouette voluptueuse scintillait sous une multitude de bijoux en or et en diamant.

— Habillée chez Dior, parée des plus beaux joyaux de la famille Bellini, enceinte de moi… mais ce n'était pas encore assez pour elle ! Mon père lui a donné tout ce dont une femme pourrait rêver, et même plus. En retour, elle l'a ridiculisé et lui a brisé le cœur… Pourquoi diable ai-je cru que tu serais différente ? Allez, dis-le-moi ? Que te faut-il de plus, Megan Imsey ?

Celle-ci sentit son propre pouls battre furieusement dans ses tempes.

— La seule chose que tu ne me donneras jamais, dit-elle avec une rage contenue. Ton respect. Ton respect et ton engagement.

— Oh, bon sang ! Nous sommes au XXIe siècle, *donna !* s'écria-t-il, visiblement exaspéré. Je t'ai déjà offert mon corps. Je ne t'ai jamais promis rien d'autre, et me suis montré clair dès le début, non ? Pourquoi cet arrangement ne te convient plus ? En femme d'affaires avisée, tu devrais savoir qu'en renonçant à tout ça, tu perds une belle occasion de prendre du bon temps. Crois-moi.

N'avait-il donc rien compris ? La seule chose dont elle rêvait, il ne pourrait jamais la lui donner : elle le voulait, lui, rien que pour elle. Le cœur déchiré par la douleur, elle lui répondit sur un ton plein d'amertume :

— Prendre du bon temps n'est pas tout dans la vie, Gianni !

— Ah non ? lui dit-il, d'un air plus étonné que furieux. Sais-tu combien de femmes rêveraient d'être à ta place, Meg ? Profite de cette chance tant que tu le peux.

— Non… non… Ce que je veux, c'est de la sécurité. Contrairement à toi, je ne peux pas me permettre de ne penser qu'à moi, lui expliqua-t-elle d'une voix tremblante. D'autres gens dépendent de moi, et je ne peux pas les abandonner. Mes parents sont fiers de moi, de mon poste. Pas comme toi. Je sais très bien que tu considères mon travail comme un hobby qui m'occupe quand je ne réchauffe pas ton lit. Je ne peux pas rester ici en sachant cela. Je ne veux pas perdre toute estime de moi.

Elle lui jeta un coup d'œil accablé. Après un long silence, Gianni passa un bras autour de ses épaules et la serra doucement contre son torse. Mais la colère bouillait bien trop fort en elle. Elle éclata en sanglots, découragée et humiliée.

Sa voix se fit profonde et douce.

— Ce n'est pas vrai. Nous travaillons bien ensemble, Meg. Nos objectifs et nos méthodes se complètent. Je ferai tout ce qui est en mon pouvoir pour te rendre heureuse. Dis-moi ce que tu veux, n'importe quoi. Je ne veux pas te perdre.

Il lui prit les épaules et la secoua gentiment pour accentuer ses paroles. Son regard paraissait sincère. Meg en fut si étonnée qu'elle ravala ses larmes et le dévisagea avec de grands yeux.

— C'est vrai ?

— Bien sûr que oui ! Tu es la meilleure employée que le domaine ait jamais eue !

Son affirmation lui fit aussitôt l'effet d'un baume apaisant. Mais son allégresse ne dura que le temps qu'il ajoute :

— Et puis, tu offres tellement d'autres avantages, *tesoro* !

Cessant de sourire, elle s'écarta de son étreinte protectrice.

— Employée modèle et maîtresse dévouée, dans cet ordre ?

— Ça dépend, répondit-il avec un sourire sensuel, manifestement inconscient de l'impair qu'il venait de commettre avec cette remarque.

— Eh bien, pendant que tu réfléchis, je vais informer tout le monde de mon départ, déclara-t-elle sur un ton froid et détaché en s'éloignant davantage. Adieu, donc.

Un instant déconcerté, il ne fut cependant pas long à réagir. Le visage dénué à présent de toute trace de sourire, il traversa la pièce en deux grandes enjambées et lui barra le passage.

— Non. Tu dois rester.

Meg sentit son ventre se nouer. Comment pouvait-il jouer avec ses émotions de la sorte ? se lamenta-t-elle intérieurement.

— Ne m'as-tu pas souvent répété que tes parents n'avaient plus besoin de toi pour gérer leur entreprise ? Reste ici, avec moi, Megan. Crois-tu faire plaisir à tes parents en revenant chez eux alors qu'ils t'imaginaient partie pour de bon.

Elle oublia un instant son chagrin tant sa réplique la stupéfia. Elle le regarda avec horreur.

— Comment peux-tu penser ça ? Je comprends mieux pourquoi tu tiens tant à rester célibataire, quand tu t'imagines qu'élever des enfants ne consiste qu'à s'en débarrasser au plus vite ! Ton pauvre père aurait pu attendre encore longtemps que tu lui donnes une descendance !

— Laisse mon père en dehors de ça ! s'emporta-t-il soudain. Il n'a rien à voir là-dedans. Son seul intérêt pour moi était de savoir si j'allais oui ou non trouver une épouse fidèle et fiable. Une femme à l'opposé de celle qu'il avait épousée. Mais mon expérience m'a confirmé ce que je savais déjà : les femmes ne sont que des profiteuses.

Il prononça ces derniers mots avec un air de dépit et de lassitude. Auparavant, ce ton aurait effrayé Meg. Mais plus maintenant. Elle secoua la tête lentement.

— Alors je suis navrée pour toi, Gianni. Rien d'étonnant à ce que tu refuses tout engagement avec une femme. Tu sembles avoir trop souffert pour cela.

Elle le contempla longuement, s'efforçant vainement de se persuader qu'elle faisait le bon choix en renonçant à rester avec lui. Il secoua la tête à son tour, un regard désabusé posé sur le portrait de famille au mur.

— Mon éducation m'a rendu incapable d'aimer, et d'être aimé en retour.

Oui, elle l'avait bien compris et elle s'en désolait. Ce qu'elle désirait le plus au monde, il ne pouvait manifestement pas le lui donner. Inutile de remuer le couteau dans la plaie : à présent, elle ne pouvait plus faire marche arrière.

— Je m'en vais, Gianni.

— Sache que tu fais une grosse erreur.

Elle ferma les paupières, une main posée sur la poignée de la porte.

— Si tu le dis... Mais je préfère commettre des erreurs dans la vraie vie plutôt que dans cette cage dorée où tu me proposes de rester.

— Megan... Meg...

Le regret qui teintait sa voix lui parut si sincère qu'elle

se retourna pour vérifier. Mais le regarder faillit la perdre. Car elle crut apercevoir dans ses pupilles une émouvante lueur d'angoisse. Pourtant, il feignit l'indifférence.

— Très bien. Vas-y. Fais ce qui te chante. Mais ne me dis pas adieu, lui dit-il très doucement. Car entre nous, ce ne peut être qu'un au revoir. Nous sommes faits pour être ensemble, comme deux moitiés complémentaires.

— Au lit peut-être…, répondit-elle calmement, avant d'ajouter en silence : Mais pas pour le reste.

Elle dévala l'escalier à la hâte, n'osant se retourner de peur que la vague d'émotions qui déferlait en elle ne la ramène jusque dans les bras de Gianni. Arrivée en bas des marches, elle fit une pause et l'entendit encore l'appeler d'une voix forte :

— Tu reviendras, Meg. Je t'attendrai !

L'idée qu'elle n'allait plus jamais entendre sa voix lui déchira le cœur. Elle serra les poings, ignorant la sourde douleur qui grandissait en elle, et se remit à courir.

Chapitre 8

Meg se répéta mille fois qu'elle avait pris la bonne décision. De toute façon, elle savait depuis le début que son histoire avec Gianni était condamnée, et que leur aventure se terminerait dès qu'il aurait trouvé une épouse. Mais étrangement, reprendre les rênes de son destin ne l'avait pas soulagée. Dès qu'elle était revenue dans son cottage, elle avait écrit sa lettre de démission. Elle aurait préféré partir sur-le-champ, mais sa conscience professionnelle l'empêchait de quitter les lieux sans finir son travail et faire ses adieux à ses collègues et amis. En attendant ce moment, elle fit donc de son mieux pour éviter de croiser Gianni.

Tâche impossible : il passait désormais le plus clair de son temps dans son bureau de la villa et ne sortait que rarement à l'extérieur du domaine. Ainsi, chaque fois qu'elle entendait le bruit de ses pas au détour d'un couloir, elle fuyait dans l'autre direction. Pourtant, et malgré toute sa bonne volonté, rien n'y faisait : elle finissait par se cacher pour l'observer en secret jusqu'à ce qu'il disparaisse de sa vue.

Le 12 novembre devait être son dernier jour de travail. Meg avait entouré la date d'un grand cercle rouge sur le calendrier de sa cuisine, s'efforçant de considérer ce moment comme le début d'une nouvelle vie. Cette pensée faisait passer le temps plus vite, même si la douleur lancinante qui frémissait en elle lui rappelait combien Gianni lui manquait, à chaque instant. Elle eut l'occasion de s'en apercevoir un matin lorsque, ensommeillée après une nuit à rêver de lui, elle alla dans le parc couper quelques fleurs pour la villa. Gianni arriva derrière elle sans crier gare et lui prit la taille d'une main légère.

— Megan…

Elle sursauta comme une gazelle dans les griffes d'un lion.

— Non ! cria-t-elle en jetant entre eux le bouquet d'asters qui encombrait ses bras.

— Allons, ne peut-on pas être amis ?

Un lent sourire malicieux se dessina sur ses lèvres alors qu'il revenait vers elle.

— Non ! Gianni… je t'en prie…

Elle lutta de toutes ses forces contre l'instinct de se jeter dans ses bras et recula de quelques mètres, décidée à ne pas se laisser séduire de nouveau. Pour le bien de son équilibre mental, elle ne pouvait se permettre de retomber dans ce piège qu'il lui tendait. Car s'il donnait l'image de l'homme moderne idéal, Gianni s'avérait être, en fait, un homme pétri de conformisme, englué dans son héritage aristocratique. Et dès qu'il déciderait de produire un héritier, Meg savait qu'il la considérerait alors comme une indésirable parasite.

— Tu n'es pas obligée d'agir ainsi, Megan, insista-t-il, le regard voilé de déception.

— Si. Les choses ont changé. Tu m'as clairement expliqué comment tu me considères, moi, et tu m'as rappelé très clairement mon rôle ici. De toute façon, je dois rentrer chez mes parents. Mon père doit bientôt se faire opérer, et il faut que je tienne compagnie à ma mère. Ils ont besoin de moi. Imagine ce que tu aurais ressenti si tu n'avais pas pu voir ton père à l'hôpital !

— Oui, bien sûr, acquiesça-t-il d'un air grave.

Mais malgré sa mine compatissante, elle ne se laissa pas attendrir. D'après la rumeur, elle avait appris qu'il n'était pas rare que les aristocrates comme lui entretiennent des liaisons avec leurs employées. Gianni l'avait amadouée en la laissant s'occuper des serres de son père, lui assurant qu'il admirait son travail dans le seul but de la mettre dans son lit. Et cette pensée la faisait plus souffrir que toute autre. Voilà pourquoi elle n'avait plus le choix : elle devait retourner en Angleterre et l'oublier, le plus vite possible.

L'automne s'installa sur la villa Castelfino la deuxième semaine de novembre. Gianni se tenait assis contre le rebord de son bureau, mains sur les hanches, le regard perdu dans les lointaines collines du nord. Durant des siècles, ses ancêtres avaient craint d'y voir apparaître les hordes de leurs ennemis. Mais Gianni, lui, n'avait jamais eu peur de rien. A présent, pourtant, l'approche de l'hiver lui glaçait le sang. Et le vent froid et violent qui arrivait des Alpes n'était pas seul responsable de son trouble.

Il se dirigea vers la feuille qui reposait sur la table de son bureau. L'écriture ronde et fluide de Meg se détachait sur le blanc du papier. Sa lettre de démission. En la relisant, il sourit presque. Plus qu'un simple adieu formel, elle le remerciait de son aide et de la merveilleuse expérience que lui avait apportée son travail à la villa.

Il tendit automatiquement la main vers son téléphone,

puis se ravisa et se laissa tomber dans son fauteuil, songeur. Les autres membres du personnel semblaient parfaitement contents de leur sort, et aucun d'entre eux n'avait bénéficié d'autant d'attention qu'elle. Alors pourquoi Meg renonçait-elle à ce bonheur ? Il avait beau lui avoir proposé d'innombrables avantages, elle n'avait rien voulu savoir. Au lieu de cela, elle s'était évertuée à se cacher de lui, tout en continuant de travailler toujours aussi dur dans les jardins. Il voyait sa présence partout : dans les compositions florales qui égayaient chacune des pièces de la maison, et dans le vide qu'elle avait laissé dans son lit, le soir.

En vain, il arpentait le potager et les serres dans l'espoir de tomber sur elle, prétextant auprès des autres employés qu'il voulait s'assurer qu'elle avait préparé les documents nécessaires à la prise de poste de son successeur.

Mais à dire vrai, Gianni ne songeait même pas à chercher quelqu'un d'autre. Il savait déjà qu'il ne retrouverait personne comme elle. Les jardins de la villa pouvaient se dessécher et mourir, il s'en moquait bien ! Après son départ, les serres et les parterres de fleurs lui rappelleraient à chaque instant le douloureux souvenir de ces jours heureux.

Les seules fois où il parvenait à l'apercevoir, il y avait toujours quelqu'un avec elle. D'ailleurs, elle prenait soin de toujours rester entourée, et s'il lui parlait, elle adoptait un ton très professionnel pour lui déballer toute une liste d'informations et de données à transmettre à son successeur. Impossible de briser les barrières qu'elle avait érigées entre eux ou de la faire sourire. Megan arborait systématiquement le même masque impassible et distant.

Derrière la fenêtre, une volée de colombes traversa la lumière automnale et contourna le flanc doré des collines avant de disparaître à l'horizon. Gianni ne les remarqua pas. En cet instant, il aurait dû s'affairer à d'innombrables tâches, gérer les biens de son empire florissant, mais au lieu de cela, il restait sans rien faire, ruminant vainement la frustration que lui causait la lettre qu'il avait sous les yeux.

D'un geste brusque, il la saisit et la tint au-dessus de la corbeille à papier. Mais quelque chose l'empêcha de la jeter. Il avait besoin que cette histoire se termine proprement. Pas ainsi, avec une lettre impersonnelle. Il éprouvait au plus profond de son être le besoin de soigner la blessure que Meg avait infligée à son orgueil. Et il n'y avait pas de temps à perdre. Il devait aller à un rendez-vous d'affaires. Dans vingt-quatre heures, il volerait donc au-dessus de l'Atlantique, et tout serait alors perdu.

Il se releva et parcourut son bureau de long en large, en proie à une soudaine agitation, incapable de penser à autre chose qu'au vide que laisserait Meg une fois partie. Il poussa un long soupir d'exaspération. Cette fille avait causé autant de ravages dans sa vie que l'avait fait sa mère. Mais Meg était une femme intelligente, elle. Pourquoi ne comprenait-elle pas qu'elle abandonnait derrière elle une chance unique ? Par égard pour la notion démodée d'« engagement » ? Elle allait tout gâcher à cause de cela…

Il fronça les sourcils, incapable de comprendre comment cette jeune femme avait réussi à éveiller en lui de tels sentiments. Des sentiments qu'il ne se connaissait même pas. Pour la première fois de sa vie, il ne songeait même pas à sa prochaine conquête. Non, il ne désirait que celle qui lui avait échappé.

Le lendemain, il se mit en route pour l'aéroport, décidé à ne pas se laisser distraire. Pendant la nuit, il avait bien réfléchi : il ne pouvait plus se permettre de négliger ses affaires à cause de cette femme. Le travail avant tout.

Mais au bout de vingt mètres, à peine sur le sentier, sa belle résolution vola en éclats. Il serra le frein à main de sa Ferrari avec un grincement qui fit s'envoler les pigeons abrités dans le grand cyprès du parc, descendit en vitesse et courut jusqu'au cottage en faisant crisser les graviers sous ses pas. Aucune femme ne lui avait fait l'affront de partir au milieu d'une histoire, et Megan Imsey n'allait pas faire exception à la règle.

Sa petite voiture de location était garée devant chez elle. Sans hésiter, il frappa à la porte.

Pas de réponse. Il sentait dans son dos les coups d'œil curieux de ses employés qui observaient secrètement la scène depuis la villa et les jardins. Mais qu'importe. Tôt ou tard, l'histoire allait de toute façon faire le tour du domaine. Il n'en était plus à une humiliation près, songea-t-il.

Il s'apprêtait à frapper de nouveau quand la porte s'ouvrit d'un coup. Meg se tenait devant lui, aussi pâle qu'un linge.

— Tu devrais déjà être en route pour la Californie, Gianni, lui dit-elle d'une voix sans timbre.

Il s'aperçut alors qu'elle serrait ses mains l'une contre l'autre. Un filet vermillon courait sur son poignet.

— Mais tu t'es blessée ! s'écria-t-il, oubliant aussitôt la rage qui l'avait poussé à venir la trouver.

— Je suis au courant, merci. Je m'en serais déjà occupée si je n'avais pas dû répondre à ma porte.

Meg releva la tête, défiante. L'air froid qu'elle arborait contrastait tant avec les émotions qui se jouaient en elle !

Trouver Gianni à sa porte l'avait, malgré elle, transportée de joie. Mais la vue du sang, et surtout le sien, l'avait toujours affolée. Elle sentait ses jambes flageoler mais refusa de se laisser gagner par la faiblesse. Ce n'était vraiment pas le moment de s'évanouir.

Gianni était visiblement du même avis qu'elle. Prenant la situation en main, il la guida à l'intérieur de la maison et referma la porte derrière eux.

— Assieds-toi, lui ordonna-t-il en la soutenant par le coude. Nous avons à parler.

Il sortit sans plus attendre la lettre de démission et la lui tendit.

— Oh, Gianni. Je n'ai vraiment pas le temps pour ça ! Regarde ce désordre.

Elle désigna de son doigt ensanglanté les cartons qui jonchaient la pièce.

— Tu n'as qu'à m'écouter pendant que je soigne ta blessure, suggéra-t-il en lui prenant la main.

Elle tressaillit.

— Je ne vais pas te faire mal. Comment t'es-tu fait ça ?

— Je préparais quelques boutures à emporter avec moi en guise de souvenirs quand le couteau m'a glissé des mains.

Gianni secoua la tête.

— Tu n'aurais pas besoin de souvenirs si tu acceptais de rester ici. Rien ne t'oblige à partir, Megan ! Combien de fois dois-je te le répéter ? Si j'ai dit quelque chose qui t'a vexée, alors je m'en excuse. Mais sache que c'est toi qui as monté tout cela en épingle !

— Tu as la mémoire courte, Gianni. Souviens-toi que tu ne voulais même pas m'embaucher, à mon arrivée. A présent, tu souhaiterais qu'à mon contrat de travail s'ajoute la qualité de maîtresse, sans que tu me montres le moindre respect quand tu parles de moi avec tes amis. Et puis, je dois assurer mon avenir. Et je ne parle pas seulement de ma carrière. Je sais que tu ne peux pas m'offrir la sécurité dont j'ai besoin.

Sa voix vibrait à présent d'une note résignée et amère. Elle poussa la trousse de secours devant lui, et Gianni, le visage fermé, se concentra sur sa main qu'il entreprit de bander sans dire un mot. A vrai dire, elle était soulagée qu'il soit là pour l'aider à panser sa plaie. Elle n'y serait pas arrivée toute seule, tant elle se sentait faible, même si elle ne l'aurait avoué pour rien au monde.

— Je me demande s'il ne faudrait pas un ou deux points de suture…

— Mais non, ça va aller, argua-t-elle, comme pour se convaincre elle-même.

— Es-tu certaine de ne pas vouloir que je t'emmène en ville pour qu'un médecin t'examine ? Tu es bien pâle…

Il chercha son regard, mais Meg l'évitait soigneusement.

— Merci, mais je n'ai pas l'intention de te retarder. Il est temps que tu partes, dit-elle avec une détermination feinte.

Pourtant, lorsqu'elle leva les yeux vers Gianni, occupé à ranger les compresses et le désinfectant, elle dut se retenir pour ne pas plonger les doigts dans l'épaisseur soyeuse de ses boucles brunes. Mais ce geste ne manquerait pas de la ramener directement dans son lit, et elle ne pouvait se résoudre à continuer ainsi, sachant pertinemment qu'il en choisirait une autre quand le temps serait venu de s'assurer une descendance. Son cœur déjà meurtri ne pourrait supporter une telle douleur.

— Ça y est, ça ne saigne plus. Comment te sens-tu, *mia dolce* ?

— Bien mieux, merci.

A sa grande horreur, elle se rendit compte qu'elle lui souriait. N'avait-elle donc aucun moyen de lutter contre le charme que dégageait cet homme ? Déchirée entre le besoin de le voir disparaître de sa vie et celui de rester à jamais à ses côtés, elle désespérait de ne pas posséder cette force de caractère qui lui permettait, à lui, de garder les pieds sur terre sans jamais succomber totalement à son désir. Car contrairement à elle, il était bien trop méfiant pour se donner entièrement.

— J'aurais l'esprit plus tranquille si tu consultais un médecin après ton travail.

— Quel patron consciencieux ! soupira-t-elle. Avec ce bandage, je vais avoir droit à quelques remarques de retour chez moi !

Elle leva sa main emmaillotée de gaze blanche et sourit faiblement en contemplant l'œuvre de Gianni, qui se pencha vers elle et chercha son regard.

— Que dirais-tu d'une tasse de thé bien fort pour te changer les idées ?

Ses yeux sombres pétillaient. Meg sentit son cœur fondre de nouveau et dut regarder ailleurs en vitesse.

— Tu devrais plutôt te dépêcher de partir, Gianni.

Elle porta alors une main à son front, saisie d'un brusque vertige. Dans la hâte des préparatifs, elle avait oublié de prendre son petit déjeuner, même si la faim n'était pas la seule cause de son étourdissement. Gianni remarqua aussitôt son état et alla ouvrir la porte du réfrigérateur.

— Pas avant que tu n'aies mangé quelque chose.

Et pas avant qu'il n'ait obtenu quelques réponses, ajouta-t-il en silence. A la façon dont elle évitait de croiser son regard, il devinait qu'elle repensait tout comme lui à leurs moments passés ensemble. D'habitude, pourtant, les femmes cherchaient à attirer son regard, pas à le fuir.

Il commençait à croire qu'elle s'était servie de lui pour passer le temps, qu'elle se jouait de lui. Et cette pensée constituait un affront direct à sa fierté d'homme. Il aurait dû la laisser tomber, l'oublier à jamais. Mais pour une étrange raison, il ne pouvait s'y résoudre.

— Tu dois t'en aller, Gianni. La Californie n'est pas tout près.

— La réunion attendra, ils n'oseront jamais commencer sans moi, affirma-t-il en revenant vers elle avec deux comprimés. Tiens, prends déjà ça pour calmer la douleur.

— Merci. Merci pour tout, Gianni, dit-elle en prenant les cachets, consciente de la chaleur que dégageait sa main sous ses doigts.

Il retourna dans la cuisine et en quelques minutes lui prépara une assiette de *foccacia* parsemée de jambon cru comme s'il avait fait ça toute sa vie.

— Avale ça. Tu dois reprendre des forces. Tu as mauvaise mine ces temps-ci, observa-t-il sévèrement.

Meg plongea la main dans le tiroir de la table pour prendre une fourchette au moment où Gianni y saisissait également des couverts pour lui. Leurs doigts faillirent se toucher, mais elle se dépêcha de les retirer.

— Tu restes pour le petit déjeuner ? s'étonna-t-elle.

— Je ne résiste jamais au jambon de Castelfino, affirma-t-il en se préparant une autre assiette. Et puis, je veux m'assurer que tu manges bien ce que je t'ai préparé et que tu ne jettes pas le tout.

Il s'assit sur le large rebord de la fenêtre. Sa silhouette ainsi découpée dans le cadre, il incarnait le portrait de l'homme idéal. Mais Meg s'empressa de détourner les yeux. Elle ne pouvait se laisser charmer une fois encore, et il avait beau feindre de se préoccuper de sa santé, elle savait pertinemment qu'il s'agissait d'une autre de ses manœuvres de séduction. Elle devait à tout prix rester impassible, et éviter pour cela les sujets trop brûlants.

— La rigueur anglaise me fera le plus grand bien après tant d'écarts gourmands et de laisser-aller ! soupira-t-elle sur un ton facétieux.

Mais son trait d'humour n'obtint pas le succès escompté. Le front de Gianni se plissa et il serra les mâchoires.

— Seuls les Anglais sont capables de voir les bonnes choses de la vie comme des désagréments.

Dans le silence qui s'ensuivit, le temps sembla s'arrêter. Elle attendit, incapable d'articuler le moindre mot, s'efforçant d'ignorer ce qu'il avait voulu lui dire.

— *Reste…*

Gianni avait prononcé cette unique parole d'une voix à peine perceptible. Megan crut que son cœur allait exploser de douleur.

— Je… je ne peux pas ! Je ne veux plus être ta maîtresse, Gianni ! Je ne supporterai pas que tu me quittes pour épouser une autre femme !

— C'est donc ce qui te tracasse ! s'exclama-t-il en riant avant de s'avancer vers elle pour lui passer un bras autour des épaules. Allons, ne sois pas idiote…

— Pour la dernière fois, cesse de me traiter comme une gamine !

Conscient que la situation ne prêtait pas à la plaisanterie, Gianni recula.

— Je suis venue à la villa pour travailler, répéta-t-elle. Mais comment puis-je remplir correctement ma mission en étant ta maîtresse ? Je suis déchirée entre deux univers, Gianni ! Espères-tu que je me contente de cette place en marge de ta vie ? Un jour viendra, bientôt sans doute, où ta petite famille exigera toute ton attention, et tu m'oublieras. C'est peut-être ton idée d'une vie heureuse et comblée, mais pas la mienne ! Je retourne donc chez mes parents, où je suis bien plus utile qu'ici, de toute évidence !

— Mais l'entreprise de tes parents va de mieux en mieux, protesta-t-il avec passion. Tu sais, les choses ont sûrement dû évoluer, là-bas. Ils n'ont plus besoin de toi, *eux*.

— Bien sûr que si. Comment ma mère fera si mon père est à l'hôpital ?

— Je leur enverrai du renfort ! répliqua-t-il avec un air satisfait. J'ai besoin de toi. Reste ici. Avec moi.

— Je ne peux pas. Je dois rentrer.

Gianni eut un rictus moqueur.

— De retour chez papa et maman, hein ? Alors que tu as goûté à la vie avec moi ? Après ça, ton quotidien te semblera bien fade, *tesoro*. Tu n'auras plus cette liberté dont tu jouissais avec moi !

La liberté de voir son cœur se briser chaque fois qu'elle le verrait avec sa nouvelle femme ? fulmina Meg intérieurement. Elle secoua la tête, choisissant ses mots avec soin.

— J'aurai quelque chose de bien plus important là-bas. Un vrai foyer, et une famille qui m'aime et me soutient. Je ne peux pas en dire autant de cet endroit.

La voix de Gianni s'était vidée de toute émotion lorsqu'il atteignit la porte d'entrée.

— Ne t'étonne pas si les choses ne se passent pas vraiment comme tu les avais prévues avec tes parents. Tu les as quittés après avoir rétabli les comptes de la pépinière. Mais les affaires ont prospéré sans toi, tu sais.

— Comment le sais-tu ? Tu as fait ta petite enquête ?

D'un coup, la frustration et le chagrin qui fendaient son cœur firent place à un irrépressible sentiment d'indignation, rendu plus fort encore par le calme apparent de Gianni, même si elle décelait dans son regard une certaine agitation.

— Non, j'ai simplement tiré des conclusions de ce que je t'ai entendue dire, répondit-il avec un sourire indulgent. Penses-tu donc que je suis comme tous les autres hommes, et que je pensais à autre chose quand tu me lisais les lettres de tes parents ou que tu me racontais vos conversations téléphoniques ? Je me souviens de tout ce que tu m'as dit. Arrête donc de vivre dans le passé. Concentre-toi sur ton avenir. Si tu me quittes maintenant, tu auras tout perdu. Tu t'en rendras compte dès que tu auras posé le pied dans ton pays.

Elle n'en croyait pas ses oreilles. A l'entendre, aucun autre choix de vie ne pouvait rivaliser avec celui d'être sa maîtresse. Quelle arrogance ! Ainsi, il s'imaginait seul capable de la rendre heureuse ? La pensée qu'elle puisse faire quelque chose de sa vie sans lui ne l'effleurait pas un instant, de toute évidence.

Elle leva le menton avec la même défiance dont il faisait preuve et sourit.

— Crois ce que tu veux. Je m'en sortirai bien mieux sans toi.

Sans un mot, Gianni tourna les talons, ouvrit la porte et sortit de sa vie.

Chapitre 9

Meg, immobile, le regarda partir. Une seule chose la retenait de se jeter à ses pieds et de le supplier de rester auprès d'elle : sa fierté. Elle pressa les deux mains sur sa bouche de toutes ses forces pour ne pas crier son nom. Gianni était le seul homme qu'elle aimerait jamais. Mais comment le lui dire, quand lui ne pouvait l'aimer ?

Elle entendit sa Ferrari rugir dans l'allée et courut ouvrir la porte d'entrée. Mais il avait déjà décampé, et elle fut accueillie par un nuage de poussière qui picota ses yeux déjà mouillés de larmes. Elle referma la porte avec un bruit sec avant de monter dans sa chambre, où elle se jeta sur son lit étroit et froid. Prendre la décision de rompre avec Gianni lui avait paru bien simple. A présent qu'elle l'avait perdu pour de bon, elle vivait un cauchemar.

Elle pleura jusqu'au soir, et seule l'urgence de son départ de la villa lui permit de rester active et concentrée. Pendant tout ce temps, elle sentait les lancements de sa main blessée contre la gaze de son bandage. Quelle ironie que le dernier souvenir qu'elle gardât de lui fût ce lien si solidement noué ! L'idée folle de ne jamais l'enlever lui traversa l'esprit. Car quelle autre trace conserverait-elle de lui ? Sa blessure au doigt ne laisserait sans doute même pas de cicatrice.

Contrairement à celle de son cœur.

Elle revint en Angleterre dans un état second. Descendue du bus, elle parcourut les derniers mètres qui la ramenaient chez elle à pied. Elle n'avait plus d'autre choix à présent que de se ressaisir et d'oublier. Oublier Gianni et oublier le fait qu'elle venait de perdre le meilleur emploi qu'elle obtiendrait jamais.

Alors qu'elle s'engageait sur le sentier qui menait à la demeure et à la pépinière de ses parents, elle décida que seul le travail pourrait — encore une fois — la sortir d'affaire. Elle sourit pour la première fois depuis des jours. Un sourire faible et vacillant, mais c'était déjà ça. Et puis, elle avait hâte de revoir sa mère. Après une tasse de thé bien chaud et un bon dîner comme elle seule savait lui préparer, elle courrait retrouver ses vieilles serres et se plongerait sans tarder dans le travail. Dieu sait qu'un millier de choses à faire avaient dû s'accumuler depuis son départ !

Au fur et à mesure qu'elle avançait, cependant, une étrange impression surgit en elle. D'abord, elle constata avec surprise que le sentier jadis constellé de nids-de-poule avait laissé place à une allée goudronnée bien lisse. Mais plongée dans ses pensées, elle n'y prêta pas vraiment garde. Ce ne fut que lorsqu'elle prit le dernier virage que les mots de Gianni lui revinrent à la mémoire. Les choses avaient en effet bien évolué !

Médusée, elle s'immobilisa et lâcha son sac à terre. La pépinière Imsey possédait visiblement une toute nouvelle entrée, et un parking flambant neuf là où s'élevait auparavant le vieil abri à outils. Une pelleteuse jaune canari s'activait derrière les serres que Meg avait eu tant de tristesse à quitter. L'engin creusait un trou dans un terrain qui, dans son souvenir, appartenait aux voisins. Mais plus maintenant, de toute évidence. De plus en plus incrédule, Meg déchiffra le message inscrit sur un grand panneau à côté de l'entrée, qui présentait des excuses aux visiteurs pour la gêne occasionnée pendant les travaux d'extension de la pépinière.

Elle posa la main sur la poignée du portail, mais ne put l'ouvrir. Fermé à clé ! Elle ne pouvait même pas rentrer chez elle ! Elle sortit son portable et composa le numéro de la maison, mais une voix totalement étrangère lui répondit.

— Qu'est-ce qui se passe ? Où est Mme Imsey ? demanda-t-elle, soudain envahie d'une terrible crainte.

La voix devint froide et impersonnelle.

— Mme Imsey n'est pas disponible pour l'instant. C'est à quel sujet ?

Elle resta muette de surprise, mais à son grand soulagement aperçut soudain sa mère sortir du pavillon. Celle-ci lui fit un grand signe de la main et enclencha l'ouverture électronique du portail. Meg lâcha son téléphone et courut à sa rencontre. Mais elle peina à reconnaître dans la femme élégante qui s'avançait vers elle bras tendus la petite maman inquiète et effacée qu'elle avait quittée. En premier lieu, elle portait une jupe. Et puis, elle tenait dans sa main un organiseur numérique apparemment aussi perfectionné que celui de Gianni.

— Megan chérie ! Te voilà enfin ! s'écria sa mère en la serrant dans ses bras, avant que ne résonne la sonnerie d'un téléphone.

Sa mère s'écarta d'elle pour consulter l'écran de son portable.

— Désolée, ma puce, mais c'est le cabinet d'architecte. Tu peux te débrouiller toute seule un moment ? Il y a des plats tout faits et des frites dans le congélateur, indiqua-t-elle avant de prendre l'appel.

Pétrifiée, Meg l'observa avec des yeux écarquillés parler avec animation au téléphone. En dehors des réunions de famille, elle n'avait jamais vu sa mère vêtue d'autres choses que de salopettes et de bottes en caoutchouc. A présent, elle portait non seulement un twin-set et une jupe en jersey de laine de la même couleur que ses escarpins, mais elle semblait même trop occupée pour lui cuisiner un bon petit plat comme elle en avait tant rêvé !

Oscillant entre enthousiasme et affliction, Meg se remémora une fois encore les paroles de Gianni. Ses parents semblaient en effet se débrouiller parfaitement sans elle.

— Je vais voir papa dans les serres, annonça-t-elle finalement, impatiente de retrouver au moins en son père une figure immuable.

Sa mère couvrit d'une main son téléphone et secoua la tête.

— Non, ton père est dans le bureau : il installe un nouveau logiciel sur son ordinateur.

Meg la questionna du regard, perplexe. Du temps où elle vivait là, son père n'émergeait de ses serres chéries qu'à l'heure des repas, et parfois même pas du tout. Elle avait essayé des centaines de fois de l'initier à l'informatique sur le vieil ordinateur du bureau, en vain. A présent, elle avait l'impression que le monde s'écroulait autour d'elle. A voir le remue-ménage qui agitait les lieux, avait-elle vraiment manqué à ses parents, comme elle l'avait cru jusqu'alors ?

Meg se réinstalla dans sa petite chambre de jeune fille mais ne parvint pas à éprouver ce réconfort qu'elle avait tant espéré. Elle avait grandi, et rien ne la retenait ici, certainement pas ses parents, comme Gianni le lui avait prédit. Pourtant, alors qu'elle était parfaitement libre de partir, elle n'en trouvait pas la force. Gianni avait laissé dans son existence un vide sidéral, et rien, pas même sa famille et ses amis, ne pouvait le combler.

De désespoir, elle se plongea tête baissée dans le travail. On lui présenta les derniers employés et les nouvelles techniques mises en place après son départ, et elle se concentra sur la mise au point d'une méthode inédite de transport pour les plantes exotiques. Toute cette activité frénétique n'avait qu'un but : la distraire du souvenir de Gianni. Elle accomplissait ses tâches d'une manière mécanique, sans réfléchir, consciente que si elle commençait à penser à lui, elle serait perdue. Chaque matin, elle se levait aux aurores, et partait toujours la dernière des serres à la tombée de la nuit.

Quand ses parents, inquiets de son état, la persuadèrent de prendre quelques jours de repos, elle les passa enfermée dans sa chambre, assise à son petit bureau, le regard perdu dans le lointain. Enfant, elle aimait guetter l'arrivée des premières grives venues se régaler des baies d'aubépine, qui annonçait les premiers froids de l'hiver. Elle commençait alors à penser à sa liste de Noël, le cœur léger. Mais aujourd'hui, elle regardait les oiseaux sans les voir. Son esprit était loin, au-delà des Alpes enneigées, et il faisait froid dans son cœur. Elle avait tout sacrifié, pour quel résultat ?

Néanmoins, elle savait qu'il était impératif qu'elle se ressaisisse. Au moins pour son entourage. Ses parents méritaient bien mieux que de la voir pleurnicher sur son sort toute la journée !

Avec un gros soupir de résignation, elle posa les mains sur son bureau et se releva. Soudain, elle fut prise d'un vertige et dut se cramponner au rebord de la table pour ne pas tomber. Elle se rappela alors qu'elle n'avait rien avalé de la journée, à l'exception de quelques biscuits dans la matinée, parce qu'elle se sentait barbouillée.

Un terrible doute commença à poindre dans son esprit. Non, ce n'était sans doute que le chagrin qui la rendait si faible ces derniers temps, si fatiguée, se dit-elle pour se rassurer. Mais ce manque constant d'appétit, ces nausées à la simple vue de nourriture... Et puis, sa poitrine était devenue particulièrement sensible, et elle ne pouvait se souvenir de la date de ses dernières règles.

Non, c'était insensé, songea-t-elle en secouant la tête. Elle regarda le coucher de soleil, désemparée. Il n'y avait qu'un moyen d'en avoir le cœur net. Elle saisit son porte-monnaie et partit pour la ville. D'après ses souvenirs, la pharmacie du centre restait ouverte tard le soir.

Les jours suivants défilèrent dans une sorte de brouillard. Sans le grand calendrier mural noyé sous les pense-bêtes surlignés de rouge et les messages qui s'affichaient régulièrement sur l'écran de son ordinateur, Meg n'aurait jamais pu exécuter la moindre tâche. Et il y avait à faire : la pépinière Imsey participait à une exposition florale à Londres, et elle s'était portée volontaire pour tenir le stand.

Le jour venu, en mode automatique, elle sélectionna des plantes, les entassa dans le camion et conduisit d'une traite jusqu'à la capitale, l'esprit fermement concentré sur la rude journée à venir. Mais à son arrivée, son imperturbabilité fut bien mise à mal. Les rues fourmillaient de femmes enceintes ! Des poussettes semblaient encombrer tous les trottoirs, et partout où se posaient ses yeux, elle apercevait des bébés. Jamais elle ne leur avait prêté attention, et maintenant, elle ne voyait que cela.

Pourtant, un seul enfant comptait pour elle : celui de Gianni, qui grandissait en elle. Elle ne pouvait penser à rien d'autre. Tout autour d'elle, des familles se promenaient. Le cœur fendu, elle ne pouvait s'empêcher de se dire qu'à elle, cette promesse de bonheur simple — le père, la mère et l'enfant — lui était à jamais interdite. Aucun autre homme ne pouvait remplacer Gianni dans son cœur. Elle allait donc endosser seule la responsabilité de ce petit être, dont le petit visage lui rappellerait chaque instant l'être aimé…

Elle arriva en avance dans le grand hall où allait se tenir l'exposition. La pensée de Gianni ne cessait de la hanter, mais le travail à venir exigeait toute sa concentration. Ses orchidées n'avaient jamais été aussi belles, et elle n'allait certainement pas tout gâcher avec ces états d'âme, se sermonna-t-elle. Elle avait passé une bonne partie de la nuit à envelopper chacune des fleurs délicates dans du coton, et devait maintenant déballer le tout avec d'infimes précautions. Mais Meg avait l'habitude. En un rien de temps, elle avait transformé son stand en forêt tropicale miniature. Et alors qu'elle se félicitait du temps qu'il lui restait avant l'ouverture du salon, une ombre tomba sur elle.

Elle sut d'instinct qu'il s'agissait de Gianni.

Il était là. Elle tourna lentement la tête, pour découvrir le visage qu'elle voulait toucher, sentir, embrasser depuis si longtemps. Son esprit fut aussitôt assailli d'une myriade de pensées, mais heureusement, elle n'eut pas le loisir de succomber à son émoi. Il n'était pas seul. Un homme en manteau sombre et un adolescent chargé d'un appareil photo d'aspect professionnel l'accompagnaient.

— *Buon giorno*, Megan. Ces messieurs sont journalistes. Ils ont écrit un article sur le projet de la villa Castelfino, mais ils avaient besoin de rencontrer celle qui y a tant contribué…

Il s'interrompit un instant et, devant son silence, s'éclaircit la voix et poursuivit.

— Il se trouve que je suis de passage à Londres, et j'ai donc usé de mon influence pour les faire entrer dans ce salon avant l'ouverture des portes.

Son ton sérieux et détaché visait sans aucun doute à justifier sa présence ici, se dit Meg. Il ne tenait certainement pas à se laisser aller devant des journalistes à des sentiments plus personnels.

— Je ne sais pas…, hésita-t-elle d'une voix faible.

Au vu de son regard délibérément fuyant, de son expression figée, elle devina qu'elle n'était pas la seule à avoir souffert de leur histoire. Luttant contre l'envie folle de se jeter dans ses bras et de lui demander pardon, elle tenta de reprendre contenance. En souriant, elle accepta donc de répondre aux questions des journalistes.

Mais alors qu'elle avait soigneusement évité toute allusion à ses diplômes, sachant combien Gianni les méprisait, elle sursauta en entendant l'intervieweur mentionner ses brillantes études. Elle fit de son mieux pour répondre sans trop s'attarder sur le sujet.

Une fois l'interview terminée et les photos prises, ses interlocuteurs prirent congé, et elle laissa échapper un gémissement d'amertume et de regret en voyant partir avec eux l'homme qui ne cessait de la hanter.

Malgré le vacarme ambiant, dû à l'arrivée des derniers exposants qui montaient leurs stands, Gianni l'entendit. Il raccompagna les journalistes vers la sortie, puis revint vers le stand Imsey d'un pas rapide.

— Qu'y a-t-il, Megan ?

Elle frissonna nerveusement.

— Rien. Tout va bien. Cette interview m'a un peu surprise, c'est tout. Je ne suis pas habituée à ce genre de choses, voilà tout.

— C'est pour cette raison que je suis resté avec eux, pour te soutenir, dit-il laconiquement.

Elle acquiesça d'un vague hochement de tête. D'un coup, le bébé lui vint à l'esprit. Vu les circonstances, Gianni n'avait certainement aucune envie d'en entendre parler. De toute façon, il ne voudrait pas de cet enfant, contrairement à elle. Elle se résolut donc à se taire sur le sujet. Somme toute, moins il en saurait, moins il aurait de pouvoir sur elle.

— Ah bon ? Moi qui croyais que tu voulais t'assurer que je ne te critique pas devant ces messieurs de la presse ! ironisa-t-elle, amère.

Gianni parut choqué de sa remarque.

— Tu es bien trop professionnelle pour faire ce genre de choses ! Je savais aussi que tu n'oserais pas te faire valoir auprès d'eux. Je suis donc venu pour veiller à ce que tu obtiennes ton dû.

— Juste pour ça ?

Il ne répondit pas.

— Dans ce cas, merci, Gianni, dit-elle doucement. Quand paraîtra l'article ?

— En même temps qu'un événement promotionnel que j'organise à la villa, répondit-il, annihilant tout espoir qu'il ait pu faire ce chemin juste pour tenter de la reconquérir.

Meg comprit qu'elle avait pris la bonne décision. Hors de question à présent de le mettre au courant pour le bébé. Elle ne pourrait supporter le poids de sa haine ou de sa pitié s'il apprenait une telle nouvelle. Mieux valait qu'il reste l'aristocrate froid et imperturbable qui se tenait à présent devant elle, se dit-elle intérieurement. Elle ne voulait plus souffrir.

— Eh bien, puisque tu es là, ne veux-tu pas en profiter pour te fournir en fleurs pour ton dernier chapelet de conquêtes ?

La plaisanterie fusa sans même qu'elle s'en rende compte. Pour bien faire, elle aurait dû l'accompagner d'un sourire moqueur, mais ses lèvres refusèrent de coopérer. Elle s'activa plutôt à rassembler les derniers filaments de coton parsemés sur la table et les compressa en une petite boule compacte, de la taille de son propre cœur atrophié.

— Non, il ne m'en faut qu'une, répondit Gianni avec calme.

Son sang se figea dans ses veines. Sa réponse n'appelait qu'une seule interprétation possible.

— Une seule ? répéta-t-elle, le cœur battant à tout rompre, avant de lui tourner le dos, s'affairant sans réfléchir, avec des gestes aveugles. Eh bien, il ne t'a pas fallu longtemps pour me trouver une remplaçante.

— Comme tu n'omettais jamais de me rappeler tes qualités, je suis surpris que tu ne comprennes pas que tu restes irremplaçable, Megan. Pour ta gouverne, sache que je ne recherche plus de maîtresse. Cette partie de ma vie a pris fin.

— Alors..., hésita-t-elle, ivre de tristesse contenue, incapable à présent d'effectuer le moindre geste. Cela veut donc dire que tu t'es trouvé... une épouse.

— Peut-être bien... Mais il me faut encore régler quelques petits détails.

Meg évita son regard. Que pouvait-elle répondre à cela ?

— C'est ma dernière soirée à Londres, reprit Gianni. J'aimerais que tu m'apportes la plante ce soir.

Sur ces paroles, il sortit son organiseur, tapota quelques touches et réfléchit un instant en consultant sa montre.

— Je devrais être libre vers 19 heures.

Meg le contempla avec un regard accablé. Ce serait donc la dernière fois qu'ils se verraient, songea-t-elle en retenant ses larmes de toutes ses forces.

— Ta fiancée sera-t-elle là ? lui demanda-t-elle avec précaution.

Mais Gianni serra les lèvres et prit un air sévère.

— Je suis libre à 19 heures, c'est tout, annonça-t-il, avant de quitter son stand pour gagner la sortie.

Chapitre 10

Meg ne put se résoudre à faire preuve de mesquinerie pour choisir la fleur que Gianni lui avait commandée. Elle opta donc pour sa préférée. L'orchidée possédait des fleurs parfaitement découpées, avec des pétales étoilés de rose et ourlés d'un bord jaune des plus délicats. Elle prit le plus grand soin à l'emballer dans une grande feuille transparente resserrée aux tiges par plusieurs mètres de ruban rose. Comme elle aurait aimé recevoir un tel cadeau ! se lamenta-t-elle en elle-même.

L'adresse londonienne de Gianni était restée gravée dans son cœur depuis leur première rencontre. Mais jamais elle n'aurait cru découvrir un tel faste en arrivant devant l'immeuble du quartier huppé de Mayfair. Un portier en uniforme la fit entrer et appela le réceptionniste pour vérifier qu'on l'attendait bien à l'étage. Une fois le feu vert donné, elle monta vers sa destination dans un ascenseur incroyablement silencieux. Arrivée à l'étage, elle sortit dans le couloir tapissé de moquette profonde et se retrouva devant une lourde porte noire.

Pas de nom, de poignée ou de sonnette. Meg s'apprêtait à frapper quelques coups quand une bonne en tablier blanc ouvrit grand la porte. Elle lui sourit puis lui prit le paquet des mains et s'effaça pour la laisser entrer avant de disparaître dans une autre pièce avec l'orchidée.

— *Grazie*, Consuelo. Vous pouvez rentrer chez vous, à présent, murmura la voix de Gianni quand la bonne fut revenue.

En dépit de son amère résignation, Meg ne put empêcher son cœur de s'emballer en l'entendant. Il apparut alors dans son champ de vision. D'instinct, elle porta la main vers son ventre, mais la laissa retomber. Gianni ne devait rien deviner, se rappela-t-elle. Ce soir, il incarnait en tout point le richissime et puissant célibataire qu'il était. Ses mouvements fluides et tranquilles dénotaient son aisance : il se trouvait là dans son élément. Il n'avait pas changé de costume depuis son rendez-vous de l'après-midi, mais avait ôté sa cravate et sa veste et se promenait pieds nus. Il avait également retroussé les manches de sa chemise, laissant apparaître le superbe hâle de sa peau.

— Je n'ai pas eu l'occasion de te remercier de tout ce que tu as fait pour moi, et j'avais envie de discuter un peu avec toi des événements de ces dernières semaines, lui dit-il une fois qu'ils furent seuls.

Quelle idée saugrenue ! songea Meg. La dernière chose qu'elle voulait était de l'entendre parler de cette femme qui l'avait persuadé de renoncer à son vœu de célibat.

— Combien de temps avons-nous ? demanda-t-elle tandis qu'il la guidait à travers le salon.

Elle jeta un coup d'œil nerveux autour d'elle, craignant à tout moment d'apercevoir un indice signalant le passage de l'Autre Femme. Mais elle ne put rien déceler d'explicitement féminin. Au contraire. Empreint de touches masculines, l'appartement de Gianni mariait avec goût lignes claires et mobilier luxueux. Des cordages dorés relevaient les rideaux de velours gris qui balayaient l'immense tapis de soie crème. Derrière la baie vitrée qui courait sur tout le mur, on apercevait les lumières de la capitale scintiller doucement tel un kaléidoscope multicolore.

— Nous avons tout le temps, lui répondit-il. Je dois t'expliquer quelque chose, et je veux être absolument certain que tu m'écoutes attentivement.

Elle hocha la tête machinalement. Gianni saisit sur la table basse une carafe en cristal remplie de cognac et en versa un doigt dans deux petits verres posés sur un plateau argenté. Il lui en tendit un, que Meg refusa d'un signe de tête. Il haussa les épaules.

— Comme tu veux, je le laisse sur la table. Tu le boiras plus tard.

Il leva son verre en admirant la teinte cuivrée du breuvage avant d'en boire une gorgée avec un sourire de satisfaction. En voyant son visage s'éclairer du plaisir qu'il lui avait si souvent montré, Meg sourit également.

— J'ai eu tort, reprit-il inopinément. Je pensais que t'attribuer une fonction plus importante que celle de maîtresse te transformerait en une femme comme celle qui a ruiné la vie de mon père. J'imaginais qu'en m'engageant auprès de toi, il me fallait renoncer à tout ce qui te rend unique et adorable. En t'épousant, je perdais la femme idéale au profit d'une harpie obsédée par ses cours de gym et ses soins en institut, comme l'avait été ma mère.

Il avait prononcé tout cela d'un trait, les yeux rivés sur son verre de cognac. Meg retint son souffle, ne sachant quoi dire. Mais il n'avait pas terminé.

— Mes souvenirs d'enfance résonnent encore des cris de dispute de mes parents, du fracas des assiettes jetées aux murs. Je ne voulais pas revivre cet enfer. Et puis, tu es arrivée, et tu m'as montré que tu voulais autre chose que ma renommée ou ma fortune.

Malgré sa confusion, elle ne put s'empêcher d'intervenir.

— Mais… tu m'as raconté que ta mère était morte en couches…

— C'est bien le cas. Pas en me donnant naissance, à moi, mais à mon demi-frère, mort-né.

Meg resta interdite, incapable de penser à une réaction appropriée face à une révélation si tragique. Enfin, Gianni haussa lentement les épaules, et comme il poussait un long soupir, elle tendit la main et la posa sur son avant-bras.

— Ton père a dû être dévasté.

— Tu ne crois pas si bien dire. Je ne savais pas alors que la trahison de ma mère l'avait bien plus affecté que sa disparition. Elle enchaînait les aventures dans le dos de mon père et a fini par tomber enceinte de l'un de ses amants. Quand elle est morte, mon père m'a envoyé dans un pensionnat anglais, pensant me protéger du scandale. Mais c'était sans compter sur la cruauté des enfants. Ainsi, chacun dans notre isolement, nous nous sommes enfermés derrière une épaisse carapace. A mon retour en Italie, j'espérais pouvoir l'aider et reconstruire une relation forte avec lui. En vain. Muré dans son amertume, il n'avait qu'une idée en tête : que je trouve une épouse digne de porter le nom de Bellini pour ne pas reproduire le plus grand drame de sa vie.

— Quel terrible exemple de vie maritale ! commenta Meg d'une voix lente, repensant à l'union idyllique de ses propres parents. Rien d'étonnant que tu aies toujours refusé de t'engager.

— Je n'avais pas l'intention de laisser mon cœur m'entraîner vers un tel désastre. Mon père s'est marié par amour et s'est retrouvé bafoué. Si ma propre mère n'avait pu se montrer fidèle, alors quelle femme le pouvait ?

— Nous ne sommes pas toutes pareilles, tu sais, fit-elle observer avec insistance. Heureusement, ma mère n'est pas comme la tienne. Bien qu'elle ait changé depuis quelque temps…

— Ah oui ? s'enquit-il avec un regard compatissant. Je t'avais prévenue.

— Tu avais raison, Gianni. Quand je suis rentrée chez moi, j'ai compris que les choses avaient évolué en mon absence. J'aurais dû faire preuve de plus d'assurance et ignorer ce que toi ou tes amis pensiez de mon travail. Et j'aurais dû aussi me montrer plus mûre afin de rompre avec toi de façon plus amicale. Il faut que nous terminions tout cela décemment. Maintenant.

Elle s'interrompit, la gorge nouée, craignant de révéler ses sentiments véritables.

— Bien sûr, acquiesça Gianni avec un calme qui lui fendit le cœur de plus belle.

Comme il devait avoir l'habitude de ce genre de scènes, songea-t-elle. La belle inconsolable, les adieux éplorés, le simulacre des regrets…

Un portable se mit à vibrer bruyamment quelque part. Gianni jura à voix basse, posa son verre et alla vers sa veste, où il prit son téléphone pour l'éteindre sans répondre.

— A propos, je préfère que tu effaces mon numéro de ton portable, déclara Meg, s'efforçant de parler sans balbutier.

— Impossible, répliqua-t-il avec sincérité. Je ne l'ai jamais eu.

— Mais tous tes contacts importants y sont répertoriés ! s'exclama-t-elle, anéantie de douleur face au détachement avec lequel il lui annonçait cela.

Gianni esquissa un sourire entendu.

— Eh bien, tu n'y es pas. Oh, ne me regarde pas comme ça. A quoi t'attendais-tu ? Préférerais-tu que je mente et que j'affirme que tu y es ? Non merci, je laisse l'hypocrisie aux gens comme ma mère.

— Gianni ! Comment peux-tu te montrer si insensible ? s'écria-t-elle, au bord des larmes. Puisque c'est ainsi, dis-moi adieu maintenant, que tu puisses courir offrir cette orchidée à ta promise, à qui je souhaite bien du courage pour les tourments que tu vas lui faire subir !

La violence de sa riposte fut pour Gianni un coup de semonce. Il lui attrapa la main et la guida d'un pas rapide à travers le salon. Elle s'attendait à ce qu'il la jette dehors sans autre forme de procès, mais il n'en fit rien. Au lieu de cela, il la fit entrer dans la salle à manger adjacente, où un magnifique dîner aux chandelles les attendait. Au milieu de la table dressée de porcelaine fine et d'argenterie trônait l'orchidée. La lumière des bougies disposées sur les meubles de bois précieux baignait la pièce d'une atmosphère douce et feutrée. Dans un coin, elle aperçut un petit citronnier dans un magnifique pot vernissé.

Gianni lui parut soudain aussi troublé qu'elle. Ses boucles brunes en bataille et sa chemise négligemment ouverte lui donnaient un air insouciant qui contrastait avec le sérieux de son expression.

— Ta démission m'a ouvert les yeux, lui dit-il doucement. J'ai depuis passé mon temps à chercher les mots pour te parler. Je reste persuadé que tu as fait le mauvais choix, Meg.

— Ça ne m'étonne pas, tu…

Mais avant qu'elle ne puisse l'accabler davantage, il la saisit par les épaules.

— Attends ! Ecoute ce que j'ai à te dire. Tu as chamboulé tous mes plans, tu comprends ? Toute ma vie, j'ai travaillé à assurer mon avenir. Je voulais un fils pour perpétuer le nom de ma famille. Et c'est toujours mon intention, mais tu m'as fait comprendre que je m'y prenais n'importe comment.

Meg plissa les yeux.

— Au moins, tu maîtrises parfaitement l'art de briser le cœur d'une femme.

Il leva les mains au ciel en signe d'exaspération.

— Je pensais que j'avais les rênes de mon avenir en main, quand en fait je ne cessais de contempler le passé. Les fantômes de mon enfance sacrifiée et le poids de mon devoir de comte m'empêchaient d'avancer.

Elle l'observa attentivement, incapable de comprendre où il voulait en venir. Gianni l'avait fait souffrir bien plus que ce qu'elle pouvait supporter, pourtant elle aurait dû comprendre une chose dès le début de leur relation. Tout un monde les séparait. Ils ne venaient pas du même pays, ni du même milieu. Un aristocrate étranger ne pouvait être plus éloigné d'elle. Pourquoi ne l'avait-elle pas compris plus tôt ? Pourtant, elle se sentait si pleine d'amour pour lui qu'elle aurait tout fait pour l'apaiser et faire renaître sur son visage ce sourire qu'elle aimait tant. Mais elle ne pouvait se permettre de lui montrer ce qu'elle éprouvait pour lui, pas quand il s'apprêtait à rompre avec elle.

Gianni, ignorant visiblement son trouble, lui désigna le petit citronnier.

— J'ai donc pris une décision. *Presto !* Que penses-tu de cela ?

De chaque branche, suspendus au bout d'un délicat fil d'or, pendaient de petits paquets emballés de velours rouge, dont le poids faisait ployer les fines branches qui vacillaient dans l'air chaud.

— On dirait un sapin de Noël, dit Meg lentement.

— Ils sont tous pour toi.

Hésitante, elle fit un pas en avant. Les petits cadeaux

ne demandaient qu'à être décrochés et ouverts. Mais elle ne pouvait s'y résoudre. Gianni cherchait à coup sûr à acheter son pardon, réfléchit-elle. Et quand il posa la main sur son poignet, elle la lui prit d'instinct pour la repousser gentiment. Elle devait se libérer de son emprise, pour son propre bien et celui de son bébé, se répéta-t-elle intérieurement. Même si cela lui déchirait le cœur.

— Vas-y, insista-t-il. Ils sont pour toi.

— Pour moi ? Pourquoi ? Je ne souhaite plus rien recevoir de toi, Gianni. Plus maintenant.

Il s'apprêta à lui répondre, mais elle leva la main pour l'arrêter.

— Je ne pensais pas te revoir un jour, mais puisque je suis là, je dois te dire quelque chose. Je ne peux pas garder ce secret plus longtemps. Ça ne va pas te plaire, mais il faut que…

— Attends. Moi aussi, je dois te dire quelque chose, la coupa-t-il vivement. Et j'aurais dû le faire bien plus tôt que ça. Si je m'étais montré plus honnête envers moi-même, nous n'aurions pas eu à souffrir ainsi.

— Gianni…, soupira-t-elle dans un murmure, incapable de poursuivre tant la tête lui tournait.

— Au temps de notre rencontre, je fonçais dans la vie à plein régime. Autant de femmes que je voulais, de l'argent à ne savoir qu'en faire… Un homme comblé, me diras-tu ? Un imposteur, oui ! Toute ma vie, j'ai pensé que le bonheur s'achetait. J'avais tort : il se mérite. Enfant, j'ai regardé impuissant mes parents se déchirer. J'ai donc vite associé le mariage à la colère et au désespoir, et j'ai donc choisi le chemin opposé.

— C'est concevable, acquiesça Meg d'une voix faible, le regard rivé sur cet homme si énigmatique qui luttait visiblement pour s'ouvrir à elle.

— J'entendais souvent ma mère narguer mon père, et ce jusqu'à la fin. Elle avait tellement d'amants qu'elle-même n'a pu mettre fin à la spéculation des journaux à scandale sur l'identité du père de mon demi-frère.

— Oh, Gianni ! s'écria-t-elle en tendant une main vers lui.

Mais elle n'osa pas la poser sur son épaule. Il regardait dans le vide, comme perdu dans ses douloureuses réminiscences.

— Voilà pourquoi je me suis juré de ne jamais me marier. J'ai vu de très près les dégâts que cela peut causer, poursuivit-il d'un air de plus en plus sombre. Mais, *Dio*, à mes yeux, un homme qui a fait l'amour à une vierge n'a d'autre choix que de l'épouser. Et c'est ce que j'aurais dû faire : te demander en mariage dès le lendemain. Pourtant, j'avais tellement peur que le mariage nous transforme en ces espèces de monstres qui avaient gâché mon enfance. Qu'allait-il se passer alors en cas d'échec ? Pouvais-je imposer un tel cauchemar à un petit être innocent ? Non, impossible. Seulement, je ne voulais pas te perdre. Alors, j'ai persisté à croire naïvement que tu resterais toujours ma maîtresse, et non ma femme. Chaque fois que je te le rappelais, c'était ma conscience coupable qui parlait à ma place.

Le silence se fit. Durant des secondes interminables, ni l'un ni l'autre ne prononça un mot ou ne bougea. Les larmes embuaient les yeux de Meg, mais elle les retenait fermement, décidée à ne plus jamais flancher devant lui. Il venait d'avouer qu'il avait voulu l'épouser, mais qu'il y avait renoncé. A présent, si elle mentionnait le bébé, il allait croire qu'elle essayait de lui forcer la main. Elle resta donc sans rien dire, amère, dans l'obscurité grandissante, jusqu'à ce que ses forces l'abandonnent.

— Eh bien, je vais partir à présent, prononça-t-elle d'une toute petite voix. Maintenant que tu as soulagé ta « conscience coupable », il n'y a plus rien à dire.

— Partir ? Est-ce vraiment ce que tu souhaites, Meg ?

— A ton avis ?

Pour une fois, les rôles s'inversaient. La voix de Meg vibrait d'une détermination inflexible. Et quand Gianni parla enfin, il semblait étrangement hésitant.

— Tu voulais me dire quelque chose, et je t'ai interrompue, *tesoro.* Parle.

Le flottement de sa voix était si inhabituel qu'elle fronça les sourcils.

— Ne m'appelle pas ainsi, le supplia-t-elle. Tu n'en penses rien.

— Mais si ! Bien sûr que si. Je n'ai jamais été aussi sincère de toute ma vie.

Meg le dévisagea sans comprendre. Tout cela n'était-il qu'un rêve ? Car elle se sentait si fébrile qu'elle aurait bien pu imaginer toute cette scène. Mais non, la main qu'il venait de poser sur son bras, aussi légère qu'un pétale d'orchidée, était bien réelle.

— Ouvre tes cadeaux, Meg.

Sa voix avait retrouvé toute son autorité habituelle. Meg avança vers le ravissant petit arbuste sans réfléchir, mais s'arrêta.

— Vas-y. Je sais que tu le veux, murmura-t-il d'une voix lente et assurée. Accepte-les, *tesoro.* Si tu les refuses, alors aucune autre femme ne les recevra. Je les remporterai avec moi et les jetterai dans l'Arno sans une seule hésitation.

Son regard luisait maintenant de toute l'émotion qu'elle avait surprise dans ses rares moments d'inattention. Il baissa alors le menton et haussa les sourcils, l'encourageant silencieusement.

Meg tourna les yeux vers l'arbuste. Sa main alla automatiquement vers le plus petit des paquets. Gianni avança comme pour l'arrêter, hésita, puis en désigna un autre.

— Non. Ouvre celui-là d'abord.

Elle ne dit rien, mais le regard méfiant qu'elle lui lança alors qu'elle acceptait l'autre paquet portait en lui un message univoque.

— Fais-moi confiance, je ne suis pas en train de te mener une fois encore par le bout du nez, comme tu sembles le penser, lui assura-t-il en souriant doucement. Il y a une vraie raison pour que tu ouvres ces cadeaux selon un ordre bien spécifique.

Meg tira sur le fin ruban doré et découvrit sous le velours un coffret de cuir brun. Il ne pouvait contenir autre chose qu'un bijou, et elle leva les yeux sur lui avec inquiétude.

— Gianni… Il ne fallait pas. Il ne fallait *vraiment* pas.

— Ouvre avant de parler.

Son regard ne bougeait pas, mais elle aperçut son pouls battre dans ses tempes aussi vite que son propre cœur. Docilement, elle posa les yeux sur l'écrin et entreprit d'ouvrir le petit crochet d'or fin qui le maintenait scellé. La boîte s'ouvrit d'un coup, révélant une abondance de diamants nichés dans un lit de velours carmin.

Un diadème.

D'un geste leste, Gianni souleva le précieux bijou et le lui déposa sur les cheveux.

— Ça fait tout drôle…, balbutia-t-elle avec un sourire confus.

— Tu t'y habitueras.

— Non… Non, je ne peux pas… je ne dois pas…

Elle leva la main vers la couronne d'or et de diamants et voulut l'enlever, mais Gianni fut plus rapide. Il posa la main sur la sienne et la maintint avec fermeté.

— C'est le diadème que portait ma mère dans ce fameux portrait, lui expliqua-t-il sans relâcher son emprise.

— Je ne peux pas le porter, répéta-t-elle.

— Mais il t'appartient. Tous ces cadeaux sont pour toi, affirma-t-il avec calme avant de lui présenter un autre paquet, plus petit.

A l'intérieur d'un coffret ancien, elle découvrit alors une paire de splendides boucles d'oreilles assorties au diadème. Une cascade de minuscules diamants roses enchâssés dans un canevas d'or fin. Impossible d'accepter un tel cadeau, songea-t-elle. Gianni croyait l'amadouer avec ces bijoux de prix, mais elle devait tenir bon, ne pas céder devant tant de générosité. Car il ne tarderait sûrement pas à briser une fois encore tous ses espoirs. Alors, tous les diamants du monde ne pourraient jamais lui rendre sa dignité.

— Ce sont les plus belles boucles d'oreilles que j'aie jamais vues, chuchota-t-elle, le souffle court. Mais hors de question de les accepter, elles ou toutes ces autres splendeurs !

— Laisse-moi te les mettre, suggéra-t-il sans paraître l'avoir entendue.

Et avant qu'elle ne puisse répondre, il la fit taire d'un regard. Il souleva la première boucle de son écrin et l'attacha de ses doigts experts à son lobe, puis saisit la seconde et fit de même sur l'autre oreille.

— Si tu ne les portes pas, alors personne ne le fera. Je suis sincère. Elles sont à toi. Tu les mérites.

Elle le dévisagea, le regard empli d'incertitude.

— Gianni, tu ne me dois rien. J'ai pris ma décision.

— En es-tu bien sûre ? insista-t-il d'un air soudain ébranlé.

C'était la première fois qu'elle le voyait arborer une autre expression que celle de la confiance absolue. Soudain, elle eut peur. Le monde s'était écroulé tout autour d'elle lorsqu'elle avait appris qu'elle attendait un enfant. La seule chose à laquelle elle pouvait se fier restait donc la belle assurance et la certitude de Gianni. Et découvrir que même lui pouvait douter la plongeait dans le plus terrible des désarrois. Il fallait que l'ordre naturel des choses reprenne son cours, car tant de douceur et d'hésitation de sa part ne faisait que la troubler davantage. Où était donc passé son indéfectible aplomb ? se demanda-t-elle. Il fallait qu'elle le fasse réagir, qu'elle réveille en lui le monstre d'égoïsme et de cruauté qu'il savait être. Il le fallait, si elle voulait se convaincre qu'elle avait fait le bon choix. Et pour cela, il n'y avait qu'un moyen…

Elle avait imaginé cet instant à tant de reprises, répété encore et encore ce qu'elle voulait lui dire ! Et maintenant que ce moment était arrivé, elle se sentait étrangement calme. Elle savait d'avance qu'il réagirait avec colère, et cela ne l'effrayait plus. Au contraire. Après tout, un Gianni furieux valait mieux que cet étrange personnage qui se tenait devant elle, visiblement perclus de doutes.

Elle prit une longue inspiration, et se lança.

— Ecoute, Gianni… Je m'étais juré de ne rien te dire, mais là, tu me forces la main.

Aussitôt, elle vit Gianni relever le regard et froncer les sourcils, retrouvant peu à peu l'expression dure et désinvolte qu'elle lui connaissait mieux. Elle serra les poings, nerveuse, puis porta de nouveau la main à son ventre, mais cette fois ne flancha pas.

— La vérité, Gianni, c'est que j'adorais travailler

sur tes terres. Prendre la décision de tout quitter a été vraiment dur. J'ai tellement regretté ma décision ! J'aurais pu ravaler ma fierté et te supplier de me reprendre, mais à présent, quelque chose m'en empêche.

Il secoua la tête avec un faible sourire.

— Je sais. Tu es tombée amoureuse de moi, quand je n'ai cessé de te répéter — et de me répéter à moi-même — que je ne voulais pas mêler nos sentiments à tout ça ?

Incapable de soutenir plus longtemps son regard, elle ferma les paupières et secoua la tête à son tour.

— Non, tu n'y es pas, répondit-elle, l'entendant alors retenir son souffle de stupéfaction.

— J'ai vraiment du mal à croire que tu ne sois pas tombée amoureuse de moi, protesta-t-il sur un ton indigné.

Toute la tension qui agitait Meg explosa en un grand rire sonore.

— Oh, Gianni ! Comment peux-tu en douter un seul instant ? Bien sûr que si, je suis tombée amoureuse de toi ! Voilà pourquoi je devais fuir : je t'aime, mais tu ne m'aimeras jamais. Quand j'ai compris le peu d'estime que tu avais pour moi et mon travail, eh bien, c'en était fini. Et puis, j'ai découvert que j'étais enceinte, et…

Elle s'arrêta avec un petit cri d'effroi, incapable de poursuivre davantage son discours pourtant bien préparé. *Ça y est : elle l'avait dit !*

Ils se regardèrent pendant un long moment, à court de mots, soufflés par le choc de cette révélation inattendue, jusqu'à ce que Gianni brise le silence.

— Je… je ne sais vraiment pas quoi dire.

Et en effet, à la façon dont ses épaules s'affaissaient après le coup qu'elle venait de lui porter, il semblait totalement désorienté.

— Oh… non ! Ne va pas t'imaginer des choses ! s'exclama-t-elle, craignant qu'il n'interprète cela comme une menace. Je ne pensais pas te revoir un jour, et je comptais bien garder cela pour moi. J'aurais dû prendre plus de temps pour t'expliquer… Et maintenant, j'ai tout gâché !

Prise de suées, elle balbutiait, gesticulait, sanglotait de façon incontrôlable. Mais la réponse de Gianni la calma aussitôt.

— Non, non, pas du tout, murmura-t-il doucement. Tu n'as rien gâché. Tu sais, il faut deux personnes pour faire un bébé. Même si j'ignore comment cela a pu arriver…

Il relâcha sa main, tira une chaise et la fit asseoir avec une infinie douceur.

— Tu ne devrais pas rester debout dans ton état, murmura-t-il.

Il posa alors les mains de part et d'autre de ses hanches et plongea son regard dans le sien.

— Je me suis voilé les yeux trop longtemps. Toutes ces fêtes, ces filles… Au fond, je ne recherchais qu'une chose : l'amour. Quand je t'ai rencontrée, ma vision des choses a commencé à changer. Mais pas assez vite. La nuit du banquet, je n'ai écouté que mon corps, pas ma raison. Un engagement à long terme m'effrayait, du moins… à l'époque.

Sa voix semblait empreinte d'une véritable certitude. D'un coup, tous les doutes de Meg s'évaporèrent.

— Alors… tu n'es pas en colère pour le bébé ?

Il se pencha vers elle et posa son front contre le sien.

— Mon amour, j'ai toujours voulu cela, même si c'est toi qui me l'as fait comprendre. Je veux donner à mon enfant tout l'amour que je n'ai pas reçu petit. Si tu pars maintenant, nous serions tous perdants. Tous les trois.

— Mais je ne pourrais pas… Je ne veux pas… Non, ce

que je veux dire, c'est que…, balbutia-t-elle, en proie à une agitation grandissante. Je vous veux, toi et ce bébé, plus que tout au monde, Gianni. Mais je ne peux plus rester ta maîtresse. Si je ne t'avais pas rencontré aujourd'hui, tout cela serait resté secret. Et… que dirait ta fiancée ?

— Je l'ignore. Qu'en dirais-tu, *toi* ? répliqua-t-il avec un sourire avant de fermer ses lèvres d'un baiser léger comme un nuage. Je te veux plus que jamais. Je n'ai jamais été aussi heureux que ces quelques semaines passées à tes côtés. Tu as réchauffé mon cœur comme tu as réchauffé mon lit.

Sa voix devint un murmure tandis qu'il blottissait son visage dans ses cheveux, mais Meg ne pouvait s'abandonner au trouble que ses paroles lui procuraient.

— Je ne peux pas faire ça, Gianni. Je t'en prie… Je n'en ai pas la force. Je ne veux plus être ta maîtresse, et je ne peux supporter l'idée que tu en épouses une autre. Imagine mon supplice si je ne devais plus être qu'une figurante dans ta vie. Au fil du temps, tu finirais par accorder bien plus d'importance à tes enfants légitimes et à ta femme qu'à moi et à mon bébé. Tu nous abandonneras et nous oublieras…

— Ça ne va pas se passer comme ça, assura-t-il en secouant la tête avec détermination.

— Mais si, tu verras ! s'écria-t-elle en se défaisant de son étreinte.

Dans le calme de la pièce, on entendit tinter ses précieux bijoux. La lueur des bougies projetait des étoiles incandescentes au-dessus de leurs têtes.

— Ecoute-moi, Meg !

— Je t'ai trop souvent écouté dans le passé, Gianni. Tu perds ton temps. Je ne veux plus être ta maîtresse.

— Je le sais ! hurla-t-il, la réduisant instantanément au silence.

Une fois qu'il eut obtenu toute son attention, il parla de nouveau, cette fois d'une voix ferme mais pleine de douceur.

— Je veux que tu deviennes ma *femme*, Megan. Que tu sois mon épouse, ma *contessa*, ma compagne, mon amie.

Il fallut plusieurs secondes à Meg pour se rendre compte de ce qu'elle venait d'entendre.

— Mais… qu'en est-il de…

Elle désigna d'un regard interrogateur la magnifique fleur qui ornait le centre de la table, destinée à la fiancée de Gianni.

— Il n'y a que toi, Meg. Dès que je t'ai vue aujourd'hui, j'ai su que je te voulais. Toi, et toi seule. Pour toujours. J'ai aussitôt ordonné à mon équipe de m'envoyer en exprès les bijoux, juste à temps pour ton arrivée. Je t'aime, Megan, et sans toi, jamais mon rêve d'une famille unie ne pourra se réaliser.

Point de roulement de tambour, point de feu d'artifice. Gianni avait simplement prononcé ce qu'elle rêvait d'entendre depuis si longtemps. Un indescriptible bien-être s'empara de tout son corps, et elle s'inclina lentement, jusqu'à ce que sa tête repose contre son torse. Elle s'attendait à entendre le battement lent et régulier de son cœur, mais à sa grande surprise, elle sentit le pouls rapide qui faisait palpiter son corps d'une agitation fébrile.

— Puis-je te faire confiance, Gianni ? chuchota-t-elle.

Il ne répondit pas, mais déposa un baiser d'une tendresse incroyable sur son front.

Pendant un long moment, elle resta blottie au creux de ses bras, s'efforçant de reprendre ses esprits tant cette déclaration l'avait étourdie. L'amour de Gianni : voilà ce dont elle avait toujours rêvé. Mais maintenant qu'elle l'avait obtenu, tout cela ne signifiait rien en l'absence d'intégrité. Une larme glissa sur ses cils, puis roula sur sa joue. Gianni pressa fermement son visage contre le sien et comprit qu'elle pleurait. Alarmé, il se redressa et la tint à bout de bras, l'interrogeant d'un regard inquiet.

— Tu pleures ? lui demanda-t-il, incrédule. Que se passe-t-il ? Je ne veux que ton bonheur !

— Vrai… vraiment ? sanglota-t-elle, le visage maintenant baigné de larmes. Dans ce cas, pourquoi m'as-tu toujours tenue à distance ? Tu n'as même pas enregistré mon numéro dans ton répertoire !

A sa grande surprise, Gianni éclata de rire, puis l'attira de nouveau vers lui.

— Mais c'était inutile. Il est ici, déclara-t-il doucement, en posant la paume contre son torse. Chaque parole que tu as prononcée est là aussi, Megan. Gravée à tout jamais dans mon cœur.

Elle posa alors la main par-dessus la sienne et sentit cette fois les battements réguliers sous ses doigts. Gianni les lui saisit et les porta doucement à ses lèvres.

— Vraiment ? chuchota-t-elle.

— Oui, vraiment, acquiesça-t-il. Meg, mon amour, tu es la seule femme que je désire, maintenant et pour toujours. Je te veux comme épouse, amante et âme sœur. Depuis notre rencontre, je n'ai plus jamais regardé aucune autre. J'ai passé ma vie à chercher l'amour aux mauvais endroits. Et quand je l'ai enfin trouvé, j'ai failli le laisser s'échapper. Ça n'arrivera plus jamais, je te le promets.

Elle se serra tout contre lui et il l'entoura de ses bras. Jadis, Meg n'avait jamais voulu dépendre de quelqu'un. Mais maintenant qu'elle était en sécurité dans les bras de Gianni, elle voyait les choses différemment. Il avait autant besoin d'elle qu'elle de lui. Ils formaient une équipe.

Et comme s'il lisait dans ses pensées, il la serra plus fort encore et lui chuchota dans l'oreille :

— Je n'aurais jamais cru trouver une femme à qui je puisse me fier. Tu es tout ce dont j'ai besoin, mon amour. Toi, et notre petite famille, dit-il simplement, avant que ses baisers ne viennent confirmer ses paroles.

LYNNE GRAHAM

Noces orientales

Traduction française de
CHARLOTTE MEIRA

DIADÈME

HARLEQUIN

Titre original :
THE ARABIAN MISTRESS

Ce roman a déjà été publié en 2017.

Chapitre 1

Dans sa villa du sud de la France, le prince Tareq Shazad ibn Zachir, souverain du Jumar — petit état du golfe Persique — raccrocha son téléphone, pour accueillir son plus ancien et fidèle conseiller, Latif. Les traits du vieil homme étaient tendus.

— Que se passe-t-il, Latif ?

Ce dernier déposa un dossier sur le bureau.

— Je regrette de vous déranger avec ceci, mais j'ai pensé qu'il était de mon devoir d'attirer votre attention sur cette affaire.

Intrigué par la mine déconfite de son ami, Tareq ouvrit la chemise. Celle-ci contenait un rapport établi par le chef de police du Jumar au sujet d'un résident étranger accusé de surendettement. En découvrant le nom de l'inculpé, Tareq fronça les sourcils, réprimant à grand-peine un mouvement de colère. Il s'agissait d'Adrian Lawson, le frère aîné de Faye. Un Lawson de plus à se rendre coupable de malhonnêteté et de mensonge !

Après avoir lu le récit des faits pour lesquels Adrian était emprisonné, il ressentit un violent dégoût. Comment cet individu avait-il pu oser monter une entreprise de bâtiment et en profiter pour voler le peuple du Jumar ?

Ce scandale remuait en lui des souvenirs douloureux, qu'il avait essayé d'oublier ces derniers mois. Quel homme souhaiterait se rappeler la pire erreur de sa vie ? Un an plus tôt, la ravissante Faye lui avait joué la comédie de l'innocence pour l'attirer dans ses filets et lui extorquer un maximum d'argent. Quand il avait finalement cédé aux charmes de la jeune femme, les Lawson en avaient profité pour menacer de crier au scandale. En tant que cheikh du Jumar, Tareq entendait respecter ses devoirs en conformant son mode de vie aux traditions de son pays. Refusant que les journaux prétendent qu'il avait séduit sans scrupule une très jeune Anglaise, il avait accepté de verser de l'argent à cette maudite famille pour protéger son propre honneur, et celui de son père à l'agonie.

Tareq inspira profondément. Il devait chasser ces sombres pensées de son esprit.

Contrairement à la plupart des héritiers des familles royales du Moyen-Orient, il n'avait pas été élevé en Occident. Ayant reçu la même éducation que ses ancêtres, il avait passé ses jeunes années au sein d'une école militaire avant de se livrer, adolescent, à des exercices de survie en plein désert, aux côtés des forces britanniques. A l'âge de vingt-deux ans, alors qu'il était devenu un pilote chevronné, il avait finalement réussi à convaincre son père de le laisser débuter dans le monde des affaires. Etre capable de diriger des troupes armées était indispensable pour un futur dirigeant tel que lui, mais le petit Etat du Jumar était en paix avec ses voisins depuis près de cent ans. Selon Tareq, accomplir une carrière d'homme d'affaires ne pouvait que servir les intérêts de son peuple.

Il avait vu juste. Grâce à son talent naturel dans ce domaine, son pays, déjà prospère à l'époque, avait vu ses richesses s'accroître dans des proportions considérables, si bien qu'il pouvait reverser chaque année une somme colossale aux œuvres de charité. Au contact du monde des affaires, il avait également appris à connaître les femmes occidentales et leurs sortilèges — même si Faye Lawson l'avait bel et bien dupé.

— Que dois-je faire ?

La voix de Latif l'arracha à sa rêverie.

— Il n'y a rien à faire. Laissons la loi se charger du sort de M. Lawson.

— Je doute qu'il ait assez d'argent pour payer sa caution, fit remarquer Latif, visiblement mal à l'aise.

— Peu importe.

Après un long silence, son conseiller s'éclaircit la gorge, l'air hésitant. Tareq lui adressa un sourire amusé.

— Oui, je sais ce que je fais.

Cette réponse ne sembla pas satisfaire le vieil homme qui s'inclina malgré tout avant de se retirer.

Tareq déplorait d'être confronté à ce problème. Il aurait tant voulu ne plus jamais entendre parler de cette famille ! Lorsque les Lawson l'avaient soumis à cet odieux chantage, un an auparavant, la colère avait anéanti son bon sens. Aujourd'hui, il était temps de rompre tout lien avec Faye Lawson. Responsable de l'éducation de trois enfants depuis que leurs parents avaient péri dans un accident d'avion, il devait tirer un trait sur sa relation avec la jeune Anglaise et songer à se marier. Il épouserait une femme chaleureuse et maternelle car tel était son devoir.

Repoussant violemment le dossier dont il n'avait lu que la première page, Tareq s'adossa à son fauteuil. Une lueur féline brillait dans ses yeux sombres, aussi durs que l'acier. Le frère, la sœur et leur ignoble beau-père, Percy, tous aussi sournois que cupides, formaient un trio infernal. De combien d'autres hommes Faye s'était-elle moquée ? Combien de vies cet escroc de Percy avait-il détruites par le chantage ? Il avait cru jusqu'à présent qu'Adrian était différent, mais les faits prouvaient le contraire : il était aussi corrompu que les deux autres. Des gens comme eux méritaient d'être punis.

Tareq leva les yeux au mur et regarda la gravure du faucon qui surplombait la porte. L'emblème de sa famille. L'oiseau volait au-dessus du désert, en quête d'une proie.

Un sourire mauvais flotta un instant sur son visage. Il n'avait aucune raison d'empêcher la justice de suivre son cours. Et après tout, rien ne l'empêchait de tirer avantage de la situation pour s'amuser un peu. Il allait prendre le premier avion et rentrer chez lui…

Dans le taxi qui les menait à la prison où Adrian était détenu, Faye regardait défiler les avenues flambant neuves de la ville. La matinée n'était guère avancée mais la chaleur était déjà accablante. Et après le long voyage qu'ils avaient fait dans la nuit depuis Londres, elle était épuisée. A son côté, son beau-père regardait dans la direction opposée. Ils n'avaient pas échangé un seul mot depuis leur départ de l'aéroport. Si Faye n'avait pas été aussi inquiète au sujet de son frère et si elle n'avait pas manqué d'argent, elle aurait refusé de partager un taxi avec Percy Smythe.

La violente antipathie que lui inspirait cet homme la désolait. La famille comptait beaucoup à ses yeux, cependant elle ne pardonnait pas à Percy de l'avoir traînée dans la boue l'année passée. A cause de ce misérable, le prince Tareq ibn Zachir avait perdu toute confiance en elle.

— Nous ne réussirons jamais à le faire libérer ! s'écria soudain Percy, l'air exaspéré.

Quelques gouttes de sueur perlaient sur son visage rubicond.

— Tu dois aller voir le prince Tareq et lui demander de libérer ton frère, ajouta-t-il.

Le visage gracieux de Faye, auréolé d'une magnifique chevelure blonde, se figea aussitôt.

— C'est impossible.

— Et si Adrian tombait malade en prison ? Il pourrait attraper une infection, déclara brutalement Percy. Il est si fragile !

Le cœur de Faye se serra. Malheureusement, son beau-père disait vrai. Enfant, Adrian avait souffert d'une leucémie. Le traitement qu'il avait reçu l'avait sauvé, mais son système immunitaire était resté très fragile. Ses incessants problèmes de santé l'avaient obligé à renoncer à la carrière militaire dont il rêvait. Il s'était lancé dans les affaires quelques mois plus tôt, et en payait le prix aujourd'hui.

— L'ambassade affirme qu'il est bien traité, fit-elle remarquer.

— Oui, mais il est en prison pour une durée indéterminée ! Si j'étais superstitieux, je croirais que ton guerrier du désert nous a jeté un mauvais sort, se lamenta Percy. Avant de croiser son chemin, mes affaires étaient florissantes, je gagnais beaucoup d'argent. Maintenant, je suis au bord de la faillite !

Un revers de fortune bien mérité, songea Faye avec amertume. Son beau-père n'avait jamais hésité à écraser les autres pour son propre bénéfice. Profondément égoïste, il n'aimait personne, à l'exception d'Adrian qu'il chérissait comme un fils. Il n'avait pas hésité à sacrifier sa propre sécurité pour essayer de sauver — en vain — l'entreprise de celui-ci.

Située à quelques kilomètres de la ville, la prison était une forteresse menaçante, entourée de remparts et de miradors. Ils durent attendre avant d'être autorisés à entrer dans le parloir où une rangée de chaises faisait face à une vitre épaisse. Faye comprit avec dépit qu'aucune intimité, aucun contact ne serait possible avec Adrian.

Cette déconvenue était faible à côté du choc qu'elle reçut lorsque ce dernier apparut. Il était si maigre que son uniforme de prisonnier flottait sur ses épaules. La pâleur maladive de son visage l'alarma ; le pauvre Adrian semblait très mal en point. Ses yeux rougis, plus petits que d'habitude, fuyaient son regard.

— Tu n'aurais pas dû venir, sœurette, grommela-t-il dans le téléphone qui leur permettait de communiquer. C'est mon problème, j'ai vu trop grand, je n'aurais pas dû. En plus, j'ai laissé Lizzie dépenser beaucoup d'argent, sans penser au lendemain.

Percy arracha le combiné des mains de Faye.

— Je vais avertir la presse dès que je serai rentré en Angleterre. Ne t'inquiète pas, les journalistes feront un tel scandale de cette histoire que tu quitteras cet enfer sans tarder ! s'écria-t-il.

Adrian dévisagea son beau-père, l'air horrifié.

— Tu es fou, dit-il tout bas. Parle moins fort.

Faye reprit le téléphone, très inquiète.

— Ecoute, Adrian, nous n'avons pas assez d'argent pour obtenir ta libération sous caution. A l'aéroport, ton avocat nous a dit qu'il ne pouvait plus rien faire pour toi. Nous devons trouver une autre solution. Dis-nous comment agir.

Adrian lui adressa un regard découragé.

— Laissez tomber. Mon avocat vous a sans doute expliqué qu'il est inutile de faire appel dans des cas comme le mien. A part ça, comment s'en sortent Lizzie et les enfants ?

En entendant le nom de sa belle-sœur, Faye se raidit, navrée de ne pouvoir apporter de bonnes nouvelles à son frère. Après avoir été expulsée de sa maison, puis du pays avec ses jumeaux en bas âge, Lizzie était accablée.

— Pas si bien, n'est-ce pas ? demanda Adrian qui semblait avoir lu dans ses pensées. Lizzie ne m'a pas envoyé une seule lettre.

— Elle n'est pas très en forme, reconnut Faye à contrecœur. Elle m'a chargée de te dire qu'elle t'aimait, mais tu sais, pour le moment, je crois qu'elle a du mal à accepter la situation.

Les yeux embués de larmes, Adrian détourna la tête, fournissant visiblement un gros effort pour maîtriser son émotion. Sur le point de pleurer à son tour, Faye s'empressa de changer de sujet.

— Et toi, comment t'en sors-tu ?

— Oh ! je n'ai aucune raison de me plaindre ! C'est dur parce que je ne parle pas un mot d'arabe et que je suis malade en permanence. Cela dit, promets-moi de ne pas laisser Percy alerter la presse : mon sort ne ferait qu'empirer. Ici, toute critique du système est interprétée comme une attaque contre leur ignoble souverain, Tareq...

A peine avait-il prononcé ces paroles que les deux officiers arrachèrent le combiné des mains d'Adrian. Faye se leva brusquement de sa chaise. Tout comme elle, Percy semblait estomaqué.

— Que se passe-t-il... Qu'avons-nous fait ? demanda-t-elle, horrifiée.

Les militaires qui faisaient sortir son frère de la pièce ne lui adressèrent pas un regard.

Ils attendirent dix minutes dans l'espoir qu'Adrian

obtiendrait la permission de poursuivre l'entretien. Il ne revint pas, mais un homme d'âge mûr, à l'expression sévère, entra dans la pièce pour leur parler.

— Que se passe-t-il ? s'enquit Percy d'un ton agressif.

— Les visites sont un privilège que nous accordons aux familles des prisonniers, ce n'est pas un droit. Nous avons abrégé votre entretien parce que nous ne tolérons pas que l'on manque de respect à notre souverain. Une nouvelle visite vous sera accordée dans une semaine.

Faye entraîna son beau-père vers la porte de sortie, redoutant qu'il ne puisse contenir sa colère plus longtemps. Durant le trajet du retour, elle dut subir les diatribes enflammées de celui-ci à l'encontre de Tareq. Une fois à l'hôtel, Percy se dirigea immédiatement vers le bar tandis qu'elle regagnait sa chambre. L'image du visage désespéré et hagard de son frère la hantait. Six mois plus tôt, Adrian avait imaginé faire fortune dans cette ville où de nouveaux bâtiments se construisaient tous les jours.

Elle s'assit sur le bord de son lit et posa les yeux sur son téléphone.

— Mon numéro est facile à retenir, lui avait dit Tareq un jour. Comme la première ligne de téléphone a été installée au palais, il suffit de composer le 1 pour obtenir le standard.

L'amertume et le remords l'envahirent. Elle ferma les yeux un court instant comme pour chasser de son esprit les souvenirs qui l'assaillaient. Adrian n'avait pu honorer ses dettes envers ses employés ; aux yeux de la loi, il était donc coupable de vol. Qu'elle le veuille ou non, Tareq était leur dernière chance. Tout-puissant dans son pays, il pouvait sûrement l'aider, s'il le voulait…

Qu'importe si elle se sentait humiliée à l'idée de devoir supplier le prince. Comment pouvait-elle mettre sa fierté au-dessus des intérêts de son frère ? Mais si elle sollicitait un entretien, Tareq accepterait-il de la recevoir ? Sans doute était-il illusoire d'espérer une quelconque faveur de cet homme qui les méprisait, son beau-père et elle. Lors de sa rencontre avec Tareq, un an auparavant, elle s'était laissé séduire par son élégance et sa beauté mystérieuse. A l'époque, elle avait été aveugle au point de s'imaginer qu'une relation durable pourrait naître entre eux, et ce en dépit de l'inégalité de leurs conditions. Cependant, et malgré ce que Tareq avait choisi de croire, elle n'était en rien responsable du chantage que Percy avait exercé sur lui !

Cette idée lui donna le courage de saisir le téléphone et de composer le numéro unique qui permettait de joindre le palais. A son grand dépit, la personne qui lui répondit ne parlait que l'arabe. Incapable de se faire comprendre, Faye finit par raccrocher, très frustrée. Sans réfléchir, elle ouvrit son sac à main pour en sortir une alliance en or qui portait une inscription gravée à l'intérieur.

Ses mains tremblèrent. L'espace d'une seconde, elle fut transportée plusieurs mois plus tôt, lorsque, à l'ambassade du Jumar à Londres, Tareq avait passé l'anneau à son doigt. Un long frisson la parcourut. Comment avait-elle pu croire qu'il s'agissait d'un vrai mariage ? Cette cérémonie n'avait été qu'une gigantesque farce, un stratagème pour éviter que Percy ne révèle à la presse la nature des relations de Tareq avec elle.

Mue par une inspiration subite, Faye glissa la bague dans une enveloppe et rédigea une demande d'audience au prince. Elle alla donner ce courrier à la réceptionniste de l'hôtel. Lorsque l'employée regarda l'enveloppe, ses yeux s'agrandirent de surprise.

— Cette lettre est destinée au prince Tareq ?

Faye acquiesça de la tête en rougissant.

— Un de nos chauffeurs va la lui porter immédiatement, mademoiselle Lawson.

De retour dans sa chambre, Faye prit une douche et se changea. Elle était étendue sur son lit lorsque l'on cogna lourdement à sa porte. Seul Percy frappait avec une telle brutalité, aussi décida-t-elle de l'ignorer. Quelques secondes plus tard, les coups redoublèrent de violence. Terrifiée à l'idée que ce vacarme puisse alerter le personnel de l'hôtel, elle dut se résoudre à ouvrir. Son beau-père se précipita dans sa chambre, l'air furieux. Manifestement, il avait bu.

— Je t'ordonne d'appeler Tareq. Avec un peu de chance, il sera attendri de te voir ramper à ses pieds. Et si ce spectacle ne suffit pas à Son Altesse, tu pourras toujours lui signaler que la presse à scandale serait ravie d'apprendre comment l'on peut se marier et divorcer le même jour.

— Crois-tu vraiment que des menaces parviendraient à convaincre Tareq d'aider Adrian ? demanda-t-elle, scandalisée par l'abjecte proposition de Percy.

— Ecoute, je me suis peut-être trompé l'année dernière au sujet de Tareq, mais aujourd'hui je cerne mieux le personnage. C'est un homme d'acier, entraîné dans les commandos, et pourtant, en officier digne de ce nom, il met un point d'honneur à se montrer gentleman. Tu comprends ce qui te reste à faire : il faut que tu flattes son ego. Aie l'air modeste !

Comme pour ponctuer sa remarque, Percy jeta un coup d'œil approbateur à la tenue de Faye — un corsage bleu marine, assorti d'un simple pantalon de lin blanc.

— Sois humble et ravissante, tu saisis ?

A ce moment-là, on frappa légèrement à la porte, au

grand soulagement de Faye. C'était le gérant de l'hôtel qui lui fit une profonde révérence, comme si elle était subitement devenue une invitée de la plus haute importance.

— Une limousine a été envoyée pour vous amener jusqu'au palais Haja, mademoiselle Lawson.

Le cœur de Faye fit un bond dans sa poitrine. Elle n'avait pas pensé que sa requête serait si vite exaucée.

— Elle descendra dans une minute, répondit Percy à sa place.

Puis il se tourna vers elle et lui adressa un sourire satisfait.

— Tu aurais dû me dire plus tôt que tu l'avais déjà appelé.

Heureuse d'échapper à son horrible beau-père, Faye quitta précipitamment l'hôtel.

Dans la luxueuse limousine qui la conduisait à la demeure de Tareq, elle se sentait comme un poisson hors de l'eau. Ayant habité toute sa vie une paisible maison de campagne, elle n'avait guère eu l'occasion de fréquenter le monde, à l'exception du cercle d'amis plutôt restreint de sa défunte mère, Sarah Lawson. Celle-ci était restée infirme après le terrible accident qui avait coûté la vie au père de Faye. Cette dernière n'avait que cinq ans lorsque Percy avait épousé sa mère, une veuve alors très fortunée. Confinée dans un fauteuil roulant, Sarah Lawson souffrait d'une grande solitude. Pourtant, après leur mariage, Percy avait invoqué une charge de travail considérable, et préféré vivre seul à Londres dans un grand appartement. Il ne passait guère que quelques week-ends en compagnie de sa nouvelle famille.

Faye n'était jamais allée à l'école comme les autres

enfants, sa mère s'étant chargée elle-même de son instruction ainsi que de celle de son frère. Cependant, après la leucémie d'Adrian, Percy avait décidé que ce dernier devait être éduqué avec des garçons de son âge. Faye avait profité de cette occasion pour lui demander de lui accorder le même privilège.

— Que deviendrait ta mère, seule toute la journée ? avait protesté Percy. Comment peux-tu être égoïste à ce point ? Ta mère a besoin de toi, enfin !

Ayant donc consacré tout son temps à Sarah, Faye avait été anéantie lorsque, alors qu'elle avait dix-huit ans, celle-ci était morte.

La limousine s'arrêta devant un somptueux palais. De chaque côté du gigantesque portail, des soldats armés montaient la garde. Vivement impressionnée et moins sûre d'elle que jamais, Faye sortit de la voiture. Un officier la fit entrer dans un vaste hall déjà peuplé d'une foule de gens qui allaient et venaient. Fronçant les sourcils, elle marqua un temps d'hésitation. A ce moment-là, un jeune homme en costume trois-pièces s'approcha d'elle et lui fit une profonde révérence.

— Mademoiselle Lawson ? Permettez-moi de vous conduire chez le prince.

— Merci. Son Altesse habite-t-elle ici ?

— Non. Vous êtes à la forteresse de Haja. Cette demeure appartient au prince, mais il a décidé d'en faire un bâtiment public, lui apprit son interlocuteur. Vous trouverez ici un tribunal, des salles de conférences, des appartements réservés aux dignitaires étrangers et aux hommes d'affaires. Le prince a installé ses bureaux dans ces murs, mais il vit au palais de Muraaba.

Ainsi, Tareq ne la recevait pas chez lui. Elle regarda quelques instants ce hall étonnant, admira les colonnes de pierre qui soutenaient l'édifice et les mosaïques qui décoraient le sol. Ce palais était une véritable ruche humaine. Un vieux chef de tribu attendait, assis sur un banc de pierre, tenant une chèvre au bout d'une corde. On voyait des femmes parées de voiles, d'autres habillées à la mode occidentale, des hommes d'âge mûr revêtus de la coiffe traditionnelle, le keffieh et de plus jeunes, nu-tête, qui portaient des attachés-cases.

— Mademoiselle Lawson ?

Faye pressa le pas et suivit son guide dans une galerie voûtée. Ils arrivèrent devant une double porte gardée par des officiers armés de revolvers et de sabres. Le cœur battant à tout rompre et la gorge serrée, elle se força à entrer. A son grand étonnement, elle se retrouva dans une cour intérieure où de magnifiques plantes exotiques surplombaient un grand bassin. Elle cligna les yeux, puis entendant des bruits de pas derrière elle, tourna la tête et aperçut Tareq qui descendait les marches d'un escalier, à quelques mètres.

Quelle ne fut pas sa surprise de constater qu'il était en tenue d'équitation ! Son polo blanc était ouvert sur son cou, et son pantalon beige, très ajusté, mettait en valeur ses hanches étroites et ses longues jambes musclées. Des bottes marron, parfaitement lustrées, complétaient sa tenue.

Tareq était encore plus grand que dans son souvenir. Ses mouvements étaient empreints d'une grâce féline envoûtante. A un mètre d'elle, il s'immobilisa comme un lion face à sa proie, superbe et confiant. La lumière du soleil qui baignait l'endroit illuminait ses cheveux d'ébène, caressait sa peau dorée et rehaussait la couleur bronze de ses yeux. Il était si séduisant que Faye devait lutter pour ne pas le dévisager. L'émotion que lui causa cette apparition lui avait quasiment coupé le souffle.

— Je vous remercie d'avoir accepté de me recevoir aussi vite.

— Malheureusement, j'ai peu de temps à perdre. Je participe à un match de polo pour une œuvre de charité dans une heure.

Il se dirigea vers une table en marbre à côté du bassin, et s'y assit. Relevant la tête, l'air hautain, il darda sur elle un regard impudent qui la fit rougir. Un sourire ironique flotta sur son visage.

— J'ai peine à croire que Percy vous a conseillé de vous présenter à moi en pantalon ! A moins que la simplicité de votre tenue ne soit destinée à attirer ma sympathie.

Sa lucidité au sujet de Percy amplifia son embarras. Et, à son grand dam, elle sentit ses joues s'enflammer de plus belle.

— Je... ne comprends pas ce qui vous fait croire ça.

— Inutile de jouer les innocentes, dit-il d'une voix douce et glaciale, j'ai eu assez de ces simagrées l'an passé. J'aurais dû vous percer à jour, mais comme la plupart des hommes, j'étais trop envoûté pour songer à me méfier.

Ces paroles firent souffrir Faye. Pourtant, elle était consciente que l'amertume du prince était justifiée.

— Tareq... Je regrette ce qui s'est passé.

Il lui adressa un sourire mauvais qui la glaça jusqu'aux os.

— Je n'en doute pas une seule seconde. Vous ne pouviez pas savoir que votre cher frère allait échouer dans l'une de mes prisons.

— Bien sûr que non, rétorqua Faye, ignorant délibérément la pique de Tareq.

Il n'avait pas tardé à entrer dans le vif du sujet. Se

tordant les mains nerveusement, elle décida de jouer le tout pour le tout.

— Je sais que vous aimez bien Adrian. Il n'est pas responsable de ce que…

— Seriez-vous en train de me faire comprendre que nos lois sont injustes ? coupa Tareq.

Reconnaissant qu'elle avait été maladroite, elle se reprit aussitôt.

— Ce n'est pas ce que je voulais dire. Adrian n'est pas un criminel.

— Vraiment ? Ici, au Jumar, c'est un crime de ne pas payer ses employés et ses fournisseurs, et un délit de ne pas construire des immeubles lorsque l'on a déjà perçu des honoraires pour le faire. Pourtant, comme nous ne manquons pas de bon sens, votre frère sera libéré s'il paye ses créanciers.

— Il ne peut pas les payer, dut-elle reconnaître, défaite. Adrian a vendu sa maison pour monter son cabinet immobilier ; il a investi tout son argent dans cette entreprise.

— Ce qui ne l'a pas empêché de mener un train de vie royal dans mon pays. Je sais très bien pourquoi Adrian a fait faillite : ses ambitions étaient démesurées.

Face à ce réquisitoire sans appel, Faye se sentit blêmir.

— Il a commis des erreurs, je sais. Mais ses intentions n'étaient pas…

— Un homme est toujours responsable de ses actes, coupa-t-il d'un ton indolent.

A moitié assis sur la table, offrant son visage au soleil, Tareq donnait l'image d'une décontraction particulièrement agaçante pour Faye.

— Dites-moi plutôt pourquoi vous m'avez envoyé ceci, déclara-t-il en brandissant l'alliance qu'elle avait glissée dans l'enveloppe.

Ce changement de sujet la déconcerta autant que l'absence d'expression de son visage. La dernière fois qu'elle avait vu Tareq, il était dans une colère noire. A présent, voir l'anneau au creux de sa paume lui soulevait le cœur. Ayant sans doute remarqué qu'elle regardait le bijou d'un œil effaré, il le lança en l'air. Dans son envol, l'anneau accrocha la lumière du soleil et brilla de tous ses feux avant de retomber dans la main de Tareq. Sans la quitter des yeux, celui-ci le jeta sur la table d'un geste brusque.

— Vous espériez donc que cet objet me rendrait nostalgique ? Que je me souviendrais du jour où je l'ai passé à votre doigt ? interrogea-t-il avec une froide dérision.

Les yeux rivés sur les bottes d'équitation de ce dernier, Faye se sentit submergée de honte. Pourtant, il se méprenait sur son compte en croyant qu'elle avait été complice du chantage que Percy avait exercé sur lui. Cette absence de confiance vis-à-vis d'elle rendait le prince détestable à ses yeux.

— A propos, poursuivit Tareq avec flegme, je me demandais si vous vous considériez comme ma femme ou comme mon ex-femme.

Réagissant à cette question grossièrement désinvolte comme si ç'avait été l'injure la plus cruelle, Faye releva la tête, l'air farouche.

— Comment pourrais-je me considérer comme votre épouse alors que vous m'avez clairement fait comprendre, il y a un an, que la cérémonie n'était qu'une mascarade ! Je sais bien que je n'ai jamais été votre femme.

Sous les longs cils noirs de Tareq, la lueur qui brillait dans ses yeux venait de s'éteindre.

— J'étais curieux de savoir.

— Je suis venue pour discuter du cas d'Adrian.

— Il n'y a pas à discuter, trancha-t-il sans l'ombre d'une hésitation. La justice a déjà rendu son verdict. Il devra régler ses dettes s'il veut sortir de prison.

Tareq était devenu un étranger, songea Faye. De toute évidence, il n'avait nulle intention de se montrer courtois ou compatissant. En fait, il était parfaitement indifférent. Elle découvrait un homme qu'elle n'avait jamais connu : dur, distant, menaçant. Rompu à l'exercice du pouvoir, il n'avait aucun mal à imposer son autorité, même en tenue de sport.

— Mais je suis sûre que vous pourriez faire quelque chose… si vous le vouliez, dit-elle en joignant les mains malgré elle.

— Je ne suis pas au-dessus de la loi, rétorqua-t-il froidement.

— Pourtant, vous pouvez agir à votre guise ici. Vous avez tous les pouvoirs, fit-elle valoir, au bord du désespoir.

— Jamais je n'irai à l'encontre des lois de mon pays. Vous m'insultez en supposant le contraire. Jamais je ne trahirai la confiance de mon peuple.

Faye s'arracha à son regard, et se retint pour ne pas le supplier. Ses paroles étaient très claires, mais elle ne pouvait se résoudre à accepter cet état de fait. Sachant que c'était sans doute sa seule chance de défendre la cause de son frère, elle insista.

— Enfermé dans une cellule, Adrian ne peut pas travailler pour payer ses créanciers.

— Je vous l'accorde, mais comment se fait-il que vous soyez trop pauvres, votre beau-père et vous, pour le tirer de là ?

— Percy a déjà versé tout son argent à mon frère pour lui éviter la faillite. Vous étiez au courant, non ? Quant à moi, je suis venue vous supplier de trouver un moyen de secourir Adrian. Je n'ai personne d'autre vers qui me tourner…

— Et qu'est-ce qui m'inciterait à l'aider ?

— La compassion, l'humanité…, bredouilla-t-elle.

Tareq haussa les sourcils avec une hauteur aristocratique.

— Je ne puis éprouver de compassion pour une famille aussi malhonnête et indigne que la vôtre.

— Que puis-je dire pour vous convaincre que…

— Rien, coupa-t-il sèchement. Etiez-vous si butée, il y a un an ? J'étais sans doute trop fasciné par vos charmes pour m'apercevoir que vous n'aviez rien dans la tête.

Son ton rude et narquois eut raison de ses dernières forces.

— J'ignore pourquoi vous éprouvez tant de plaisir à m'accabler…

— Qu'êtes-vous prête à faire pour me persuader de régler les dettes d'Adrian ?

— Que vous, vous régliez ses dettes ? reprit-elle, incrédule. L'idée ne m'a jamais traversé l'esprit…

Une lueur sardonique brilla dans ses yeux.

— Je vais être direct, nous avons déjà perdu assez de temps. Devenez ma maîtresse, et je le sors de prison. C'est aussi simple que cela.

Faye sentit son sang refluer de son visage. Tareq l'observa avec un calme cynique qui la plongea dans un état proche de la panique.

— Ça ne devrait pas vous poser de problème, ajouta-t-il, impitoyable. Après tout, il y a un an, vous étiez prête à vous offrir à moi. Il est temps que vous honoriez vos dettes, vous aussi.

Faye fut abasourdie par ce constat sans appel. Tareq la dévisageait effrontément, laissant ses yeux s'attarder sur sa poitrine palpitante. L'érotisme sauvage de ce regard l'incendia aussitôt, anéantissant sa raison. Horrifiée, elle sentit ses seins se durcir de désir tandis qu'une chaleur coupable irradiait au creux de son ventre. Maudissant sa faiblesse, Faye baissa la tête et lutta de toutes ses forces contre les sensations qui menaçaient de briser sa volonté. Elle devait se ressaisir, et vite ! Tareq ne pouvait être sérieux, ce n'était qu'un jeu cruel destiné à la déstabiliser. Mais une chose était sûre : il voulait lui infliger la pire humiliation de sa vie. Cette idée révoltante lui donna la force de relever la tête. Blessée dans son orgueil, elle le regarda avec colère et indignation.

— Manifestement, j'ai eu tort de solliciter cet entretien, dit-elle en s'efforçant de parler calmement. Quoi que vous pensiez, je ne m'abaisserai pas à devenir ce que vous me proposez.

Tareq lui adressa un sourire cynique.

— Quel dommage que vous ne soyez pas actrice ! Quelle perte pour le monde du cinéma ! Cette expression de vertu outragée est vraiment très crédible.

— Vous devriez avoir honte !

Sans se laisser impressionner par le scepticisme qu'elle crut voir briller dans les yeux de Tareq, Faye posa sur lui un regard méprisant. La tête haute, elle fit volte-face et traversa la cour, sans ajouter un seul mot.

Chapitre 2

Fendant la foule, Faye bouscula malgré elle un passant. Après s'être confondue en excuses, elle fit quelques pas en arrière et heurta l'une des colonnes. Son entretien avec Tareq l'avait profondément choquée, mais elle était furieuse de ne pouvoir retenir les larmes qui lui brouillaient la vue. Ravalant un sanglot, elle se cacha de l'autre côté du pilier et s'efforça de recouvrer son calme. Une voix masculine, légèrement inquiète, la fit tressaillir.

— Permettez-moi de vous offrir un rafraîchissement.

Surprise par cette intonation familière, Faye leva les yeux et reconnut Latif, le fidèle conseiller de Tareq, qu'elle avait rencontré plusieurs fois. Celui-ci s'inclina très bas.

— Si vous voulez bien me suivre.

Il la conduisit dans un ravissant salon décoré à la mode occidentale. L'air conditionné fit le plus grand bien à Faye qui s'assit sur un canapé et fouilla dans son sac à main, en quête d'un mouchoir.

Observant une distance respectueuse, le vieil homme resta debout à côté de la porte. Sa gentillesse touchait beaucoup Faye. Constatant sa détresse, il l'avait emmenée ici afin qu'elle puisse se ressaisir dans la solitude. Elle entendit alors des cliquetis de bijoux et vit entrer un ballet de femmes de chambre marchant pieds nus, des plateaux dans les mains. Une à une, elles s'agenouillèrent devant elle pour lui servir du café, des pâtisseries et des loukoums. Puis, sous son regard stupéfait, elles sortirent à reculons, la tête courbée, jusqu'à la porte, avant de quitter la pièce. Ces honneurs, qui en temps normal devaient être réservés à des personnalités importantes, ajoutèrent à sa confusion.

— Je suppose que votre malaise est dû à la chaleur, déclara Latif avec tact. J'espère que vous vous sentez mieux à présent.

— Oui, je vous remercie.

Faye sentit ses joues devenir cramoisies. En tant que conseiller de Tareq, Latif devait être parfaitement au courant de la situation.

— Savez-vous de quelle façon je pourrais aider mon frère ? osa-t-elle demander.

— Demandez un second entretien au prince, demain.

Ce conseil avait beau venir d'un ami de Tareq, il ne pouvait plus mal tomber, songea Faye avec amertume. Evidemment, Latif ne pouvait pas savoir que Tareq venait de lui proposer le plus odieux des marchés. Il ne s'agissait pas d'un marché d'ailleurs, mais d'un chantage digne d'un barbare.

A peine s'était-elle dit cela, qu'une petite voix impertinente vint la tourmenter. Ne s'était-elle pas offerte à Tareq, un an plus tôt ? Ne lui avait-elle pas fait clairement comprendre qu'elle était prête à coucher avec lui ? Elle se souvint de la douche froide qu'elle avait reçue en constatant que son comportement audacieux avait radicalement modifié l'attitude du prince à son égard. Comme il était regrettable que cette seule erreur ait provoqué une série de malentendus !

Impatiente de quitter le palais, Faye se leva.

— Je vous remercie pour le café, Latif.

— Je vous enverrai une voiture demain, si vous le permettez.

— Malheureusement, ce serait une perte de temps.

— Le véhicule restera à votre disposition toute la journée.

De toute évidence, le vieil homme souhaitait l'aider, mais pourquoi ?

Lorsqu'elle franchit la porte de l'hôtel, épuisée par sa vaine entrevue avec Tareq, Percy qui devait la guetter se précipita pour la harponner.

— Alors ? hurla-t-il.

— Le prince m'a fait une proposition indécente, répondit-elle sans parvenir à le regarder.

Elle espérait que cette réponse lui suffirait et qu'il ne chercherait pas à en savoir plus. Percy était si brusque qu'elle ne se sentait pas le courage de justifier son choix pour le moment.

— Et alors ? s'écria-t-il, furieux. Tu dois faire tout ce qui est en ton pouvoir pour ramener Adrian à la maison !

Elle reçut un nouveau choc. Sans répondre, elle se hâta en direction de l'ascenseur, laissant son beau-père fulminer dans le hall. Pourquoi la traitait-il ainsi ? Il ne lui avait jamais témoigné beaucoup d'intérêt. Seul Adrian comptait à ses yeux. N'avait-elle pas droit à des égards, elle aussi ?

N'ayant rien avalé depuis de longues heures, elle appela le service d'étage et commanda un repas frugal. Une fois rassasiée, elle décida de faire le point. Sans elle, Adrian n'aurait jamais fait la connaissance de Tareq et n'aurait jamais monté son entreprise au Jumar. C'était aussi sa faute si Tareq les croyait tous les deux aussi corrompus que Percy. En effet, elle avait involontairement donné à son beau-père l'occasion de menacer le prince. Ses espoirs démesurés et son immaturité étaient responsables de la situation. Mais comment aurait-elle pu imaginer qu'un petit mensonge anodin allait causer tant de mal autour d'elle ? Lorsqu'elle avait rencontré Tareq, elle lui avait dit qu'elle était âgée de vingt-trois ans, alors qu'elle allait en avoir dix-neuf…

Refoulant ces souvenirs qui l'emplissaient de culpabilité aujourd'hui encore, Faye songea aux solutions qui s'offraient à elle pour sauver Adrian.

Ce soir-là, son beau-père frappa de nouveau à la porte, mais elle se contenta de l'entrouvrir pour lui dire qu'elle ne se sentait pas bien. Ce n'était pas un mensonge : elle était si fatiguée à présent qu'elle souffrait de vertiges. Pourtant, au moment de se coucher, elle eut toutes les peines du monde à trouver le sommeil.

A 8 h 30 le lendemain, vêtue d'une robe lilas très légère, Faye monta à bord de la limousine que Tareq lui avait envoyée, bien décidée à le convaincre cette fois-ci. La meilleure solution était de lui présenter ses excuses les plus sincères, en espérant que cette attitude apaiserait son courroux. Peut-être alors accepterait-il de revenir sur sa décision concernant Adrian.

Contrairement à la veille, la voiture emprunta une entrée latérale du palais et Latif en personne vint l'accueillir à la porte. Manifestement, il avait espéré qu'elle reviendrait. Il la conduisit dans un vaste bureau de style contemporain où Tareq parlait au téléphone, debout près de la fenêtre. Vêtu d'un costume trois-pièces gris pâle, il dégageait une séduction sophistiquée difficile à ignorer. Il inclina imperceptiblement la tête lorsque Faye pénétra dans la pièce.

D'un geste de la main, Latif l'invita à s'asseoir avant de se retirer, lui laissant ainsi le loisir d'examiner Tareq. Comme ce dernier ne la regardait pas, elle en profita pour admirer son profil racé, la finesse de ses longs doigts et les mouvements élégants de sa main qui scandaient la conversation. Des souvenirs douloureux assaillirent sa mémoire, si bien qu'elle détourna précipitamment la tête.

Cependant, elle ne pouvait feindre d'ignorer la présence de Tareq. Elle connaissait chaque détail de son beau visage mat : la courbe impérieuse de ses sourcils d'ébène, l'éclat mordoré de ses yeux, la finesse aristocratique de son nez, que surplombaient des pommettes hautes et sculpturales — héritage de ses ancêtres berbère —, son menton volontaire et obstiné et enfin sa bouche sévère et passionnée.

La veille, son puissant magnétisme l'avait troublée, mais elle était bien décidée à reprendre l'avantage aujourd'hui. Après tout, cette année passée l'avait beaucoup transformée ; elle n'était plus une petite adolescente incapable de lutter contre ses émotions et ses sens.

— Que faites-vous ici ?

Subitement arrachée à ses pensées, Faye leva la tête.

— Je vous dois une explication pour la manière dont je me suis comportée l'année dernière.

— Je n'ai pas besoin d'éclaircissement à ce sujet, rétorqua-t-il avec dérision. Et, bien entendu, je n'ai pas l'intention de vous écouter. Si vous imaginiez que je serais suffisamment fou pour vous donner une occasion supplémentaire de mentir, vous m'avez grossièrement sous-estimé…

— Mais, protesta-t-elle à voix basse.

— Ayez la politesse de ne pas m'interrompre.

Ignorant sa rudesse, elle décida d'insister.

— Tareq, laissez-moi une chance de vous expliquer. Il y a un an, vous ne m'en avez pas laissé l'occasion.

— Si c'est la raison pour laquelle vous êtes venue me voir, je vous suggère de partir. Les propos mélodramatiques et les larmes de crocodile ne me touchent pas. Il me suffit de penser à votre trahison pour sentir la colère m'envahir.

Faye déglutit péniblement.

— Je comprends.

— Votre hypocrisie est particulièrement irritante. Cessez donc de faire semblant de regretter le passé. Je vous ai fait une offre hier, et c'est la raison de votre présence ici. Seule une traînée accepterait une proposition pareille, alors inutile de jouer aux innocentes incomprises.

Faye, qui avait toujours été d'un caractère doux et mesuré, sentit une révolte dévastatrice déferler en elle. D'un bond, elle quitta son fauteuil.

— Je ne tolérerai pas que vous m'insultiez. Et comment appelez-vous un homme capable de proposer un tel marché à une femme ?

— Un homme qui a perdu ses illusions… Un homme que le mensonge révulse.

— Je vois que vous ne reculez devant rien. Après m'avoir proposé un pacte ignoble, indigne d'une honnête femme, vous osez encore prendre vos grands airs.

— Allons, vous n'êtes pas une honnête femme. Vous aimez mentir, manipuler les gens… Il n'y a rien que vous ne feriez pour de l'argent.

— Ce n'est pas vrai. Mon seul tort a été de vous raconter un mensonge d'écolière — je n'aurais pas dû, mais j'étais folle de vous.

— Folle de moi ? reprit Tareq en jetant la tête en arrière pour rire de bon cœur. Vous avez desserré votre emprise sur moi en échange d'un demi-million de livres ! Dites plutôt que vous vous êtes jetée sur la première occasion de gagner de l'argent.

Comme frappée par la foudre, Faye s'arrêta net, suffoquée par les propos de Tareq.

— Je vous ai laissé partir pour un demi-million de livres ? Pourquoi diable m'accusez-vous d'une chose pareille ?

Tareq lui lança un regard impitoyable et sa bouche prit un pli sévère. Les jambes de Faye faiblirent ; elle se laissa retomber dans le fauteuil, anéantie. De toute évidence, son mariage avec Tareq avait fait l'objet d'une transaction. Qui donc avait perçu l'argent ? Ce n'était pas difficile à deviner.

— Vous avez donné de l'argent à Percy… ? demanda-t-elle en luttant pour ne pas laisser transparaître son immense dépit.

— C'est à vous que je l'ai donné.

En un éclair, elle se souvint de l'enveloppe que Tareq avait jetée à ses pieds après la cérémonie. Sans doute avait-il oublié qu'il parlait en arabe à ce moment-là et qu'elle n'avait pas compris ses propos. Dans sa naïveté, elle s'était imaginé que l'enveloppe contenait leur certificat de mariage. Après être sortie en trombe de l'ambassade, le cœur brisé, elle avait remis ce document à Percy en le suppliant de le détruire.

Au bout de quelques semaines, elle avait décidé de rencontrer son beau-père pour lui réclamer le certificat. Elle s'était dit que ce papier lui serait peut-être nécessaire pour faire annuler le mariage si d'aventure son divorce n'était pas valable au regard de la loi anglaise. Percy lui avait ri au nez lorsqu'elle lui avait fait part de cette crainte.

— Ne te fais pas plus sotte que tu ne l'es, Faye, avait

raillé celui-ci. Ton mariage avec Tareq n'avait rien de légal ! Il n'a pas été consommé et tu as été répudiée juste après la cérémonie. C'était une mascarade destinée à sauver la face, tu comprends. Sinon, pourquoi aurait-il tenu à ce que tout se passe dans la plus grande confidentialité à l'ambassade ?

Percy lui avait ensuite expliqué que les ambassades étaient régies par la loi de leur propre pays. Faye s'était sentie mortifiée de ne pas avoir compris cela plus tôt.

Et maintenant, elle devait élucider cette mystérieuse affaire concernant l'argent de Tareq. Elle se reprochait à présent d'avoir remis sans le savoir une somme considérable à Percy. Une question la taraudait : si le chèque était pour elle, comment ce misérable avait-il pu l'encaisser ? Car il ne faisait aucun doute que ce chèque avait été endossé.

— Tareq… Je ne savais pas qu'il y avait de l'argent dans cette enveloppe, dit-elle d'une voix blanche. Et d'ailleurs, pourquoi m'auriez-vous donné une telle somme ?

Un silence de plomb tomba sur eux.

Submergée par la culpabilité et l'incompréhension, Faye laissa errer son regard dans le vide, consternée.

— Si vous me croyez aussi corrompue, pourquoi me proposez-vous d'être votre maîtresse ? demanda-t-elle finalement.

— Ce sera une expérience inédite.

— En effet, vous seriez l'amant d'une femme qui ne veut pas de vous ! s'écria-t-elle sur le ton de la moquerie.

— Est-ce un défi ?

Faye le fixa l'air stupéfait. Tareq lui adressa un regard pénétrant qui anéantit ses défenses.

— Non !

— Vous serez mienne aussi longtemps que je le voudrai, décréta Tareq avec assurance.

Il se comportait comme si sa reddition ne faisait aucun doute. Scandalisée, Faye se leva, les poings serrés.

— Vous n'avez pas envie que je sois votre maîtresse… Pas plus qu'il y a un an en tout cas. Vous cherchez seulement à satisfaire votre ego. Ce comportement vengeur est absurde !

— Je n'agis jamais sans réfléchir, asséna-t-il en tendant sa main vers elle. Venez près de moi…

Elle fit un pas en arrière, l'air dégoûté.

— Je n'ai jamais dit que j'étais d'accord.

— Alors, prenez votre décision.

Croisant farouchement les bras, elle le défia du regard.

— Et Adrian ?

— Si vous acceptez, il rentre chez lui par le premier avion.

— Je ne suis pas telle que vous l'imaginez, dit-elle en secouant la tête. Je me vois mal dans le rôle d'une courtisane. Vous seriez déçu…

— Ne vous sous-estimez pas, déclara Tareq en tendant de nouveau sa main, dans un geste serein.

Ses yeux d'ambre la scrutaient sans relâche dans l'attente d'une réponse.

— Vous croyez vraiment que je vais vous obéir au moindre claquement de doigts ?

— Tôt ou tard, vous le ferez. Je suis un homme patient.

Tant d'assurance déconcerta Faye qui ne put réprimer un frisson.

— Vous êtes fou.

— Vous avez peur, répondit-il, un petit sourire en coin.

— J'en ai simplement assez de ces sottises.

Tareq sourit plus franchement, dardant sur elle un regard plein de promesses brûlantes.

— Je n'ai pas dormi la nuit dernière, je n'ai pu trouver le repos car je savais déjà que vous étiez mienne.

— Mais vous me haïssez ! rétorqua Faye avec véhémence.

— Vous haïr ? Ce verbe est trop fort.

Tel un prédateur jouant avec sa proie, il s'approcha d'elle avec une lenteur calculée. Faye se détourna, prête à partir. Ce fut une erreur. Tareq l'attrapa aussitôt par la taille pour l'attirer à lui. D'une main, il ôta l'épingle qui retenait ses cheveux, qui retombèrent en cascade sur ses épaules. Puis, il y passa ses doigts en lui rejetant doucement la tête en arrière.

— Tareq…

— Vous me désirez.

Il posa la main au creux de son dos et plaqua Faye contre son corps musclé. Même si elle avait bien du mal à respirer, elle s'efforça de ne donner aucun signe de faiblesse.

— Non…, murmura-t-elle.

— Vous tremblez.

— J'ai froid ! s'exclama-t-elle, à peine consciente de l'absurdité de sa réponse.

Dans les bras de Tareq, elle ne parvenait plus à contrôler les réactions de son corps. Comme pour lui imposer une nouvelle épreuve, son adversaire pencha la tête, caressant sa joue de son souffle. Elle s'immobilisa.

— Froid ? reprit-il. De qui vous moquez-vous ?

— Je vous en prie…

— Que voulez-vous ? demanda-t-il en approchant ses lèvres.

Instinctivement, elle entrouvrit les siennes et se colla tout contre lui.

— Dites-moi, insista-t-il, impitoyable.

Son parfum enivrant, si familier, si singulier, mettait ses sens au supplice. Des images du passé, sensuelles et troublantes, lui revinrent en mémoire. A présent, elle pouvait sentir ses seins se tendre sous l'étoffe de sa robe qui les comprimait douloureusement. Tout son être brûlait de l'intérieur, comme assujetti d'impatience.

— Que voulez-vous ? répéta-t-il à voix basse, en fixant sur elle un regard ombrageux.

— Embrassez-moi…

Au moment où elle prononça ces paroles, Tareq desserra son étreinte. Faye ne s'attendait pas du tout à cela, aussi recula-t-elle en chancelant, aussi désorientée qu'au sortir d'un rêve.

— Dans mon pays, on réserve l'intimité à l'espace privé, expliqua-t-il d'une voix de velours. Et ce bureau est un lieu public. En revanche, je ne connais pas de lieu plus secret que mon harem du palais de Muraaba, ajouta-t-il d'un air mystérieux.

Encore frissonnante de désir, Faye porta la main à ses lèvres, horrifiée.

— Votre harem ?

— Etre la maîtresse d'un homme au Jumar n'est pas une sinécure. L'élue doit renoncer à sa liberté et éviter les excès en tout genre. En devenant ma maîtresse, une femme doit accepter de tirer un trait sur sa vie sociale, précisa-t-il en soupirant, comme à regret. Il faut qu'elle s'habitue à vivre cloîtrée derrière de hauts murs et à me consacrer tout son temps. Si vous êtes prête à vous lancer dans cette aventure, il ne vous reste plus qu'à dire adieu au monde pour les prochains mois.

Contrairement à elle, Tareq était capable de contrôler son désir et manifestement, il n'avait eu aucun mal à quitter ses bras. A l'idée d'avoir capitulé comme la dernière des idiotes en le suppliant de l'embrasser, Faye se sentait profondément honteuse. Il avait éveillé son désir en l'espace d'une seconde, avec une facilité déconcertante.

— Ce qui vient de se passer me laisse croire que vous serez peut-être inconsolable le jour où je me serai lassé de votre compagnie.

— Vous pensez vraiment que vous réussirez à m'enfermer dans un harem ? demanda-t-elle d'une voix tremblante. Vous êtes fou !

— Pas le moins du monde, répondit-il en s'adossant à son bureau. En outre, comme je ne peux pas vous faire confiance, j'attendrai que vous vous soyez installée chez moi pour faire libérer votre frère.

— Tareq, je vous en prie…

Sans la moindre délicatesse, il jeta un coup d'œil à sa montre.

— Malheureusement, je dois abréger cet entretien. D'autres visiteurs attendent que je les reçoive. Une voiture vous conduira chez moi.

— Maintenant ? s'écria Faye, abasourdie.

— Nous avons annulé la réservation de votre chambre quelques minutes après votre départ de l'hôtel. Percy sait qu'Adrian sera peut-être relâché. Il attend sa libération à la prison. Vous reverrez votre famille lorsque notre arrangement touchera à sa fin.

Faye en eut le souffle coupé.

— Vous n'êtes pas sérieux, ce n'est pas possible.

Tareq passa devant elle pour lui ouvrir la porte. Avant qu'elle ne franchisse le seuil, il lui adressa un sourire cruel.

— Détrompez-vous.

Chapitre 3

En sortant du bureau, Faye aperçut un banc de pierre dans la cour. Elle s'y assit. De là, elle pouvait voir la limousine qui la conduirait au palais de Muraaba. A moins qu'elle ne décide de se rendre à l'aéroport par ses propres moyens. Après tout, elle avait encore le choix. Jusqu'à nouvel ordre, elle était libre comme l'air. Elle profita de cet instant de solitude pour faire le point.

Les dernières paroles de Tareq résonnaient dans sa tête. Mortifiée d'être toujours sensible à son charme dévastateur, elle sentit une profonde amertume la gagner. Pourquoi devait-elle payer pour son beau-père ? Ce dernier n'en était pas à son premier méfait. Par sa faute, Sarah était morte ruinée, et la situation financière de la famille n'ayant cessé d'empirer, Adrian avait dû se résoudre à vendre leur maison d'enfance, quelques semaines après sa mésaventure avec Tareq.

— Tu es d'accord, sœurette ? avait-il demandé.

Une question de pure rhétorique, bien entendu, car il n'aurait pas aimé apprendre que cette décision lui brisait le cœur. Pas plus qu'il n'aurait apprécié qu'elle lui rappelle son intention de fonder une école d'équitation au sein de cette demeure, déjà dotée d'un manège et d'écuries. La mort dans l'âme, elle avait dû également vendre Delilah, sa jument bien-aimée.

Il est vrai qu'elle avait toujours fait passer ses intérêts au second plan, personne n'ayant jamais considéré que ses désirs comptaient autant que ceux des autres. Elle n'était pourtant pas d'un naturel soumis. Seulement, elle n'avait eu aucun argument à opposer à son frère. Le maigre salaire qu'elle touchait en tant que bibliothécaire ne suffisait pas à couvrir les frais d'entretien de la demeure. C'est ainsi qu'Adrian avait tout vendu pour constituer le capital nécessaire à la création de son entreprise. Il lui avait promis qu'il partagerait avec elle ses futurs bénéfices, ce qu'il n'aurait pas manqué de faire s'il en avait eu les moyens…

Pour le moment, une question ne cessait de la tarauder : où donc était passé l'argent qu'elle avait remis à Percy sans le savoir ? Dire qu'elle avait accepté ce mariage au comble du bonheur avant de s'apercevoir qu'il ne s'agissait que d'une cruelle tromperie… Le souvenir de cette journée à l'ambassade lui était insupportable. Après la cérémonie, Tareq l'avait regardée avec un mépris infini.

— Dans mon pays, on peut divorcer très facilement, lui avait-il dit. Il suffit de prononcer trois fois la formule « je répudie cette épouse ». Voulez-vous que je le prouve immédiatement ?

Jamais elle ne pourrait oublier l'humiliation et le chagrin qu'elle avait ressentis à ce moment. L'image de ce prince arrogant et autoritaire, fou de rage parce qu'il venait de l'épouser ne s'effaçait pas de sa mémoire. Sans le moindre scrupule, il l'avait blessée et bafouée, comme si elle n'était rien. Il n'était pas étonnant qu'elle le haïsse à ce point.

Oui, elle haïssait le prince Tareq Shazad ibn Zachir. Pourtant, l'attirance qui avait eu raison de son bon sens un an auparavant n'avait pas faibli avec le temps. Mais quoi qu'il arrive, elle n'avait pas l'intention de s'installer dans un harem !

Evidemment, il fallait qu'Adrian sorte de prison, et ce, avant de tomber gravement malade. Mais pouvait-elle le faire libérer à n'importe quel prix ? Tout à coup frappée par l'évidence, ses yeux s'agrandirent. A l'instant où l'avion d'Adrian décollerait, il n'y aurait plus aucun danger pour lui ! Tareq venait de la traiter de menteuse et de tricheuse. Pourquoi ne le prendrait-elle pas au mot ? Il méritait qu'elle le dupe. Elle avait déjà suffisamment payé à la place de son beau-père.

— Puis-je vous aider ?

Elle se leva en apercevant Latif.

— J'aimerais passer un coup de téléphone.

Le petit homme semblait mal à l'aise.

— Même les criminels ont le droit d'appeler quelqu'un…, ajouta-t-elle.

Son interlocuteur rougit en inclinant la tête.

— Si vous voulez bien me suivre.

Il la conduisit dans un petit bureau, puis s'éclipsa. Dès qu'elle fut seule, elle composa le numéro du téléphone portable de Percy.

— Faye ! s'écria ce dernier. J'ignore quel stratagème tu as mis au point, en tout cas ça marche ! Apparemment, ils ont l'intention de relâcher Adrian dans l'après-midi.

— Percy, je voudrais juste que tu répondes à une question, coupa-t-elle d'une voix blanche. Le jour du mariage, je t'ai remis une enveloppe. Qu'as-tu fait du chèque qui était à l'intérieur ?

Un long silence s'ensuivit. Au bout de quelques instants, Percy s'éclaircit la gorge.

— Tu as pris cet argent, n'est-ce pas ? Tu as fait croire

à Tareq que j'étais ta complice pour le faire chanter ! s'écria-t-elle, outrée.

— Adrian a récupéré l'essentiel de cette somme, sans savoir d'où elle provenait. Et cesse de parler de chantage : je me suis contenté de défendre tes intérêts. Tareq avait proposé de l'argent en échange de notre silence… Je ne vois pas pourquoi j'aurais refusé ! protesta-t-il. Tu devrais être contente, cette somme est restée dans la famille.

— Tu es un escroc et un voleur. Après avoir ruiné ma mère, tu n'as pas hésité à me dépouiller. Alors ne m'insulte pas en invoquant la famille ! s'enflamma-t-elle avant de raccrocher le combiné.

Elle sortit du bureau, la tête haute, et regagna la cour où la voiture l'attendait. Le trajet jusqu'au palais de Muraaba dura plus longtemps qu'elle ne l'avait imaginé. Lorsqu'ils eurent dépassé les limites de la ville, ils traversèrent le désert pendant des kilomètres. Fascinée par cette immensité aride, Faye regarda rêveusement les dunes dont les contours semblaient brouillés par la chaleur écrasante de ce milieu d'après-midi. Partout où se portait son regard, elle ne voyait que du sable, toujours et encore. Comme elle avait dû aimer Tareq pour imaginer qu'elle pourrait vivre aussi loin de tout !

Au loin, elle aperçut une forteresse monumentale. Lorsqu'ils arrivèrent enfin, des gardes se précipitèrent pour ouvrir une porte en acier colossale. De l'autre côté des murs, des jardins en terrasses d'une beauté stupéfiante s'étendaient de part et d'autre d'une colline. Eblouie par la magnificence de ce parc, Faye remarqua malgré tout que ce lieu était peuplé de militaires en faction. De toute évidence, ce palais était paré pour faire face à toute invasion extérieure. Son cœur se serra. Ses projets de fuite étaient sérieusement compromis.

Elle baissa la tête, ignorant les regards curieux et les murmures qu'elle suscitait. En sortant de la limousine, elle fut saluée par des soldats qui présentèrent les armes à son passage. Comme il devait être facile de se croire toute-puissante dans un lieu pareil ! Malgré son dépit, elle ne put qu'admirer la splendeur des bâtiments, visiblement très anciens. Parvenue dans le hall gigantesque, elle remarqua les mosaïques turquoise, vertes et dorées qui ornaient les murs.

Soudain, un cri d'enfant brisa le silence. Glacée, Faye chercha aussitôt d'où venait ce bruit. Un enfant s'était-il blessé ? Ouvrant une porte au hasard, elle s'immobilisa sur le seuil. Un petit garçon rouge de colère se disputait avec sa domestique en se débattant comme un beau diable, lui envoyant coups de pied et coups de poing.

— Laisse-moi partir ! vociférait-il. Lâche-moi sinon je te fouette !

Faye s'interposa entre eux et attrapa fermement le garçonnet.

— Je ne te lâcherai que si tu te calmes, déclara-t-elle tranquillement.

— Je suis un prince… Un prince de sang royal, s'époumonait le petit monstre.

— Tu es un petit garçon, intervint Faye. Un prince de sang royal ne se comporterait pas comme ça.

A ces mots, la lèvre inférieure de l'enfant se mit à trembler et ses yeux s'emplirent de larmes.

— Je suis un ibn Zachir… un prince, bredouilla-t-il. Il faut faire ce que je dis… Pourquoi tu ne fais pas ce que je dis ?

Le visage triste et l'air perdu, il ressemblait enfin à un petit garçon. Il cessa de se débattre et Faye soupira de soulagement, heureuse d'avoir gagné cette bataille. Ce garçonnet avait l'air d'avoir cinq ans tout au plus.

— Est-ce que le prince a un nom ? demanda-t-elle plus doucement.

— Rafi…

Elle se rendit compte alors que ses parents pouvaient très bien arriver d'une minute à l'autre. Ils seraient sans doute scandalisés qu'une étrangère ait pris la liberté de réprimander leur enfant. Il était sans doute plus sage de le lâcher à présent. Mais, contre toute attente, le petit garçon s'accrocha à elle.

Au même instant, elle aperçut la victime du petit tyran se jeter à ses pieds en pleurant. Les autres domestiques se tenaient tête baissée comme s'ils redoutaient les conséquences de cette intervention.

— Sommeil…, grommela Rafi, en suçant son pouce.

— Quelqu'un peut-il emmener Rafi, je veux dire « Son Altesse » faire une sieste ?

— Je suis sa nurse, murmura la femme prosternée.

— Rafi, ce n'est pas bien de frapper les gens, expliqua Faye en soupirant.

— Il n'avait pas l'intention de me faire mal, murmura sa nurse.

— Rafi veut dormir, répéta l'enfant en se blottissant sous le menton de Faye. La jolie dame peut me coucher ?

Faye emmena l'enfant.

— Mon cheval va plus vite que le vent, murmura Rafi d'une voix ensommeillée, alors qu'elle le conduisait à sa chambre.

— J'aime beaucoup les chevaux.

— Alors, je te montrerai mon cheval, dit-il en grimpant sur son petit lit.

La chambre de Rafi était magnifique, peuplée de jouets

somptueux. Quel enfant gâté ! pensa Faye. Cependant, il ne pouvait être entièrement responsable. Un adulte lui avait sûrement montré le mauvais exemple. Ses parents, de toute évidence. Raison de plus pour ne pas s'éterniser ici !

En sortant de la chambre de Rafi, Faye emprunta un long dédale de couloirs. En chemin, elle croisa une foule grandissante de domestiques qui la regardaient, sidérés. A en croire leur expression émerveillée et incrédule, ce qu'elle avait fait était extraordinaire.

Quelle étrange demeure ! songea-t-elle en fronçant les sourcils.

Cette certitude bien ancrée, et ignorant la douzaine de domestiques qui l'accompagnaient, elle explora le palais jusqu'à ce qu'elle découvre une gigantesque bibliothèque. Après une longue recherche, elle dénicha finalement une vieille carte du Jumar. Elle la glissa dans son sac et gagna un salon où elle s'assit sur un divan bas. On lui apporta aussitôt un rafraîchissement. Le personnel semblait prêt à se plier en quatre pour lui faire plaisir. Profitant de cet instant de détente pour examiner la pièce, elle admira les motifs géométriques des faïences qui décoraient les murs. Certaines semblaient même ornées de pierres précieuses. En levant la tête, elle découvrit un dôme lambrissé, serti de minuscules miroirs. De magnifiques tapis persans couvraient le sol de marbre pâle. Les coussins de soie sur lesquels elle était installée avaient été peints à la main. Tareq avait grandi dans ce cadre luxueux, songea-t-elle. Quel contraste avec la maison de sa propre enfance !

Tout à coup, elle entendit des bruits de pas dans le couloir. Le personnel montra des signes d'agitation avant de s'éclipser. Quelques secondes plus tard, Tareq apparut sur le pas de la porte, l'air sévère.

— Latif vient de m'apprendre que vous avez réprimandé Rafi…

Un sentiment de colère envahit Faye qui revit aussitôt l'image de l'enfant se débattant contre sa nurse. Elle se leva d'un bond, sur la défensive.

— De toute évidence, quelqu'un s'est plaint de mon comportement. Eh bien, vous feriez mieux de me renvoyer par le premier avion parce que je n'ai pas l'intention de rester ici à regarder sans broncher cet enfant frapper les domestiques !

Les traits de Tareq se durcirent.

— Répétez ça…

— Si vous y tenez : je refuse de rester plus longtemps dans une maison où un enfant a le droit de se comporter ainsi !

— Etes-vous en train de me dire que Rafi a frappé sa nurse ? demanda Tareq, qui avait blêmi.

Faye lui décrivit alors la scène dont elle avait été témoin.

— Je vais me charger de Rafi, dit-il alors entre ses dents, visiblement indigné. Je vous suis reconnaissant d'être intervenue à temps, mais n'en tirez pas de conclusions hâtives sur les coutumes de mon pays. Ne pensez pas que tout le monde se conduit comme mon horrible petit frère.

— Votre petit frère ? reprit-elle, rouge de confusion. Mais pourquoi personne ne s'est-il interposé…

— Qui aurait pu le faire ? Il n'avait que trois ans lorsque notre père est mort. Sa mère est décédée il y a six mois. C'était une femme mauvaise qui a appris à Rafi à se comporter comme il le fait. Les domestiques qui s'occupent de lui étaient à son service. Elle les maltraitait et cet incident me laisse supposer qu'ils sont toujours terrifiés. Je ne voulais pas priver Rafi des nurses qui veillent sur lui depuis sa naissance, mais je suppose que je dois le faire à présent. Il faut que cet enfant soit éduqué !

— Quel âge a-t-il ?

— Quatre ans… Il est assez grand et intelligent pour changer de comportement. Je vais m'en occuper.

Sur ce, il fit demi-tour, l'air plus résolu que jamais. Faye lui emboîta aussitôt le pas.

— Qu'allez-vous faire ?

— Ne vous méprenez pas, dit-il d'un air de reproche. Je ne connais peut-être pas grand-chose aux enfants, mais je sais que l'on ne vient pas à bout de la violence par la violence. Je vais discuter avec lui et le priver d'un certain nombre de privilèges pour le punir.

— Je suis désolée de m'être emportée, déclara-t-elle. Cette scène m'a bouleversée… Rafi est très jeune et il doit beaucoup souffrir de la disparition de ses parents.

— Je sais, mais je crains qu'il n'ait hérité de la cruauté de sa mère.

Restée seule, Faye se demanda pourquoi le sort de ce petit garçon la touchait autant. Son éducation ne la regardait pas. Pourtant, elle se sentait rassurée de savoir que Tareq prenait à cœur cette histoire. Au moins, elle ne s'était pas totalement méprise sur son compte un an auparavant…

Quatorze mois plus tôt, Adrian avait été convié au mariage d'un commandant de l'armée où Tareq était l'invité d'honneur. Lizzie, qui approchait du terme de sa grossesse, ayant préféré rester chez elle, Faye l'avait remplacée à contrecœur.

— Allez viens, sœurette, avait insisté Adrian. Depuis la mort de maman, tu te complais dans la solitude. Je sais que tu es timide, mais cette sortie te fera le plus grand bien.

Le jour de la cérémonie, la voiture d'Adrian avait refusé de démarrer. Au grand désespoir de ce dernier, ils avaient dû se résoudre à utiliser la vieille automobile de Faye. Adrian n'avait cessé de se plaindre durant le trajet. Les nerfs à vif, elle avait amèrement regretté d'avoir accepté cette sortie. Lorsqu'ils étaient arrivés devant l'édifice religieux, elle avait eu toutes les peines du monde à trouver où se garer. Au cours d'une énième marche arrière, elle avait percuté la limousine de Tareq.

Adrian n'aurait pas été plus horrifié si elle avait tué quelqu'un. Bondissant sur son siège, il s'était mis à crier à tue-tête.

— Comment ça, tu ne l'as pas vue ? Cette voiture est aussi grande que le Titanic !

Lorsqu'elle était sortie avec Adrian pour inspecter les dégâts, elle avait dû prendre appui sur le capot tant elle tremblait. En voyant deux gardes du corps aux visages hostiles s'avancer dans sa direction, elle avait cru mourir de peur. La portière arrière de la limousine s'était alors ouverte et Tareq était descendu sans se presser. D'un geste de la main, il avait ordonné à ses hommes de se calmer, puis s'était avancé vers elle. Adrian, qui lui tournait le dos, ne l'avait pas vu approcher.

— Comment peux-tu être aussi maladroite ? vociférait ce dernier.

Mais Faye avait cessé de l'écouter, incapable de détacher son regard de l'homme aux cheveux sombres qui lui souriait. Ce sourire l'avait remuée jusqu'au tréfonds de son être. Son cœur s'était mis à battre la chamade. L'éclat félin de ses yeux d'or et de feu lui avait coupé le souffle. Elle était tombée amoureuse de lui au premier regard.

Ignorant Adrian, Tareq s'était adressé à elle d'une voix douce et grave.

— Vous devez être sous le choc. Il faut vous asseoir.

— Mais… votre voiture…

— Peu importe.

Il l'avait conduite jusqu'à la limousine. Un garde du corps lui avait ouvert la portière arrière et, cédant au désir de Tareq, elle avait pris place sur la banquette en cuir.

— Essayez de vous calmer, lui avait-il conseillé. Ce n'est rien de grave.

— Votre Altesse, bredouilla Adrian, derrière lui. Je… je vais m'occuper de ma sœur, nous ne voulons pas vous ennuyer.

— Cela ne m'ennuie pas du tout.

Il avait offert un verre d'eau glacé à Faye en dardant sur elle un regard brûlant qui avait achevé de l'étourdir. Puis, après lui avoir adressé un autre sourire ravageur, il s'était redressé pour serrer la main de son frère. Après avoir échangé quelques mots avec Tareq, Adrian l'avait pressée de sortir. En s'éloignant, elle n'avait songé qu'à une chose : pourrait-elle de nouveau parler à cet homme ?

— Je n'y avais jamais pensé, mais je suppose que tu dois être très belle, avait déclaré Adrian d'un air satisfait avant d'entrer dans l'édifice religieux. Ta beauté nous a sauvé la mise ! Tu emboutis une voiture qu'un aveugle aurait pu éviter, et pourtant Son Altesse soutient que sa limousine était très mal garée et insiste pour payer les réparations !

— Oh… Est-ce vraiment un prince ?

— Un vrai prince, crois-moi. Tareq est le souverain de l'Etat de Jumar, dans le golfe Persique. Il est le commandant en chef de sa propre armée. Dans la mesure où son père, Hamza, vit ses derniers jours, c'est lui qui représente son pays à l'étranger.

Son cœur s'était serré car son frère lui avait confirmé un vague soupçon : Tareq était hors de sa portée. Cependant, poussée par la curiosité, elle avait osé demander :

— Est-il marié ?

— Non. Pourquoi ?

— Je me demandais… Il est si gentil.

— Gentil ? avait repris Adrian, d'un ton narquois. Ecoute, c'est peut-être la première fois que je le rencontre, mais d'après ce que j'ai entendu, c'est un vrai coureur de jupon. Heureusement, tu es bien trop jeune pour l'intéresser.

— Trop jeune ? Je vais avoir dix-neuf ans le mois prochain !

— Vraiment ? avait-il raillé. Eh bien, tu ne cours aucun danger. Je doute que le prince souhaite abuser de la confiance d'une enfant.

Cette maudite conversation avait incité Faye à mentir pour la première fois de sa vie. Au cours de la réception, Adrian l'avait vite abandonnée pour rejoindre ses amis et Tareq en avait profité pour la retrouver.

— Puis-je me joindre à vous ? Les rares personnes qui vous connaissent ici parlent de vous comme d'une adolescente, avait déclaré Tareq après les présentations d'usage.

— Les gens ont tendance à oublier le temps qui passe lorsqu'ils ne vous voient pas pendant plusieurs années.

Devinant l'attrait qu'elle exerçait sur lui, elle lui avait

adressé un sourire entendu, provocant, qui, espérait-elle, la rendrait plus femme.

— Je ne suis peut-être pas très grande, mais j'ai vingt-trois ans.

— Vous ne les faites pas, avait-il murmuré d'un ton sincère.

— C'est le bon air de la campagne…

Comme c'était simple ! Evidemment, elle n'avait pas pensé une seule seconde aux conséquences de ce mensonge ; l'idée qu'ils puissent avoir une relation durable ne lui avait pas traversé l'esprit. A ce stade, elle voulait simplement lui plaire, sans penser à mal.

— J'aimerais beaucoup vous revoir, avait-il dit alors.

— Quand ? avait-elle demandé précipitamment, abandonnant ses airs de femme mûre.

Tareq, qui avait d'abord semblé surpris, ébauchait un sourire amusé.

— Vous verrez.

Elle avait commencé à recevoir des roses le lendemain, et les jours suivants. Des roses blanches dont le parfum sucré embaumait chez elle. Il n'y avait pas de carte, mais elle savait très bien que c'était lui qui envoyait les bouquets. Elle avait passé ses journées à rêvasser, bondissant à chaque sonnerie de téléphone. En définitive, une semaine s'était écoulée avant qu'elle reçoive un appel.

Lorsqu'elle avait décroché, Lizzie s'était empressée de coller un message sur le téléphone :

« Dis-lui que tu es déjà prise ! »

Faye avait lancé à sa belle-sœur un regard désespéré. Elle qui se sentait prête à traverser Londres pieds nus et sous la pluie pour rejoindre Tareq !

— Je suis désolée, je ne peux pas…

« Peut-être une autre fois », avait chuchoté Lizzie en détachant les syllabes.

— Tu as beaucoup à apprendre, avait lancé cette dernière, lorsque Faye avait raccroché sans proposer une autre date.

Désespérée, celle-ci s'était mise à sangloter.

— Si tu tiens vraiment à ce qu'il te laisse tomber après le premier rendez-vous, vas-y, dis-lui que tu es folle de lui.

Lizzie, qui n'avait que quatre ans de plus que sa belle-sœur, avait voulu l'aider. Lorsque Tareq avait appelé Adrian pour inviter toute la famille à dîner, c'est elle qui avait demandé à son mari de ne pas révéler l'âge de Faye.

— Je n'aime pas l'idée que tu aies menti, lui avait-il dit avec sévérité.

Incapable de dire un mot, Faye avait baissé les yeux en rougissant.

— Laisse-la, Adrian, était intervenu Percy avant de se tourner vers elle, le visage bienveillant. Ce n'est qu'un petit flirt sans conséquence, n'est-ce pas ? Il n'y aura jamais rien de sérieux entre eux. Ta sœur peut s'amuser un peu. Si un dîner en famille est l'idée que ce type se fait d'une soirée en amoureux, je ne vois aucune raison de s'inquiéter.

Durant les semaines qui suivirent, Faye avait essayé de se persuader qu'un avenir avec Tareq était impossible. Lorsqu'elle avait compris qu'elle était amoureuse de lui, un profond découragement l'avait envahie. A l'idée qu'il repartirait dans son pays à la mort de son père, et s'empresserait alors de l'oublier, son désespoir avait redoublé. Convaincue qu'elle ne le verrait plus dans un avenir proche, et qu'elle ne pourrait jamais aimer un autre homme, elle avait pris une décision… qui s'était avérée la plus grosse erreur de sa vie.

Très nerveuse ce soir-là, Faye s'était efforcée de créer chez elle une atmosphère douce et romantique. Jamais elle ne se serait doutée qu'il arriverait en retard, et briserait aussitôt ses espoirs. Il avait en effet décrété : « Je ne passerai pas la nuit ici, je ne le fais jamais quand je suis avec une femme », puis : « Sommes-nous obligés de dîner tout de suite ? J'aurai sans doute un peu plus faim après avoir fait l'amour », avant de demander : « Combien d'hommes as-tu déjà connus ? »

Cette dernière question avait eu raison de sa dignité. Renversant sans le vouloir son vin sur sa robe, elle s'était précipitée dans sa chambre, à l'étage supérieur. Après avoir ôté sa tenue, elle avait pris une douche, puis décidée à jouer le tout pour le tout, était retournée dans sa chambre, enveloppée dans un drap de bain. Tareq l'y attendait. Quelques minutes plus tard, Percy était arrivé par surprise et le piège s'était refermé sur eux, sans qu'elle en ait seulement conscience. Rouge de honte, elle s'était réfugiée dans la salle de bains. Lorsqu'elle en était ressortie, Tareq avait quitté les lieux.

Le souvenir de cette soirée cauchemardesque était encore si vivace que Faye dut fermer les yeux, étourdie. Elle s'était jetée à la tête de Tareq comme une idiote ! Portée par son imagination fantasque, elle avait cru qu'une grande histoire d'amour l'attendait. Avant cette funeste soirée, leur relation était des plus platoniques ; il s'était contenté de l'embrasser sur la joue ou de lui tenir la main à l'occasion. Il n'était guère étonnant qu'il ait été choqué lorsqu'elle lui avait brusquement fait comprendre qu'elle attendait bien plus !

Consciente de ses erreurs, écrasée de chagrin, elle s'étendit sur les coussins et sombra dans le sommeil.

A son réveil, elle se sentit étrangement en sécurité dans les bras qui l'entouraient. Elle sursauta soudain… Que s'était-il passé pour qu'elle se retrouve dans cette position ? Instinctivement, elle essaya de se dégager.

— Ne bougez pas, lui ordonna calmement Tareq.

— Où suis-je ? demanda-t-elle en ouvrant de grands yeux.

Lorsqu'elle s'aperçut qu'elle était allongée sur un lit à baldaquin dans une grande chambre baignée de soleil, elle se redressa brusquement et bondit hors du lit.

— Je vous ai fait peur ? s'enquit-il en la défiant du regard.

Elle était bel et bien effrayée, mais seulement à cause de sa propre faiblesse. Il lui suffisait de regarder Tareq pour perdre le sens commun. Inutile de se demander pourquoi elle s'était offerte à lui un an plus tôt !

— Je suis ici contre mon gré, et vous le savez.

— Je vous ai laissé le choix, rétorqua-t-il d'une voix froide et posée.

— Le choix entre la peste et le choléra ?

— Vous comprenez à présent ce que j'ai ressenti le jour de notre mariage. J'ai eu l'impression d'être pris au piège ! En vous épousant, j'ai choisi le moindre mal. Mon père était à l'agonie, comme vous le savez et je ne voulais pas qu'il apprenne avant sa mort que l'héritier de la couronne faisait la une d'un magazine à scandale pour avoir abusé d'une adolescente !

— Mais, nous n'avions même pas…, commença-t-elle en blêmissant.

— Inutile de me le rappeler !

Il émit un petit rire avant de prendre ses mains dans les siennes. Sans qu'elle puisse lui opposer de résistance, il l'attira contre lui.

— Cette fois-ci, ce ne sera pas la même chose.

— Tareq…

Il lâcha ses mains et encercla son visage de ses longs doigts tandis que ses yeux d'or la scrutaient avec avidité. Stupéfaite par la puissance du désir qu'elle y lut, Faye sentit sa respiration s'accélérer et un picotement lui courir le long de lá nuque. Son trouble augmenta lorsque Tareq dessina d'un doigt le contour de ses lèvres ; ce contact était si agréable qu'elle entrouvrit la bouche. Cédant à cette invitation involontaire, il écrasa ses lèvres contre les siennes. Ce baiser l'incendia et lui fit découvrir des sensations qu'elle n'avait jamais soupçonnées. Se sentant soudain audacieuse, elle souleva un pan de la chemise de Tareq pour caresser sa peau douce et chaude. Elle pouvait palper la fermeté de ses muscles saillants, lesquels se contractaient dès qu'elle les touchait. Elle fit bientôt glisser sa main le long de son ventre, mais, lorsqu'elle voulut s'aventurer plus bas, elle le sentit tressaillir et désireux de reprendre l'avantage.

Posant ses mains sur la courbe de ses hanches, Tareq l'attira plus près encore, pressant son torse contre sa poitrine gonflée de désir. Lorsqu'il l'embrassa de nouveau, mêlant fougueusement sa langue à la sienne, un gémissement mourut dans la gorge de Faye. Etouffant un grognement, Tareq la lâcha alors et se leva.

— Je ne peux pas rester, annonça-t-il d'une voix âpre.

Elle le dévisagea sans comprendre.

— Vous ne pouvez pas rester ?

— Lorsque je vous ai trouvée endormie, je vous ai conduite à votre chambre, mais pour tout dire, je ne faisais que passer ici pour me changer. Je dois aller au *Majilis*, le Parlement, cet après-midi, expliqua-t-il en rajustant sa mise.

— Vous devez vous rendre au *Majilis*, répéta Faye qui peinait à reprendre ses esprits.

Tareq lui adressa un regard amusé, et haussa les épaules.

— Il y a cinq minutes, vous prétendiez être détenue ici contre votre gré. Manifestement, vous avez changé d'avis. Tant mieux car je ne saurais me contenter d'un simple baiser.

Baissant les paupières pour éviter son regard inquisiteur et victorieux, Faye se maudit d'avoir capitulé aussi vite. Comment osait-il lui parler sur ce ton ? De quel droit se rengorgeait-il de la sorte ?

— Vous vous croyez irrésistible ?

— Non… Vous me rendez irrésistible, nuance, rétorqua-t-il en se dirigeant vers la porte. Vous êtes une jeune femme ardente. Je suis sûr que bien des hommes ont profité de votre sensualité débordante, mais pour le moment, vous êtes à moi.

— Si vous saviez à quel point je vous hais ! s'écria-t-elle en serrant les poings.

— Peu m'importe, répondit-il avec arrogance, les yeux aussi durs que de la glace. Je veux simplement vous faire l'amour. Je n'attends rien de plus.

Chapitre 4

Longtemps après le départ de Tareq, Faye regardait encore la porte, les ongles enfoncés de rage dans la paume de ses mains. Sa franchise l'avait anéantie. Mais son attitude n'étant guère surprenante, alors pourquoi souffrir autant ? Et puisque de toute façon, elle ne l'aimait plus…

Quelqu'un frappa à la porte de l'autre côté de la pièce. Elle se retourna aussitôt. Deux jeunes filles souriantes entrèrent dans la chambre.

— Nous sommes Shiran et Meyla. Votre déjeuner est prêt, madame, annoncèrent-elles timidement.

Faye découvrit alors que cette seconde porte menait à d'autres appartements, tous aussi somptueux que la chambre de Tareq. Etait-elle dans le harem ? Peu importait. Pour le moment, elle n'avait qu'une obsession : fuir.

Les deux jeunes filles la conduisirent dans un magnifique salon où des plats raffinés l'attendaient. Après avoir dégusté quelques mets savoureux, un coup d'œil à sa montre lui apprit qu'il était près de 14 heures. Elle demanda alors qu'on lui apporte un téléphone.

Pour la deuxième fois de la journée, elle composa le numéro de son beau-père.

— Faye ? Adrian est sorti ! s'écria Percy qui débordait de joie. Nous sommes à l'aéroport.

— Très bien. Dans combien de temps décolle votre avion ?

— Dans une demi-heure. Ecoute, je ne peux pas parler longtemps. Adrian est parti faire une course, mais il sera de retour dans une minute. Je lui ai dit que tu étais rentrée ce matin. Il n'aurait jamais accepté de partir si je lui avais avoué la vérité, expliqua-t-il sans la moindre gêne.

— Je vois que tu es très inquiet à mon sujet, déclara-t-elle d'un ton sarcastique.

— Allez, Faye. Je suis sûr que tu es dans un palais de rêve, et je sais bien que Son Altesse ne te laisse pas indifférente. Regarde les choses en face : tu avais très mal supporté que Tareq te quitte…

— Je n'arrive pas à y croire, dit-elle en fermant les yeux.

— Finalement, tu l'as eu ton prince, de quoi te plains-tu ? En un sens, tu dois une fière chandelle à ton frère.

Une fois de plus, Percy s'était débrouillé pour tourner toute l'histoire à son avantage.

— Merci… Merci beaucoup ! s'écria Faye en raccrochant le combiné.

S'échapper du palais de Muraaba serait un défi. Deux solutions s'offraient à elle, aussi hasardeuses l'une que l'autre : emprunter un cheval et tenter de quitter les lieux, affublée d'un déguisement ou se cacher dans une voiture sur le point de partir.

Optant pour la première solution, elle demanda à Shiran où se trouvaient les écuries et lui adressa une requête qui parut l'étonner. La domestique s'empressa néanmoins d'exaucer son souhait.

Quelques minutes plus tard, elle lui apportait sa valise ainsi que l'eau minérale, le pain, les tuniques et turbans qu'elle avait réclamés. En déposant ces tenues devant elle, Shiran ne put s'empêcher de glousser en la regardant avec curiosité.

Lorsqu'elle fut seule, Faye revêtit un pantalon et dissimula la nourriture, son passeport et les tuniques dans son sac à dos. Elle se rendit dans la cour attenante à sa chambre et se servit de la fontaine comme marchepied pour escalader le mur. N'ayant jamais souffert du vertige, elle n'eut aucun mal à poursuivre son chemin. Très vite, elle repéra les écuries et s'immobilisa. De son poste, elle aperçut deux garçons d'écurie qui guidaient un magnifique pur-sang vers un gigantesque van. « Parfait ! » se dit-elle avant de descendre discrètement de son perchoir et d'aller se cacher dans un recoin sombre.

Profitant de ce que les deux hommes lui tournaient le dos, elle se précipita dans le van. Elle se tapit alors au fond du box, tâchant de se cacher le mieux possible derrière le cheval. Peu de temps après, un des palefreniers remonta la rampe d'accès et le véhicule se mit en marche. Au moment de franchir la porte de sortie, Faye constata avec dépit que le chauffeur ne prenait pas la direction de la ville, comme elle l'avait espéré, mais tournait du côté opposé.

Tareq serait-il prêt à remuer ciel et terre pour la retrouver lorsqu'il s'apercevrait de sa disparition ? A moins qu'il ne se résigne à accepter la fatalité… Oh ! c'était improbable : comme elle venait de rompre leur pacte, la méfiance qu'elle lui inspirait déjà allait redoubler. Si elle échouait, il durcirait son attitude à son égard. Elle n'avait donc pas le choix : elle allait voler le pur-sang pour rejoindre la ville. Ce dernier semblait nerveux. Depuis quelques minutes, il ne cessait de hennir. N'allait-il pas alerter le chauffeur ? Elle s'approcha alors de l'animal et lui parla à voix douce, en lui caressant l'échine. Ce geste d'affection parut le calmer. Hélas, il était trop tard !

Quelques secondes plus tard, le véhicule s'arrêta. Un bruit métallique lui apprit que l'homme était en train d'abaisser la rampe. Sans réfléchir, elle saisit les rênes du cheval d'une main et le détacha de l'autre. Voyant l'animal prêt à s'élancer, elle se mit en selle.

La rampe s'abaissa et la lumière du soleil inonda le box, l'aveuglant quelques secondes. Elle eut à peine le temps d'apercevoir le visage stupéfait du chauffeur lorsque le pur-sang bondit hors du véhicule, et se rua tête baissée à travers un désert de cailloux. Faye l'éperonna pour lui indiquer la direction à suivre et le laissa galoper à sa guise. Fort heureusement, elle avait étudié la carte de la région ; il lui suffisait de continuer tout droit, en restant à distance de la route. A son arrivée en ville, elle devrait trouver un moyen de confier le cheval à quelqu'un pour qu'il le rende à son propriétaire.

Le vent soufflait avec force contre son visage, mais après avoir passé un long moment dans le van obscur, elle trouvait cette sensation merveilleuse. La chaleur accablante l'obligea malgré tout à s'arrêter pour revêtir le turban qu'elle avait glissé dans son sac à dos. Elle remarqua à ce moment-là qu'un halo brumeux commençait à voiler le soleil.

Au bout d'une heure, les cailloux cédèrent la place à du sable, comme elle s'y était attendue, et l'allure du cheval ralentit. Cependant, en apercevant les premières dunes, elle fronça les sourcils de mécontentement. D'après la carte qu'elle avait consultée, elle ne devait traverser que des plaines. Manifestement, elle s'était enfoncée trop loin dans le désert.

Une angoisse sourde l'envahit. La lumière lui semblait

perdre de son intensité, mais ce devait être une illusion parce qu'il n'était que 17 heures. Elle avait au moins trois heures devant elle avant le coucher du soleil, c'était largement suffisant pour arriver à destination. Cependant, le soleil était à présent caché derrière une étrange brume rougeâtre et de gros nuages noirs se formaient dans le ciel.

Il allait donc pleuvoir, se dit-elle. Peut-être même y aurait-il un orage.

Comme pour lui donner raison, un éclair déchira alors le ciel. Le pur-sang se mit à ruer et partit au galop, sans qu'elle puisse lui opposer de résistance. Il se dirigea à toute allure vers une dune très raide qu'il entreprit d'escalader. Elle entendit à ce moment-là, le bruit d'un hélicoptère derrière les mugissements du vent.

— Du calme, ordonna-t-elle au cheval lorsqu'il rua de nouveau.

Elle essaya de s'accrocher du mieux qu'elle put, mais elle fut projetée sur le côté et tomba à terre. Lorsqu'elle eut la force de se redresser, l'hélicoptère avait atterri. Une silhouette masculine avançait dans sa direction.

C'était Tareq.

Tareq comme elle ne l'avait jamais vu. L'espace d'un instant, elle eut l'impression d'avoir fait un voyage dans le temps. L'homme qui se tenait devant elle, vêtu d'une tunique noire brodée d'or et d'un keffieh, ressemblait à un prince des *Mille et Une Nuits*. Lorsqu'elle croisa son regard étincelant, elle frémit. Le pur-sang qui était allé se ranger derrière lui, semblait très calme à présent.

— Etes-vous folle de traverser le désert par une tempête de sable ? s'écria-t-il d'une voix rude. Vous allez devoir en subir les conséquences car je n'ai pas l'intention de laisser Omeir mourir ici.

Il était monté sur le pur-sang. Il s'approcha d'elle et

lui tendit la main pour l'aider à monter. Il la hissa sans difficulté, lui révélant ainsi sa force et ses talents d'écuyer.

— Tareq… Comment avez-vous… ?

— Silence ! ordonna-t-il. Vous rendez-vous compte du danger que nous courons ?

Lorsque le cheval partit au triple galop, elle jeta un dernier coup d'œil à l'hélicoptère, resté abandonné sur le sable. Tandis qu'Omeir filait le long des dunes, le vent fouettait leurs joues et projetait du sable dans leurs yeux et dans leur nez, si bien qu'il devenait difficile de respirer. Quelques instants plus tard, elle entrouvrit les yeux et aperçut, effrayée, un mur de sable devant eux. Un tourbillon gigantesque était en train de se former, réduisant considérablement la visibilité. Elle devina pourtant les contours d'un rocher, à plusieurs mètres d'eux. Un abri ?

Trente secondes plus tard, Tareq la fit descendre sur le sable. Ne comprenant pas pourquoi il s'était débarrassé d'elle de la sorte, elle essaya tant bien que mal de se relever, morte de peur.

— Tareq ! se mit-elle à crier à tue-tête.

— Avancez !

Il était derrière elle et la poussait vers l'ouverture d'une grotte. Elle se précipita à l'intérieur, immédiatement suivie d'Omeir et de Tareq. Un flot de sable s'engouffra dans l'abri, s'immisçant dans sa gorge et lui brûlant les yeux. Luttant pour recouvrer sa respiration, elle prit conscience de l'incroyable violence de la tempête.

— Vous auriez pu nous tuer tous les deux… Vous auriez pu tuer Omeir. Il connaît bien cet abri, mais avait trop peur pour en trouver le chemin tout seul, dit-il en la tenant par le bras pour la conduire au fond de la caverne. Attention, le terrain est en pente.

Ils empruntèrent un passage qui menait à une deuxième

grotte, plus enfoncée dans la roche. Au grand soulagement de Faye, l'air devint plus respirable. Elle entendit même un léger ruissellement qui indiquait la proximité d'une source. En revanche, l'obscurité était telle qu'elle ne devinait la présence de Tareq qu'à l'éclat des broderies de sa tunique. A bout de fatigue, elle laissa tomber son sac à dos, et s'assit contre le mur. Tareq fit alors craquer une allumette pour allumer une lampe à pétrole.

La lumière illumina les hautes parois de la roche ainsi qu'un petit point d'eau alimenté par un ruisseau. Omeir se dirigea vers le bassin et but durant de longues minutes. Tareq ôta son keffieh, puis s'accroupit près de la source pour asperger son visage couvert de poussière. Faye était déconfite. La journée avait été pénible et interminable. Mais ces maux n'étaient rien à côté de la déception d'avoir échoué dans son entreprise. Cette course éperdue dans le désert n'avait servi à rien. Comme Tareq ne se décidait pas à parler, elle se tourna vers lui, non sans réticence.

— Allez-y, traitez-moi de menteuse, de tricheuse pour avoir…

— Pourquoi vous êtes-vous enfuie ?

— Vous ne m'avez pas laissé le choix ! s'enflamma-t-elle. Vous m'avez forcée…

— C'est faux. Vous étiez d'accord.

Elle décida d'ignorer cette dernière réplique.

— Je me suis échappée pour vous faire comprendre que, tout comme vous, je refuse de me soumettre à un chantage.

— Donnez-moi une seule raison de libérer votre frère sans rien exiger en retour.

La coupe était pleine. Ce matin, Percy l'avait blessée dans son orgueil avec ses paroles cruelles. Combien d'humiliations avait-elle dû subir depuis sa rencontre avec le prince Tareq ibn Zachir ? Elle prit une profonde inspiration avant de lui répondre.

— Après ce que vous m'avez fait il y a un an, je trouve que vous pourriez satisfaire ma requête, en guise de dédommagement, lança-t-elle.

Tareq arqua des sourcils impérieux.

— Puis-je savoir ce que je vous ai fait ?

— Vous avez transformé ce qui aurait dû être le plus beau jour de ma vie en un effroyable cauchemar. Vous ne comprenez pas ? demanda-t-elle d'une voix tremblante. Vous m'avez demandée en mariage, vous m'avez laissée revêtir une robe de mariée… Et pendant tout ce temps, vous saviez déjà que vous alliez divorcer juste après la cérémonie. Comment avez-vous pu préméditer cela ?

Consciente que sa voix devenait trop aiguë, elle marqua une pause. La révolte qui l'avait habitée pendant des mois ne demandait qu'à s'exprimer.

— Vous avez trahi ma confiance, ajouta-t-elle enfin.

Pour toute réponse, Tareq s'approcha d'elle, les yeux brillant de colère.

— Comment osez-vous m'accuser de trahison alors que vous avez essayé de me piéger, avec la complicité de votre beau-père ?

Heureuse d'avoir enfin l'occasion de s'expliquer à ce sujet, elle était bien décidée à saisir cette opportunité pour se défendre. Le jour du mariage, elle n'avait pu dire un mot. Il était hors de question que Tareq la croie liée à cette sombre histoire de chantage fomentée par Percy.

— J'étais sincère lorsque j'ai accepté de vous épouser, déclara-t-elle.

— Pourtant, vous n'avez pas essayé de me dissuader de divorcer.

— Que voulez-vous dire ? demanda Faye, décontenancée par cette objection.

— Et vous ne m'avez pas demandé pardon, poursuivit-il, imperturbable.

— Je ne vous ai pas demandé pardon ? reprit-elle, de plus en plus incrédule.

Pourquoi l'aurait-elle convaincu de ne pas divorcer alors qu'il lui avait clairement fait comprendre que c'est ce qu'il avait souhaité depuis le début ?

— Non, et vous êtes partie à la vitesse de la lumière lorsque je vous ai remis le chèque, asséna-t-il avec mépris. Vous prétendez avoir été sincère en acceptant ce mariage, mais une épouse digne de ce nom n'aurait jamais quitté l'ambassade ; elle m'aurait suivi dans mon pays.

— Mais de quoi parlez-vous ?

En dépit de ses efforts, Faye ne comprenait pas du tout la logique de son raisonnement.

— Je n'avais aucune raison de vous suivre ! Je n'ai jamais été votre femme puisque vous avez divorcé juste après…

— Je n'ai pas divorcé, dit-il d'une voix dénuée d'émotion.

Cette révélation déstabilisa Faye qui avait toujours cru que le divorce avait été prononcé le jour même.

— Vous n'avez pas divorcé ?

— Pas à ce moment-là, non, répondit-il, avant de serrer les lèvres, l'air obstiné.

S'efforçant de ne rien laisser paraître du trouble que cette nouvelle faisait naître en elle, Faye croisa les bras pour se donner une contenance.

— Comment étais-je supposée comprendre ce qui se passait autour de moi, alors que vous ne cessiez de vociférer, le plus souvent en arabe ?

Devant elle, Tareq semblait encore plus figé qu'une statue de glace.

— Il est vrai que je me suis énervé.

— C'est un euphémisme !

— Mettons un terme à cette conversation, décréta-t-il. Et tâchez de vous dominer si vous ne voulez pas que je perde le contrôle de moi-même.

— Dans ce cas, il ne me reste plus qu'une seule chose à vous dire. Je me réjouis que vous ayez finalement divorcé. Je ne peux imaginer un sort plus cruel que d'être l'épouse d'un despote tel que vous !

Plus froid que jamais, Tareq la dévisageait sans ciller.

— Vraiment ?

Faye rejeta la tête en arrière, l'air farouche.

— Ces propos vous blessent ?

— Pas du tout.

Il approcha son visage du sien. Ses yeux dorés luisaient comme ceux d'un oiseau de proie.

— Je sais que vous vous offrirez à moi dès que je le voudrai.

— Dès que vous le voudrez ? répéta-t-elle d'un ton furieux.

Ses protestations moururent sur ses lèvres lorsque Tareq saisit ses mains pour l'attirer contre lui. Il la souleva et captura ses lèvres avec fougue. Comme irradiée par la chaleur de cette étreinte, assaillie de sensations délicieuses, elle se sentit prête à capituler. Nouant les bras autour du cou de son vainqueur, elle enfonça les doigts dans sa chevelure soyeuse. L'érotisme sauvage de ce baiser affolait ses sens. Déjà, elle ne s'appartenait plus.

D'un geste brusque, Tareq la repoussa alors, la laissant pantelante à son côté.

— Ce n'est ni le lieu ni le moment pour se laisser aller.

Terriblement embarrassée, Faye lui tourna le dos, les joues en feu. Il lui avait dit qu'elle s'abandonnerait dès qu'il le voudrait et elle venait de lui prouver qu'il avait raison.

— Expliquez-moi plutôt : par où aviez-vous prévu de vous échapper ?

— Je comptais rejoindre l'aéroport, répondit-elle, encore parcourue de frissons. Où donc aurais-je pu aller ?

— L'aéroport est très loin d'ici.

— Ce n'est pas possible, dit-elle en fouillant dans son sac pour en extraire la carte. D'après ce plan, au contraire…

— Cette carte date de 1940. Et tout est écrit en arabe.

— Je n'ai pas besoin de savoir lire cette langue pour reconnaître le symbole d'un aéroport !

— En l'occurrence, ce symbole représente une base aérienne construite durant la Seconde Guerre mondiale et abandonnée depuis.

— Je ne comprends pas, murmura-t-elle en se penchant davantage sur la carte. La ville est ici, déclara-t-elle en pointant du doigt le papier.

— Il n'y a pas qu'une seule ville dans mon pays, rétorqua-t-il sèchement. Vous me montrez Kabeer qui est sur la côte. Heureusement que je vous ai retrouvée avant que vous ne soyez coincée dans la tempête de sable.

— Vous avez voulu sauver votre cheval, commenta-t-elle âprement.

Mortifiée d'apprendre qu'elle avait mal interprété le plan, elle détourna la tête. Il encercla alors son poignet et la força à le regarder de nouveau.

— Ce qui vient de se passer est trop grave pour que vous puissiez vous permettre de formuler des propos aussi désinvoltes. Durant toute ma vie, j'ai appris à faire face à mes responsabilités. Pourtant, cet après-midi, j'ai manqué à mon devoir.

La relâchant avec dédain, comme si elle le dégoûtait, il lui adressa un regard noir.

— J'étais au palais de Haja lorsque l'on m'a appris votre fuite dans le désert. Entendre parler de vos acrobaties sur le toit de ma maison m'aurait beaucoup amusé si la météo n'avait pas lancé un avis de tempête. J'ai décidé de prendre un hélicoptère pour vous retrouver alors que mes compagnons me suppliaient de ne pas le faire. Dans de telles conditions, je n'aurais jamais mis en péril la vie d'un de mes hommes pour vous sauver la vie.

Les traits de son visage se durcissaient à mesure qu'il parlait. Faye sentit son sang refluer de son visage. Elle mesura tout à coup la bêtise de son geste.

— Jamais je n'aurais dû prendre un tel risque alors que le trône n'a d'autre héritier que mon frère de quatre ans, poursuivit-il en sortant un téléphone portable de sa poche. Pire, à cause de vous, j'ai perdu mon temps alors que mon pays, à qui je me dois en premier, a besoin de moi.

— Je suis sincèrement désolée, murmura Faye que ce discours avait accablée.

— Pas autant que moi, répliqua-t-il d'une voix amère.

Puis, il emprunta le couloir qui menait à la première grotte, la laissant seule. Une minute plus tard, elle entendit le faible écho de sa voix ; il était parti téléphoner. La tempête s'était achevée sans qu'elle s'en aperçoive.

Faye se mit à genoux près de la source pour s'asperger le visage, comme Tareq l'avait fait avant elle. Elle saisit le *keffieh* qu'il avait laissé tomber non loin et l'utilisa pour se sécher. Le visage enfoui dans le tissu, elle pouvait sentir le parfum de santal de Tareq. Cette odeur chaude et masculine était incroyablement enivrante.

Au loin, elle entendit alors le bruit sourd d'un moteur. Des secours ? Elle n'avait pas voulu causer tant de problèmes. Refoulant à grand-peine les larmes brûlantes qui lui piquaient les yeux, elle ramassa son sac à dos et sortit de la grotte. Dehors, le ciel avait retrouvé son bleu limpide. Un ballet d'hélicoptères militaires approchait d'eux.

— Vous voyez ce que j'ai provoqué ? déclara Tareq, l'air furieux. Tous ces moyens qui ont été mis en œuvre pour me retrouver auraient pu être utilisés pour aider les populations qui ont souffert de la tempête.

— Je… suis terriblement désolée, bredouilla Faye d'une voix tremblante. Je ne savais pas qu'une tempête de sable pouvait être aussi violente…

— Taisez-vous, dit-il entre ses dents.

— Où Omeir devait-il être emmené ? osa-t-elle demander malgré tout.

— A cette époque de l'année, les cheikhs du pays se rencontrent à l'est du territoire. Le protocole veut qu'ils soient accompagnés de leur pur-sang. Le cheval devait y être avant moi, pour s'acclimater au lieu. Maintenant, nous serons tous les deux en retard.

— Je ne voulais pas vous causer tant d'ennuis.

— Je suis puni pour ma faiblesse, commenta-t-il sans la regarder.

Puis, contre toute attente, il se tourna vers elle, l'air plus décontracté et lui adressa un sourire glaçant.

— Maintenant que j'ai payé le prix pour vous avoir désirée, il ne me reste plus qu'à profiter de ma récompense.

Faye n'eut pas le temps de répondre. Les pilotes qui étaient descendus de leurs engins accouraient vers Tareq. Lorsqu'ils l'eurent rejoint, ils tombèrent à genoux, louant Dieu d'avoir épargné leur seigneur. Ce spectacle émut profondément Faye qui admira la loyauté et la générosité de ces hommes. Manifestement, Tareq n'était pas seulement respecté par son peuple, mais sincèrement aimé et admiré.

Maintenant qu'il lui avait sauvé la vie, elle savait que ce qu'elle avait éprouvé un an auparavant n'avait pas été une simple passade. Si de son côté Tareq ne l'avait jamais aimée, il lui avait témoigné de l'estime et du respect avant de la soupçonner de trahison. Aujourd'hui, elle regrettait que ce ne fût plus le cas. Savoir que ses erreurs avaient contribué à provoquer un tel gâchis la dégoûtait.

Lorsque Tareq l'avait demandée en mariage, elle ignorait bien sûr que c'était sous la contrainte de Percy. Cependant, elle s'était doutée qu'il lui proposait cette union parce que ce dernier les avait surpris dans les bras l'un de l'autre. Aujourd'hui, elle se méprisait d'avoir accepté.

Chapitre 5

Dans un demi-sommeil, Faye se tourna de côté en grimaçant de douleur à cause de ses courbatures. L'air était plutôt frais, ce qui lui laissa supposer qu'il était encore très tôt dans la matinée. Le vague souvenir d'être montée à bord d'un hélicoptère lui revint, mais elle ignorait à quel moment elle en était descendue. Elle avait dû s'assoupir durant le trajet, trop épuisée et angoissée pour rester éveillée. La dernière chose qu'elle avait entendue avant de s'endormir était que le sable avait envahi l'hélicoptère que Tareq avait piloté pour lui porter secours. Que serait-il devenu s'il avait été à l'intérieur de l'appareil à ce moment-là ?

Rejetant ses cheveux en arrière, elle ouvrit péniblement les yeux. A sa grande stupeur, elle se trouvait dans un lit à baldaquin. Les rideaux fermés lui cachaient le reste de la pièce. Ce n'était pas le lit de sa chambre. Impatiente de savoir où elle se trouvait, elle se redressa d'un coup.

— Vous êtes réveillée, madame ?

Shiran venait d'entrouvrir le rideau.

— *Sidi* Latif est ici. Il souhaite vous parler.

— Mais, je suis dans mon lit…

— Pardonnez-moi d'avoir pris la liberté de vous déranger, dit alors Latif, au loin. Je suis à la porte de votre chambre, et avec votre permission, je m'adresserai à vous d'ici.

Faye souleva alors un pan d'étoffe, et n'en crut pas ses yeux. Latif venait de lui dire qu'il se tenait à l'extérieur de sa chambre, mais en vérité, elle était dans une tente ! Une tente gigantesque et meublée comme un appartement, mais une tente malgré tout ! De toute évidence, Tareq avait décidé de l'emmener à la réunion des cheikhs, à l'est du pays, plutôt que de la renvoyer au palais de Muraaba.

— Oui, bien sûr, répondit-elle d'une voix incertaine.

Elle admira quelques instants les tapisseries suspendues au dôme de toile de la tente, les tapis persans qui recouvraient le sol et les meubles de bois précieux sertis de pierres fines.

Shiran disparut et Latif prit de nouveau la parole.

— Le prince s'est absenté sans prendre le temps de dormir. Il a passé la nuit à rendre visite à ceux qui ont le plus souffert de la tempête.

— Y a-t-il beaucoup de blessés ? s'enquit-elle aussitôt.

— Je suis heureux que vous me posiez la question, répondit Latif d'un ton chaleureux. La tempête a été violente dans le désert, mais en ville, des maisons se sont écroulées blessant plusieurs personnes. A présent, Son Altesse doit se reposer. Si vous vouliez bien insister pour qu'il dorme un peu…

— Si je vois le prince Tareq, je vous promets de faire de mon mieux, répondit-elle, étonnée par cette requête.

Latif imaginait-il qu'elle avait quelque influence sur Tareq ?

— Vous le reverrez très bientôt, assura le vieil homme d'une voix tendue.

Il était temps qu'elle regarde les choses en face, elle était condamnée à rester au Jumar jusqu'à nouvel ordre. Elle était à la merci d'un homme qui avait le don de mettre ses sens en émoi et qui en était, hélas, tout à fait conscient.

A peine s'était-elle fait cette réflexion qu'elle perçut de l'agitation au-dehors. La voix de Tareq ne tarda pas à s'élever de l'autre côté de la tente. Quelques secondes plus tard, il entra et écarta les rideaux de son lit.

— On dirait que vos femmes de chambre font tout leur possible pour vous soustraire au regard des hommes — y compris au mien.

— Au vôtre ? s'étonna-t-elle, troublée de se retrouver subitement face à face avec lui.

— J'ai mis dix minutes pour vous trouver.

Bien que Tareq eût l'air fatigué, ses yeux, plus brillants que jamais, faisaient oublier la pâleur inhabituelle de son beau visage. Vêtu d'un costume sombre, il était dangereusement séduisant. Il posa une main sur le montant du lit et darda sur elle un regard de feu, d'abord sur son visage, puis sur ses épaules que les fines bretelles de sa chemise de nuit dénudaient. Il considéra enfin d'un air moqueur le drap qu'elle avait ramené en boule contre sa poitrine. L'atmosphère se chargea soudain d'un érotisme latent qui la terrifia.

— Vous avez eu du mal à me trouver ? Pourtant je suis dans une tente, dit-elle pour surmonter son trouble.

— Cette tente est aussi grande qu'un palais, expliqua Tareq en s'asseyant nonchalamment sur le bord du lit. Je vous rappelle que nous sommes un peuple du désert. Le désir de voyager brûle dans nos veines. Mon père aimait installer sa maison où bon lui semblait, il pouvait rester plusieurs mois sous une tente. Et quand il le souhaitait, on lui envoyait une femme.

— On lui envoyait une femme ? reprit-elle, interloquée.

Tareq jouait avec un morceau du drap qu'elle serrait

toujours contre elle, le tirant imperceptiblement vers le bas, centimètre par centimètre.

— Ne prenez pas cet air outré, dit-il, une lueur amusée dans les yeux. Avant d'épouser ma mère, mon père avait une centaine de concubines. Personne n'aurait songé à faire le moindre commentaire à ce sujet.

— Ce n'est plus le cas aujourd'hui ? demanda-t-elle nerveusement, prenant subitement conscience qu'il avait subtilisé le drap.

— Les mentalités ne changent pas tant que ça. Mais, cette fois-ci c'est un peu différent. Votre présence ici est de notoriété publique.

— Pourquoi donc ?

— Grâce à vos aventures d'hier. Vous ne pouviez pas escalader les murs de mon palais, emprunter Omeir et m'obliger à vous arracher à une tempête de sable sans susciter une vague de curiosité.

Faye baissa les yeux.

— J'étais très en colère hier, mais ce n'est plus le cas aujourd'hui, poursuivit-il. Ce soir, vous serez à moi et, croyez-moi, personne ne viendra nous déranger cette fois-ci.

— Mais je…

— Et pas d'objections ! Il y a quelques mois, vous m'avez exprimé crûment votre désir, qu'y a-t-il de changé ?

— J'ai mûri. A l'époque je croyais vous aimer… Vous m'avez vite guérie de cette impression.

— Je croyais vous aimer aussi.

Comme pour ponctuer cette révélation, il émit un rire ironique. Puis, subitement, ses lèvres sensuelles se figèrent et son expression se fit agressive.

— Vous m'avez vite guéri de cette illusion aussi, en me tendant votre piège.

Faye respira péniblement, et le regarda avec incrédulité. « Je croyais vous aimer aussi », lui avait-il confié. Etait-ce possible ? L'idée qu'il ne l'avait jamais aimée était bien plus supportable. Tout simplement parce qu'elle ne pouvait pas avoir perdu ce qu'elle n'avait jamais eu.

— Vous ne m'aimiez pas…

Sur ces paroles, Tareq se leva d'un bond et lui adressa un regard furieux et accusateur.

— Voulez-vous savoir à quel moment j'ai cessé de vous aimer ? C'est lorsque je vous ai demandée en mariage, le jour suivant votre mémorable invitation à dîner, et que vous avez accepté sans hésiter. Ce oui vous a perdue. A ce moment-là, j'ai compris que vous étiez de mèche avec Percy pour m'extorquer de l'argent.

Ce discours brutal fut un choc pour Faye. Tareq ne lui aurait pas fait plus de mal en lui envoyant une flèche en plein cœur. Et, comble de l'horreur, il n'avait pas terminé.

— Vous saviez bien que cette demande en mariage était contrainte, mais vous n'avez rien dit. Au contraire, vous avez permis cette mascarade en agissant comme si tout était normal !

— Tareq, je vous en prie…, supplia-t-elle d'une voix mourante.

— Non, je n'ai pas terminé. Hier, vous avez osé m'accuser d'avoir brisé votre bonheur. Or, pour moi, ce mariage forcé n'a jamais eu la moindre valeur. Je vous ai regardée ce jour-là… Vous étiez vraiment très belle, mais la sombre manigance que vous aviez orchestrée avec Percy faisait de vous une prostituée ! Alors ne prétendez pas que j'ai gâché le plus beau jour de votre vie ! J'ai été sincère lors de la cérémonie, je n'ai pas cherché à cacher ma déception. J'ai compris que vous ne méritiez pas d'être aimée… Et j'ai eu honte de m'être laissé aveugler par votre beauté.

Faye luttait désespérément pour ne pas fondre en larmes. Cette condamnation injuste de Tareq lui faisait au moins prendre conscience de la sottise dont elle avait fait preuve en acceptant de l'épouser. Dans son désir de devenir sa femme, elle s'était montrée égoïste. Oui, elle n'avait pas voulu voir que Tareq ne l'aimait pas.

— Tout cela, je vous l'ai dit en arabe, le jour de la cérémonie. Pardonnez-moi si, dans ma colère, j'ai oublié de parler en anglais, ajouta Tareq d'un ton âpre.

Sur ces paroles, il souleva le rideau de la tente avec hargne et partit sans lui jeter un regard. En gémissant, Faye se laissa retomber sur le lit.

Shiran accourut aussitôt.

— Madame !

— Où puis-je me rafraîchir ? s'enquit-elle en s'efforçant de cacher son désarroi.

Heureusement, ce palais de toile était doté de tout le confort. Certaines pièces étaient construites dans la pierre, comme la salle de bains en marbre où elle fut conduite. A l'abri des regards, elle donna libre cours à son chagrin. Puis, elle s'aspergea le visage. Comme il était difficile d'admettre qu'il y avait une part de vérité dans les propos de Tareq !

On frappait depuis quelques minutes à la porte, mais elle n'avait pas envie d'ouvrir. Assise sur le sol froid et dur, elle replia ses bras sur sa poitrine pour tenter de se calmer. Après avoir perdu ses illusions à son sujet, Tareq avait dû repenser à son attitude depuis le début de leurs relations et imaginer qu'elle avait tout fait pour l'attirer dans ses filets. Jamais elle ne s'était sentie aussi humiliée.

Après avoir pris une douche, elle se décida finalement

à quitter la salle de bains. Elle tira le verrou et sortit, sans prêter attention aux femmes de chambre qui chuchotaient à son passage, l'air anxieux. De retour dans sa chambre, elle ôta sa chemise de nuit et revêtit sans protester le kaftan qu'une servante vint lui présenter. On la conduisit alors dans un salon où la table du petit déjeuner avait été dressée à son intention. Elle s'assit sur un divan tapissé de soie et mordit dans une tartine grillée accompagnée d'une tasse de thé sous le regard inquiet de Shiran.

— Pouvons-nous faire entrer les enfants qui sont impatients de vous voir ? s'enquit la jeune fille.

Quels enfants ? Rafi faisait-il partie du groupe ? Ne voulant pas blesser le personnel qui lui avait témoigné beaucoup de bienveillance, elle acquiesça. En fait, elle était un peu surprise que personne ne semble lui en vouloir pour sa fuite de la veille — et surtout, d'avoir mis la vie de Tareq en péril.

Le prince Rafi entra le premier. Il s'approcha d'elle, l'air aussi résolu qu'un adulte. Pour la première fois, elle remarqua sa ressemblance avec le prince.

— Pardon de t'avoir mise en colère hier.

— Je veux bien te pardonner… à condition que tu ne recommences plus jamais.

Ses grands yeux bruns s'emplirent de larmes.

— Je ne peux pas… Ils sont tous partis. Le prince les a envoyés ailleurs.

Ce « ils » désignaient les gens de sa suite, bien entendu. Faye se souvint que Tareq avait parlé de séparer le jeune Rafi de ses nurses. N'écoutant que son instinct, elle prit l'enfant par le bras et l'assit sur ses genoux.

— Je suis un grand garçon, protesta-t-il, l'air choqué. Les grands garçons n'ont pas besoin d'être portés.

— Tu veux que je te repose ? demanda-t-elle d'un ton sérieux.

Mais à sa grande surprise, Rafi posa la tête sur son épaule et se mit à sangloter bruyamment. Elle le berça doucement, émue par sa détresse. Le pauvre enfant n'avait sans doute personne vers qui se tourner. Ce n'était pas sa faute, après tout, si on lui avait appris à se comporter comme un tyran.

— Vous aimez les enfants, n'est-ce pas ? déclara Shiran en souriant.

La jeune fille qui semblait très soulagée se tourna pour faire signe à deux servantes qui attendaient sur le pas de la porte. Deux nurses d'âge mûr entrèrent alors dans la pièce. Elles portaient deux bébés.

— Basma et Hayat, annonça Shiran.

— Des jumelles ? Quel âge ont-elles ? s'enquit Faye, ravie.

— Neuf mois. Voulez-vous les voir de plus près ?

— Ce ne sont que des filles ! s'écria Rafi, furieux.

Faye posa le garçonnet à son côté et sourit aux bébés. Les deux petites filles portaient de longues robes de satin ornées de rubans et de volants par-dessus leurs jupons de dentelle. Une tenue peu confortable pour d'aussi petits bébés, pensa-t-elle, compatissante.

— Basma et Hayat… Quels beaux prénoms, dit-elle alors.

— Je suis pas d'accord ! l'interrompit Rafi d'une voix suraiguë.

— Et je n'aime pas que l'on crie. Tiens-toi bien, le reprit-elle.

— Je te déteste ! hurla l'enfant en quittant le divan d'un bond.

Ignorant l'agressivité de ce dernier, elle s'approcha des

fillettes pour mieux les voir. Comme elles étaient fausses jumelles, il était facile de les reconnaître. Basma semblait sûre d'elle et malicieuse tandis que sa sœur, Hayat était plus timide, presque inquiète.

— Tu les préfères, s'indigna Rafi.

— C'est faux, répondit Faye gentiment. Je vous aime bien tous les trois.

— Personne ne m'aime, marmonna l'enfant en donnant un coup de pied dans le divan.

Rafi semblait si malheureux qu'elle se pencha de nouveau vers lui et le serra dans ses bras.

— Si, moi…

On apporta des jouets. Rafi qui ne cessait de réclamer l'attention de Faye était très fatigant, mais au bout de quelque temps il s'apaisa et se mit à jouer tranquillement à côté d'elle. La matinée passa si vite qu'elle fut surprise lorsque l'on vint lui annoncer que son déjeuner était servi. Les enfants furent raccompagnés à leurs appartements. Au moment de partir, Rafi se tourna vers elle.

— Je vais te revoir bientôt ?

— Si tu veux.

Juste après le repas, Shiran vint lui dire qu'il était temps qu'elle prenne son bain. Faye fronça les sourcils.

— Il est un peu tôt, non ?

— Il faudra plusieurs heures pour vous habiller avant d'être présentée aux femmes, ce soir, madame.

— Je vois.

L'idée de faire une apparition publique ne la réjouissait guère. Et surtout, elle n'était pas disposée à revoir Tareq pour le moment.

A peine s'était-elle glissée dans le bain qu'on lui avait fait couler que des femmes de chambre apportèrent des paniers chargés de parfums et d'onguents. Manifestement, il n'était pas question qu'elle reste seule. Tandis qu'une servante jetait des pétales de rose à la surface de l'eau, Shiran entreprit de lui laver les cheveux. Cette dernière se consacra consciencieusement à cette tâche qui incluait de nombreux rinçages parfumés.

Lorsqu'elle sortit enfin de la baignoire, elle fut enveloppée dans un drap de bain et conduite au hammam. On l'invita alors à s'allonger sur une table recouverte d'un long coussin pour recevoir des massages. L'arôme capiteux des huiles adoucissantes et les gestes apaisants de la servante lui procurèrent un bien-être tel qu'elle manqua de s'endormir. Elle dégusta ensuite un thé à la menthe dans une antichambre en compagnie des femmes de chambre, dont les rires et bavardages lui firent oublier ses soucis.

Shiran sécha ses cheveux puis les plaqua en arrière à l'aide d'un foulard de soie. Les servantes chargées de la manucure et de la pédicure se querellèrent au sujet de la nuance de vernis à ongles à utiliser. Pendant tout ce temps, Faye, confortablement installée sur une méridienne, avait l'impression d'être une reine de beauté. Lorsque l'on apporta une petite boîte en cuir de la part de Tareq, l'agitation de ces dames redoubla. Shiran lui présenta cérémonieusement le coffret pour qu'elle l'ouvre. A l'intérieur, il y avait un message.

« Portez ce bijou à votre cheville », disait la note signée de la main de Tareq.

A la cheville ? Faye prit dans ses mains un bracelet serti d'un saphir d'un bleu intense.

— Son Altesse vous fait un grand honneur ! proclama Shiran. Ce joyau appartenait à sa défunte mère.

Faye n'avait guère l'habitude de porter des bijoux et celui-ci lui semblait des plus exotiques. Evidemment, elle était obligée de le porter. Un refus de sa part paraîtrait horriblement grossier. Un bouquet de roses blanches lui fut apporté une heure plus tard. Une fois de plus, ses compagnes exprimèrent leur ravissement, mais elle détourna son regard de ces fleurs qui lui rappelaient des souvenirs douloureux.

En regagnant sa chambre pour s'habiller, elle eut le souffle coupé en découvrant la tenue somptueuse qui l'attendait sur son lit. Elle passa d'abord un fourreau de soie or avant qu'on l'aide à revêtir une robe d'un bleu tirant sur le violet. Les broderies moirées de l'étoffe incrustée de pierres précieuses reflétaient divinement la lumière. Cette robe lui semblait extraordinairement lourde. Faye se demanda sincèrement si elle serait capable de marcher avec.

Un deuxième coffret lui fut alors apporté. Cette fois-ci, l'excitation des servantes atteignit son comble. Faye souleva doucement le boîtier et découvrit une tiare en diamant, ainsi que des boucles d'oreilles et un bracelet assortis. Pourquoi diable Tareq lui envoyait-il ceci ?

Lorsque la tiare fut posée sur sa tête et qu'elle eut mis les pendants d'oreilles et le bracelet, Shiran lui tendit un miroir.

— Vous êtes si belle, madame, murmura-t-elle dans un soupir.

Faye avait peine à se reconnaître. Sous le diadème, ses cheveux étaient plus brillants et soyeux que jamais. Ils flottaient librement dans son dos, aussi légers qu'une caresse.

Pour rejoindre la salle de réception, elle dut marcher à petits pas. A la vue des autres femmes parées de leurs plus beaux atours, Faye se sentit moins mal à l'aise dans sa propre toilette, même sa robe restait la plus somptueuse. Conduite jusqu'à la place d'honneur sous le regard ébahi de l'assistance, elle fut présentée à chaque femme. Etourdie par tant de révérences et d'égards, elle eut soudain l'impression de rêver éveillée.

Lorsque ce fut au tour de la dernière femme de la saluer, elle vit arriver une beauté à la chevelure de jais, âgée d'une vingtaine d'années. Cette magnifique créature vêtue d'une robe émeraude prit une expression dédaigneuse lorsqu'elles se retrouvèrent face à face. A cet instant, la tension dans la pièce devint palpable.

— Je suis la cousine du prince Tareq, Majida. Et je n'ai aucun compliment à vous présenter, dit-elle en regardant Faye d'un œil narquois. Vous n'êtes pas vierge !

Un silence de marbre tomba sur les invitées, qui se mirent à murmurer, l'air profondément choqué. Une femme plus âgée se leva alors et commença à se lamenter. Faye sentit ses joues s'empourprer. Comment était-elle supposée réagir ? En quoi sa virginité regardait-elle la cousine de Tareq ?

A ses pieds, Shiran se prit la tête dans les mains et se mit à gémir.

— C'est une terrible insulte, madame. La femme qui pleure est la mère de Majida. Elle a honte de l'attitude de sa fille.

Le repas fut apporté, offrant une diversion bienvenue. Les maîtres d'hôtel présentèrent d'abord les plats à Faye qui n'avait plus guère d'appétit. Le dîner touchait à sa fin quand Majida s'avança de nouveau pour lui présenter ses excuses d'un ton mielleux. Pressentant que ce repentir était tout aussi calculé que son insulte, Faye se contenta de lui adresser un sourire crispé en guise de réponse.

Lorsque Tareq se joignit à cette réception exclusivement féminine, Faye fut très étonnée. Il fut accueilli par des cris de joie de part et d'autre. En le regardant, elle sentit son cœur s'emballer. Magnifique dans sa tenue de soie brodée, il ne lui avait jamais paru si séduisant. Cependant, elle n'avait pas oublié les propos durs qu'il lui avait infligés le matin même. Détournant son regard, elle préféra regarder les hommes de sa suite. En queue de cortège, elle reconnut Latif ; un sourire illuminait le visage du vieil homme.

N'appréciant visiblement pas d'être ignoré de la sorte, Tareq prit place à côté d'elle et, l'air grand seigneur, lui murmura à l'oreille :

— Faisons la paix à présent.

— J'ignore si c'est possible, répondit-elle, les lèvres pincées. A vous écouter, je suis si corrompue qu'il est tout à fait étonnant que le ciel ne m'ait pas encore foudroyée.

— Ne dites pas de choses pareilles, même pour vous amuser.

— Croyez-moi, je m'amuse bien peu en ce moment même.

— Je ne veux plus entendre un reproche dans votre bouche à partir de maintenant, murmura-t-il tandis que des musiciens commençaient à jouer une mélodie traditionnelle.

— On joue toujours cet air lors de fêtes telles que celle-ci.

La voix grave d'une chanteuse s'éleva dans l'air. Faye avait beau être sensible à la beauté de sa mélopée, elle remarqua très vite que les ondulations du bassin de la jeune femme étaient destinées à Tareq.

— Manifestement, vous plaisez beaucoup à cette personne, déclara-t-elle avec perfidie. Elle serait ravie d'intégrer votre harem.

— Je n'ai pas de harem, répondit-il dans un souffle.

— C'est sûrement parce que aucune femme ne veut y rester !

— Si vous ajoutez un mot de plus…

— Que ferez-vous ? Vous me renverrez à l'aéroport ? A propos, vos maîtresses doivent-elles être vierges ?

— Qu'est-ce qui vous prend ? l'interrogea-t-il à mi-voix. Si vous ne vous taisez pas tout de suite, je vais perdre patience ! Qu'attendez-vous ? Des excuses ?

— Non, vous n'avez pas à vous excuser parce que quelqu'un vient d'affirmer devant tout le monde que je n'étais pas vierge. Permettez-moi néanmoins de vous dire que je trouve ces manières déplacées.

Tareq crispa les mains sur les accoudoirs de son fauteuil, et se tourna vers elle, prêt à exploser.

— Qui vous a dit ça ? Qui a osé ?

Sa colère impressionna vivement Faye qui resta muette quelques secondes. Il n'avait même pas pris la peine de parler à voix basse. Ses yeux de bronze exprimaient la plus violente indignation.

— De grâce, calmez-vous.

— Après une telle insulte ? gronda-t-il. Quel homme pourrait garder son calme face à un affront pareil ?

— Vous mettez mes nerfs à rude épreuve, dit-elle, déconcertée.

— Vous allez me donner le nom de l'infâme.

— Non, il y a déjà eu assez de drames ce soir.

— Cet incident me blesse dans mon honneur. Et mon honneur est le vôtre, déclara Tareq avec emphase, en serrant sa main dans la sienne.

— Mais je croyais que je n'avais aucun honneur… C'est ce que vous avez dit.

A peine avait-elle proféré ces paroles acerbes que Tareq se redressa et leva une main impérieuse en direction de l'assemblée. La musique s'arrêta instantanément. Après avoir prononcé quelques mots en arabe, il se tourna vers Faye et, à la stupeur générale, la souleva dans ses bras. C'est ainsi que dans un silence assourdissant, ils quittèrent la salle de réception.

Chapitre 6

— Des guerres ont déjà eu lieu pour des insultes moins graves, déclara amèrement Tareq lorsqu'ils se retrouvèrent dans le couloir. Dans mon pays, rien n'est plus précieux que la vertu d'une femme.

S'il s'était agi du jour de leur mariage, Faye aurait pu comprendre une telle fureur, mais comme elle n'était pas son épouse, sa rage lui semblait inexplicable. Après tout, elle était supposée être sa maîtresse, ce qui n'était pas un rôle des plus respectables. En outre, n'était-ce pas la faute de Tareq si elle avait été insultée par sa cousine ? Quelle folie de lui avoir réservé la place d'honneur alors que la majorité des femmes présentes devaient la prendre pour une dévergondée ! Il est vrai qu'à l'exception de Majida, ces dames n'avaient pas été avares de sourires et de compliments, mais c'était sûrement pour plaire à leur maître.

Quoi qu'il en soit, il l'emmenait dans sa chambre, au vu et au su de tous. Sur le chemin, les gardes les saluèrent et les servantes firent la révérence. Faye était morte de honte. Comment pouvait-il lui infliger une humiliation aussi cruelle ?

Lorsque Tareq s'arrêta enfin, il la posa doucement à terre et défroissa les plis de sa robe.

— Le fait que vous ne soyez pas vierge ne regarde que moi, décréta-t-il, l'air obstiné.

Faye sentit ses joues s'empourprer et détourna le regard. Elle se trouvait à présent dans une pièce gigantesque, encore plus richement décorée que sa chambre. Un lit de bois immense trônait au milieu. Elle y jeta un coup d'œil, le cœur serré.

Soudain, Tareq dégaina son sabre. Le souffle coupé, elle contempla l'arme sertie de pierres que Tareq avait portée autour de la taille tout au long de la soirée.

— Je me couperai moi-même pour répandre mon sang sur le drap, déclara-t-il avec sérénité. Inutile d'ajouter un seul mot.

Faye ouvrit la bouche pour parler, mais sans émettre aucun son. Elle comprit que l'honneur de Tareq dépendait de sa virginité. Cela lui semblait incroyablement vieux jeu, mais la solution barbare que Tareq avait trouvée pour dissimuler sa supposée « impureté » avait quelque chose de touchant, malgré tout. Son prince du désert était prêt à se blesser pour faire croire à tout le monde qu'elle était vierge.

Il posa sur elle un regard intense et complice, comme s'il était persuadé que l'insulte qu'elle avait reçue l'avait blessée autant que lui. Un net changement s'était opéré en lui depuis la veille. Sa colère et sa froideur s'étaient évanouies.

— Tareq…, commença-t-elle.

— Lorsque nous nous sommes rencontrés, j'ai bêtement imaginé que vous étiez aussi innocente que vous en aviez l'air, répliqua-t-il en haussant les épaules. Mais ce n'était qu'un fantasme. Aujourd'hui, j'ai une vision plus moderne des choses.

Moderne ? songea Faye, interloquée. Que pouvait-elle

répondre à cela ? Tareq ibn Zachir était un souverain tout droit sorti du Moyen Age. Son apparence sophistiquée l'avait dupée autrefois. En réalité, il était l'homme le plus conservateur du monde. Elle n'oubliait pas qu'en dépit de sa réputation de don Juan, il avait été scandalisé quand elle l'avait invité à passer la nuit chez elle.

Pourquoi ? Elle le comprenait aujourd'hui seulement. Avant qu'elle ne commette cette grossière erreur, il l'avait placée sur un piédestal. En se montrant audacieuse, elle avait terni à jamais cette image parfaite. Après cela, Tareq n'avait eu aucun mal à se persuader qu'elle était la complice de Percy.

— Vous semblez convaincu que j'ai déjà eu des amants…

— Que puis-je croire après votre invitation peu équivoque de l'année dernière ?

— Et si je vous disais… eh bien… qu'il n'y a jamais eu d'autre homme dans ma vie ?

La lueur dans les yeux de Tareq s'éteignit.

— Je dirais que vous ne devez pas mentir à ce sujet.

— Pourtant, ce ne serait pas un mensonge… D'ailleurs si vous respectez tant la vertu, pourquoi ne renoncez-vous pas à me toucher ?

Un sourire amusé éclaira de nouveau le visage de Tareq.

— Pourquoi ? insista-t-elle.

— J'ai tout fait pour vous chasser de mon esprit, sans jamais y parvenir, et je vois bien dans vos yeux que vous mourez d'envie que je vous fasse mienne.

— Vraiment ?

Ses joues étaient brûlantes. Elle croisa son regard fauve, à demi voilé par ses longs cils d'ébène. Un regard conquérant qui la fit frissonner.

— Quand je me suis aperçu que vous me désiriez toujours, un sentiment de triomphe s'est emparé de moi… Je n'en suis pas fier, croyez-moi. Je suis conscient de ma faiblesse.

Ayant proféré cet aveu, il la souleva dans ses bras, l'allongea sur le lit et la débarrassa de son diadème. Puis, il ôta le reste des bijoux qu'elle portait. Faye, complètement désorientée, le regarda disposer les joyaux sur un plateau en argent.

— Votre faiblesse ? reprit-elle, incrédule.

— Je parle de mon caractère impétueux.

— Rafi a le même tempérament.

Tareq retira son keffieh et détacha le fourreau de son épée en lui adressant un regard de reproche. Manifestement, il avait encore honte du comportement de son petit frère.

— Moi, je n'ai jamais levé la main sur quiconque.

— C'est normal… Il n'a que quatre ans et semble complètement chamboulé par la perte de ses parents… Vous en avez vingt-huit et…

Elle laissa échapper un soupir de surprise quand il se pencha pour lui ôter ses chaussures. Sa tête était à portée de main et elle dut se retenir pour ne pas glisser ses doigts dans son abondante chevelure. C'était inéluctable à présent ; ils allaient partager ce lit. Et cette fois-ci, il n'y aurait ni tempête de sable ni beau-père pour les interrompre. Malgré l'imminence de la situation, elle n'arrivait toujours pas à s'imaginer en train de faire l'amour avec lui.

— J'ai vingt-huit ans, et… ? reprit Tareq.

— J'ai oublié ce que je voulais dire. Vous n'avez pas l'intention de vous arrêter, n'est-ce pas ?

— Que voulez-vous dire ?

— C'est juste que… je n'arrive pas à imaginer.

— J'ai de l'imagination pour deux.

— Ça suffit ! J'en ai assez ! s'écria-t-elle en sautant du lit, bien décidée à quitter les lieux.

Malheureusement, elle avait oublié que sa robe d'apparat pesait aussi lourd. Elle se prit les pieds dans l'étoffe et manqua de tomber. Tareq la rattrapa à temps.

— Je ne veux plus vous entendre parler, déclara-t-il en dénouant les liens de sa robe qui tomba aussitôt à terre. Il fit de même avec le fourreau qu'elle portait en dessous.

— Tareq !

Debout dans ses dessous de dentelle, Faye était rouge de honte.

Tareq fixa son visage puis ses bras qu'elle avait instinctivement croisés sur sa poitrine. Tout en la prenant dans ses bras pour l'allonger sur le lit, il lui adressa un large sourire, charmeur et amusé. Elle se blottit contre les oreillers, effrayée. Son cœur battait si fort qu'elle avait l'impression de l'entendre.

De son regard de braise, Tareq caressa la courbe de ses seins et de ses hanches avant de s'attarder sur ses jambes fuselées. Puis, il examina son visage défait.

— Pourquoi m'avez-vous lancé cette invitation peu ambiguë, il y a un an ?

— Puisque rien ne s'est passé ce soir-là, vous n'avez pas le droit de me poser cette question.

— J'avais bien l'intention de profiter de l'offre, rétorqua-t-il d'un ton de reproche. Mais la pudeur dont vous faites preuve ce soir me laisse croire que c'est votre beau-père qui vous a obligée à passer ce coup de téléphone.

— Non, Percy n'y est pour rien, protesta-t-elle. C'était mon idée…

— Vous refusez encore d'avouer la vérité ! s'écria Tareq.

Il se leva du lit, aussi silencieux et souple qu'un félin.

— Détrompez-vous, Tareq. J'ignore encore comment

mon beau-père a découvert que je vous avais invité cette nuit-là. Il était censé être à Londres. C'était une malheureuse coïncidence… Et il en a profité pour tirer la situation à son avantage. Mais, je n'ai rien manigancé du tout. Je pensais sincèrement que nous serions seuls…

— Je ne crois pas aux coïncidences de ce genre. Et si vous n'avez pas le courage d'admettre que vous étiez mouillée jusqu'au cou dans cette affaire, la discussion est close.

— Mais…

Tareq l'arrêta d'un signe de la main.

— Je ne veux pas entendre un mot de plus.

Un terrible ressentiment envahit Faye. Elle disait la vérité et il refusait de la croire. Bien entendu, elle était consciente que les faits ne parlaient pas en sa faveur, mais que pouvait-elle dire de plus pour le convaincre ? Son beau-père lui avait toujours affirmé qu'il était rentré par hasard ce soir-là et elle ne voyait pas comment prouver le contraire. Seul Percy détenait la clé du mystère, et le connaissant, il ne la révélerait jamais.

En levant de nouveau la tête, elle eut un choc. Alors qu'elle était perdue dans ses pensées, Tareq avait retiré ses vêtements. Comment avait-elle pu oublier, même une seconde, ce qui était sur le point de se passer ? Elle osa poser un regard sur ses larges épaules couleur de bronze, puis descendit le long de ses bras puissants et de son torse musclé. Le duvet brun et soyeux qui recouvrait sa poitrine était plus discret sur son ventre pour se transformer sous le nombril en une ligne vertigineuse, disparaissant sous son caleçon de soie noire. Une chaleur troublante irradia au creux de son ventre. Dans un ultime réflexe de défense, elle referma les bras sur ses genoux. Elle oscillait entre désir et honte.

Tareq s'étendit sur le lit, nu. Le cœur battant la chamade, la bouche sèche, elle le regarda à la dérobée et baissa aussitôt les paupières. Son désir pour elle ne faisait aucun doute.

— Nous avons tout le temps, murmura-t-il en la prenant dans ses bras.

Puis, il captura ses lèvres avec une douceur insoutenable, contenant de toute évidence la passion qui le dévorait. Lorsqu'il mêla intimement sa langue à la sienne, elle frissonna de plaisir. Ce baiser eut raison de ses forces ; déjà son corps réclamait de nouvelles sensations.

Il releva la tête pour mieux la contempler. Ils échangèrent un regard silencieux tandis qu'elle se hasardait à caresser ses cheveux. Il l'embrassa de nouveau et elle ferma les yeux de volupté. Elle les rouvrit lorsqu'il s'écarta pour dégrafer son soutien-gorge, libérant sa poitrine de son écrin de dentelle.

— Tu es encore plus belle que je ne le pensais.

Epousant de sa main l'arrondi d'un sein, il en caressa délicatement la pointe, arrachant à Faye un gémissement étouffé. Consumée de désir, elle rejeta la tête en arrière, pour mieux lui offrir sa gorge.

— Tareq…

Ses paroles moururent sur ses lèvres. Tareq venait de pencher la tête sur sa poitrine pour effleurer ses tétons durcis de sa langue. Un plaisir inouï déferla sur elle comme une vague. Ne lui laissant pas de répit, Tareq intensifia ses caresses et mordilla délicatement les petits bourgeons gorgés de désir. Faye ne put contenir les petits cris de volupté qui lui échappaient.

— C'était inéluctable, chuchota Tareq d'une voix rauque en caressant ses cheveux blonds. La première fois que je t'ai vue, j'ai su.

— Le destin…, murmura-t-elle d'une voix étranglée.

— Et pourtant tu aimes défier le destin. Sinon, pourquoi te serais-tu enfuie dans le désert ?

Il s'interrompit pour effleurer sa bouche et la caresser de son souffle. Ce jeu sensuel mettait Faye au supplice.

— Tu n'as pas imaginé que si l'on m'avait signalé ta présence près de l'aéroport, j'aurais annulé tous les vols. Tu ignores donc que lorsque je désire quelque chose, rien ne se met en travers de mon chemin ?

— Mais je ne voulais pas être ta maîtresse.

Comme pour démentir ses propos, elle entrouvrit les lèvres pour recevoir son baiser, s'abandonner avec délices aux caresses qu'il lui prodiguait.

— Maintenant, tu le veux, dit-il en dardant sur elle un regard sévère.

— Oui…

Il fit glisser sa culotte de dentelle le long de ses jambes, caressa son ventre voluptueusement avant de s'aventurer à l'intérieur de ses cuisses. Bientôt, il frôla les boucles de sa toison, s'attardant à l'orée de sa féminité. L'excitation de Faye redoubla. Elle émit un long soupir, enfouit sa tête au creux de son épaule et s'agrippa à son dos, enfonçant malgré elle ses doigts dans sa chair.

Tareq murmura quelques mots en arabe.

— En anglais, supplia-t-elle.

— Jamais une femme ne m'avait autant excité, fit-il, l'air sauvage, presque agressif.

Les sensations qui enflammaient Faye étaient si intenses à présent qu'elles en devenaient presque douloureuses.

— Maintenant, je t'en prie, lança-t-elle fiévreusement.

Obéissant à sa supplique, Tareq écarta doucement ses cuisses et se pencha sur elle. En sentant sa virilité contre la perle de sa féminité, elle tressaillit.

— Je ne te ferai pas mal, la rassura-t-il en lui caressant les cheveux.

Avec une infinie délicatesse, il s'immisça en elle. Il s'arrêta un instant et elle ferma les yeux, dans l'attente de la plénitude qui lui était promise. Lui soulevant légèrement les fesses pour faciliter son mouvement, Tareq la pénétra alors profondément. Le plaisir qui la submergea lui fit oublier la douleur qu'elle avait ressentie l'espace d'une seconde.

— Le paradis ne peut être plus beau, dit Tareq dans un râle.

Emportée dans un tourbillon voluptueux, elle accorda instinctivement ses mouvements à ceux de son amant, heureuse d'être possédée, incapable de se contrôler, et ne le souhaitant d'ailleurs pas. Soudain, une ultime vague la propulsa au plus haut point du plaisir. Succombant dans un cri, elle connut pour la première fois l'extase.

Lorsqu'elle reprit ses esprits, elle était en état de choc. Jamais elle n'avait imaginé que son corps pouvait lui procurer tant de plaisir. Jamais elle n'avait imaginé qu'elle pourrait s'abandonner de la sorte. Heureuse de sentir le cœur de Tareq battre si vite contre le sien, elle enroula ses bras autour de ses épaules. Dans ce silence apaisant, elle pouvait prétendre que tout était parfait… et qu'ils s'aimaient.

Qu'ils s'aimaient ? Elle savait pertinemment que c'était impossible.

A cet instant, Tareq redressa la tête et posa sur elle un regard ébloui.

— Je suis très heureux d'être ton premier amant.

Faye se raidit et ne répondit rien.

— Mais ce n'est que justice, après tout.

Il caressa sa chevelure répandue sur l'oreiller.

Elle se retint pour ne pas crier. Ce n'était que justice qu'il soit son premier amant ? Qu'entendait-il au juste par ce mot ? Avait-il l'habitude de l'employer à tort et à travers pour justifier ses pratiques barbares ? Et elle ne valait désormais pas mieux que lui. Non seulement elle était devenue sa maîtresse, mais sa maîtresse consentante ! Elle aurait dû le laisser faire sans mot dire, en tâchant de rester aussi inerte que possible. Qu'avait-elle fait, au lieu de cela ? Le souvenir de ses supplications, de ses gémissements et autres cris lui faisait honte. Une odalisque n'aurait pas su flatter davantage l'ego de Tareq.

Ce dernier la força à le regarder. Un sourire victorieux illuminait son visage.

— Je suis trop lourd pour toi, dit-il en s'allongeant à côté d'elle.

— Mon rôle de concubine est plein de désagréments, rétorqua-t-elle à mi-voix, le visage de marbre.

Chapitre 7

Tareq sursauta.

— Que signifie cette plaisanterie de mauvais goût ? Qu'est-ce que cette stupide histoire de concubine vient faire ici ?

— Oublie ce que je viens de dire, répondit-elle d'une voix atone.

Puis, elle s'enroula nerveusement dans le drap, prête à descendre du lit.

— Reviens, ordonna Tareq que son petit manège semblait exaspérer.

Elle tourna la tête vers lui. Il était si beau et si attirant, nu sur le lin blanc du lit, qu'une soudaine fureur l'envahit, dirigée contre lui et contre elle-même. Il était temps qu'elle lui rappelle qu'elle n'était pas un de ses sujets.

— Va au diable !

Pendant une seconde, qui lui sembla aussi longue que l'éternité, Tareq la dévisagea, l'air incrédule. Puis il bondit hors du lit et se planta devant elle, vêtu de sa simple splendeur.

— Ton insolence devrait me mettre hors de moi, mais ce petit numéro digne d'une adolescente est plutôt divertissant. Qu'est-ce qui te prend ?

— Ce qui me prend ? reprit-elle en haussant la voix.

— Dis-moi ce qui ne va pas, insista-t-il.

Faye s'efforça de le regarder avec hauteur.

— Tu t'attendais peut-être que je me comporte comme les esclaves de ton harem ?

— Sûrement pas. Les harems sont illégaux au Jumar depuis le mariage de mes parents.

— Mais tu as dit que…, protesta-t-elle, déconcertée.

— Je te faisais marcher, répondit Tareq en riant de sa stupéfaction.

Sans lui laisser le temps d'ajouter un mot, il la souleva dans ses bras, mais pour cette fois quitter la pièce.

— Puis-je savoir où tu m'emmènes ?

Tareq ouvrit alors la porte d'une magnifique salle de bains en marbre vert et la referma d'un coup d'épaule. La reposant à terre, il déroula le drap qu'elle tenait toujours contre elle. Puis, il la reprit dans ses bras pour l'installer dans le jacuzzi fumant.

Les bulles de mousse détendirent aussitôt Faye qui ferma les yeux de bien-être. Elle se souvint alors qu'elle était complètement nue. Dans un sursaut de pudeur, elle s'allongea complètement dans la baignoire pour se soustraire au regard de braise de Tareq. Celui-ci, qui n'avait pas les mêmes inhibitions, ne tarda pas à la rejoindre. Troublée par cette proximité, elle essaya de maintenir un semblant de distance entre eux, mais frôla incidemment ses hanches. Elle retira précipitamment sa main, comme si elle s'était brûlée à son contact.

— Mon harem, répéta-t-il, en souriant avant de s'enfoncer sous la mousse à son tour.

Il s'assit face à elle et l'observa avec intensité.

— Tu n'avais pas tort de me faire remarquer que j'étais au-dessus de la loi, mais mon peuple n'apprécierait guère que j'enferme une femme pour la soustraire au regard des autres hommes. Les harems ne sont plus qu'un vestige du passé désormais. Ils existent seulement dans les livres d'histoire.

— Je l'ignorais, murmura Faye d'une voix étranglée.

Elle avait la tête à tout autre chose. C'était la première fois de sa vie qu'elle se trouvait dans un jacuzzi et elle se demandait ce qui allait se passer à présent.

— Mon arrière-grand-père avait un harem, mais c'était le premier souverain à en avoir un dans mon pays. C'était un homme doté d'un tempérament légendaire, comme vous pouvez l'imaginer.

— Vraiment ?

— Mon père avait un harem lui aussi, mais il ne faisait que reproduire l'exemple de son père. Et c'était avant de rencontrer ma mère, Rasmira.

Tareq prit l'air songeur.

— Elle était la fille d'un diplomate libanais. C'était une femme très instruite et extrêmement sophistiquée. Elle n'a accepté d'épouser mon père qu'à la condition qu'il ferme à tout jamais son harem. Inutile de préciser que leurs fiançailles furent longues et orageuses.

— Il devait être éperdument amoureux d'elle, commenta Faye dont la curiosité avait été piquée.

— Mon père n'aurait pu faire meilleur choix. Ma mère était une femme extraordinaire. Son impact sur notre culture a été considérable. C'est elle qui a ouvert les premières écoles pour filles. Elle conduisait sa propre voiture, était capable de piloter un avion. Grâce à son influence, notre société est devenue plus libérale et plus juste.

— Quand est-elle décédée ? demanda Faye, de plus en plus intriguée.

Le visage de Tareq s'assombrit d'un coup.

— Il y a dix ans. Un serpent très rare l'a mordue. On lui a donné le mauvais antidote… Lorsque l'on s'en est aperçu, il était trop tard pour la sauver. Mon père est devenu fou de chagrin.

— C'est terrible, murmura-t-elle en lui adressant un regard compatissant.

Elle savait comme il était douloureux de perdre un proche et combien il était amer de savoir qu'une erreur aurait pu être évitée.

— Rapproche-toi, tu es trop loin, ordonna Tareq.

Mais sans attendre, il tendit les bras vers elle et la tira en avant, si bien qu'elle se retrouva sur ses genoux. Incapable de soutenir son regard dans cette position, elle alla nicher sa tête au creux de son épaule.

— Dis-moi… Tu as combien de frères et sœurs ? demanda-t-elle, dans un effort désespéré pour paraître dégagée.

— Seulement Rafi, répondit-il en caressant langoureusement son dos.

A ce contact délicieux, son cœur se mit à battre plus fort dans sa poitrine. Parler relevait du défi.

— Mais pourtant…, dit-elle en reprenant sa respiration. Ton père a eu beaucoup de concubines avant de rencontrer ta mère.

— Il avait attrapé les oreillons à l'adolescence et pensait ne jamais avoir d'enfant. Ma naissance fut accueillie comme un miracle. Il a dû avoir recours à la science pour que Rafi voie le jour. C'est ma belle-mère qui a insisté, bien sûr, conclut-il en se renfrognant.

— Rafi n'en est pas moins ton frère. Pense à cet enfant comme au fils de ton père et non pas de sa mère… qui, si j'ai bien compris, n'était pas une personne recommandable.

Tareq émit un petit rire sans joie.

— Malheureusement, dans tout le pays, Rafi a déjà la réputation de lui ressembler.

— Comment est-ce possible ? Il est si jeune.

— Sa mère était extrêmement impopulaire, expliqua-t-il en soupirant. Si quelque chose devait m'arriver dans un avenir proche, mon peuple aurait du mal à accepter que Rafi devienne mon successeur, dit-il en taquinant le bout de ses seins. C'est pour cette raison, entre autres, que je vais devoir me remarier pour avoir un fils, ajouta-t-il sans cesser de la caresser.

Emergeant de l'engourdissement délicieux que Tareq avait le don de faire naître sous ses doigts, Faye se raidit subitement. Une douleur sourde lui comprimait la poitrine. Se remarier ? Entendait-il par là que leur mariage, un an plus tôt, était un vrai mariage ?

— Te remarier ? ne put-elle s'empêcher de répéter.

Pourquoi y attachait-elle de l'importance ? Tareq et elle n'étaient-ils pas divorcés ?

— Je crois que je suis las d'être dans ce bain… En revanche, je ne puis me lasser de toi, déclara-t-il d'une voix rauque.

Aussitôt, il sortit du bain bouillonnant en la soulevant dans ses bras. Effondrée à l'idée que Tareq puisse se remarier un jour, Faye le laissa l'envelopper dans une immense serviette, sans dire un mot. Cet homme était décidément imprévisible ; non seulement il savait mieux que tout autre comment passer du coq à l'âne, mais il venait d'évoquer ses projets de remariage avec une légèreté qui la laissait sans voix.

— Te remarier… ? reprit-elle d'une voix tremblante, en croisant ses yeux de lion.

Sa voix s'affaiblit lorsqu'il laissa retomber le drap de bain à ses pieds.

— J'ai envie de toi, lui confia-t-il d'une voix sourde.

C'est bien naturel, commenta-t-il, cela faisait si longtemps que je n'avais pas touché une femme…

— Comment est-ce possible ?

Tareq plissa le front comme si elle venait de poser une question stupide. Il approcha son visage, l'air impérieux.

— L'année passée, j'étais en deuil, lui rappela-t-il.

Etait-ce la loi qui l'obligeait à rester chaste durant cette période ou s'était-il imposé lui-même cette règle ? Quoi qu'il en soit, elle respectait son abnégation. Et savoir qu'il n'avait pas eu d'aventure depuis leur rencontre la troublait profondément. Pourtant, elle savait que bien des femmes se seraient damnées pour lui. A l'époque où il lui faisait la cour, elle s'était aperçue qu'il attirait irrésistiblement ses rivales, sans même chercher à les séduire.

— Faye… J'ai tellement envie de toi que je pourrais te dévorer sur place, confia-t-il à mi-voix.

Toute pensée rationnelle la quitta à cet instant. Levant doucement les yeux, elle croisa son regard brûlant et frémit en voyant les traits de son visage se durcir sous l'effet de la passion. D'un geste doux, il passa une main dans ses cheveux et l'attira contre son corps musclé. Les jambes flageolantes, Faye sentit une nouvelle vague de désir l'envahir, plus forte et tumultueuse que la première fois, si c'était possible.

En un clin d'œil, elle se retrouva dans ses bras et ils sortirent de la salle de bains. Elle se laissa faire sans protester, honteuse malgré tout de ne pouvoir se dominer. Tareq n'avait eu qu'à parler un peu plus bas et la frôler imperceptiblement pour réveiller brutalement ses sens.

— Je te désire tant. L'aube est encore loin et je n'ai pas envie que le jour se lève.

Les draps sentaient bon le linge frais. Manifestement, on avait profité de leur courte absence pour les changer.

En dépit de son embarras, Faye ne pouvait détacher les yeux de Tareq. La sensualité torride qu'il dégageait en cet instant accrut son excitation. *Tu regretteras toute ta vie ce qui est en train de se passer. Tu te détesteras d'avoir cédé*, lui murmura la voix de sa conscience.

— Je veux que tu penses à ton plaisir avant tout, ajouta-t-il en se penchant de plus en plus.

Faye fut parcourue d'un frisson d'impatience... Mais après tout, c'était le destin. Nul ne pouvait lutter contre la fatalité.

— Je veux que le désir te fasse tout oublier, ajouta Tareq en se glissant entre ses cuisses.

— Tu veux que je t'aime, si je comprends bien.

— Oui, répondit-il le plus calmement du monde.

— Pour mieux me laisser tomber, poursuivit-elle sèchement.

— Si je suis satisfait de toi, je pourrai t'envoyer dans ma villa du sud de la France. Je viendrai te voir quand bon me semblera. Tu bondiras à chaque sonnerie du téléphone, dans l'espoir que ce soit moi.

— Quel beau programme ! s'écria Faye d'un ton faussement amusé. C'est de l'esclavage, ni plus ni moins.

Rejetant la tête en arrière, il éclata de rire. Puis, il s'empara de sa bouche avec avidité et l'embrassa sans pitié. Très vite, elle oublia tout. Seul comptait la chaleur du corps de Tareq, son odeur enivrante et leur insatiable désir.

Lorsque Faye s'éveilla, à la lueur de l'aube, une myriade de sensations lui revint à la mémoire : son étreinte passionnée avec Tareq et le plaisir qu'ils avaient partagé jusqu'à ce que la volupté les emporte au même instant.

— Tu es heureuse ? chuchota Tareq en déposant un baiser sur son épaule.

— Je suis au paradis.

Il la serra plus fort contre lui puis posa la main sur son ventre d'un geste possessif. A présent, elle comprenait pourquoi elle avait osé lui demander de passer la nuit avec elle, un an plus tôt. La beauté exceptionnelle et la forte personnalité de Tareq n'étaient pas seules en cause, c'était aussi son magnétisme animal qui l'avait séduite. La discipline de fer qui le caractérisait n'y changeait rien ; cette aura sensuelle faisait partie de lui.

— C'est parfait. Si tu es heureuse, je suis heureux. Et je le suis d'autant plus que tu es une maîtresse très ardente.

Faye était incapable de répondre. En fait, elle avait perdu toute notion du temps. Rien ne l'obligeait à penser si elle ne le souhaitait pas. Et pour le moment, elle était vraiment sereine.

— J'ai l'impression que tu as été faite pour moi.

Faye crut discerner une nuance d'amertume dans sa voix. Mais il enfonça la tête dans son cou en déposant une pluie de baisers le long de sa gorge. Elle émit alors un long gémissement. Littéralement incendiée, elle n'avait qu'une hâte : être sienne.

— Tareq…

Répondant aussitôt à cette supplique, il prit de nouveau possession d'elle. Elle comprit alors que le plaisir était sans limite. Totalement abandonnés, ils atteignirent le sommet de la jouissance au même moment, unis dans un même cri.

Lorsqu'ils parvinrent à s'arracher aux derniers spasmes du plaisir, Tareq darda sur elle un regard indéchiffrable.

— Tu es la seule femme qui me comble sexuellement.

Mais je ne crois pas qu'il soit sage de te garder auprès de moi.

Sur ces paroles, il quitta ses bras et sortit du lit.

— Tu ne veux pas me garder ici ? dit-elle.

— Il serait préférable que tu retournes au palais de Muraaba.

Ce n'était qu'une formule de politesse, bien entendu. Il était clair qu'elle n'avait guère le choix. Après la nuit qu'ils venaient de partager, un tel rejet la percutait de plein fouet.

— De toute façon, une série de réunions et de pourparlers m'attendent ces prochains jours, je serai trop occupé pour te consacrer mon attention, expliqua-t-il.

Lui consacrer de l'attention ? Il la prenait donc pour une enfant ?

— J'espère que tu ne vois pas d'inconvénient à faire le trajet en voiture.

— Pourquoi utiliserais-tu un hélicoptère pour quelqu'un d'aussi peu important que moi ? rétorqua Faye avec dépit avant de se retourner sur le ventre et d'écraser sa tête sur l'oreiller.

Elle se maudit aussitôt d'avoir laissé éclater sa colère.

— Ce n'est pas du tout cela, objecta posément Tareq. Je ne crois pas qu'il soit utile de prendre un hélicoptère, simplement pour gagner du temps. Faye..., poursuivit-il. Ne le prends pas mal.

— Et comment suis-je censée le prendre ? répliqua-t-elle, cinglante.

— Je viens de passer une nuit au paradis avec toi, mais j'ai d'autres responsabilités.

La froide assurance de Tareq emplit Faye de détresse. Depuis cette nuit, elle avait définitivement perdu la carapace qui la protégeait. Il était en train de la renvoyer et elle protestait contre cette décision. Comment pouvait-elle être tombée aussi bas ?

— Si je te gardais auprès de moi, tu risquerais de me distraire. J'essaierai de profiter de la moindre occasion pour te rejoindre.

— En somme, tu voudrais ne m'avoir jamais rencontrée, dit-elle d'un ton douloureux.

— N'essaie pas de lire dans mes pensées. C'est ce que je me suis dit autrefois, mais tu ne me feras plus jamais éprouver de regret. Tu m'auras fait perdre la raison une fois — pas deux.

Des propos peu encourageants pour le proche avenir, songea Faye.

Chapitre 8

A la table du petit déjeuner, le lendemain matin, Faye se contenta d'émietter un croissant dans son assiette, incapable d'avaler quoi que ce soit. Les domestiques eurent beau apporter différents mets pour la tenter, elle n'avait pas d'appétit. Bientôt, elle devrait quitter le somptueux palais de toile.

Quelques heures plus tôt, elle avait commis l'erreur de croire qu'elle comptait aux yeux de Tareq. Le désir insatiable qu'il avait manifesté pour elle l'avait leurrée. A présent qu'il avait clairement défini la nature de leur relation, elle ne pouvait plus se bercer d'illusions. Pour lui, elle n'était qu'un objet sexuel, un point c'est tout.

Des larmes lui montèrent aux yeux. Elle s'étonnait de ne pas avoir compris un an plus tôt que le galant homme qui lui avait offert des roses par dizaines avant de l'emmener dîner aux chandelles dissimulait un être égoïste et cruel. Car il lui avait vraiment fait la cour, même si ce mot semblait démodé. Et contre tout bon sens, elle était tombée amoureuse de lui : depuis ce jour, elle n'avait cessé de l'aimer.

Elle souleva son pied qui était engourdi et sentit le poids de l'anneau de saphir qu'elle n'avait pas réussi à détacher. D'une main tremblante, elle essaya de l'ôter, le regardant soudain comme le symbole de sa servitude.

— Shiran, j'aimerais parler à Son Altesse pour qu'elle m'explique comment détacher ce bijou.

La jeune fille acquiesça de la tête et quitta la pièce. Elle ne réapparut qu'un quart d'heure plus tard.

— Le prince m'a chargée de vous dire qu'il souhaite que vous portiez son cadeau, madame, car tel est son plaisir, murmura-t-elle en s'agenouillant.

Car tel était son plaisir ? se demanda Faye, éberluée. Tout tournait donc dans ce pays autour du *plaisir* de ce seigneur ?

— Son Altesse a également ajouté que…, poursuivit Shiran, mal à l'aise.

— Oui ?

— De ne pas le déranger pour des motifs aussi triviaux lorsqu'il discute des affaires de l'Etat.

Faye sentit son sang affluer à son visage et baissa la tête, horrifiée par l'arrogance de Tareq. Heureusement, Rafi qui venait de débouler dans la pièce, offrit une distraction bienvenue. Il se jeta dans ses bras, s'agrippant de toutes ses forces au tissu de sa robe.

— Il ne faut pas que tu partes ! Je veux venir avec toi !

— Mais que se passe-t-il ? demanda Faye en soulevant le petit garçon pour le calmer.

— Le prince Rafi sait que vous partez pour le palais de Muraaba, répondit Shiran en soupirant.

Rafi passa ses bras autour du cou de Faye.

— Je veux venir aussi. Je serai gentil… Je serai un très gentil garçon.

— Est-ce que le prince Rafi et les bébés nous accompagnent ? s'enquit Shiran.

— Il n'est pas en mon pouvoir de prendre une telle décision. C'est au prince Tareq de décider, mais s'il est occupé…

— Je peux venir ? Je peux venir ? répétait Rafi inlassablement.

Faye se souvint des jumelles, Basma et Hayat. Si elle avait bien compris, ces bébés n'étaient pas les sœurs de Rafi.

— Les petites filles ont bien des parents ?

Shiran la regarda avec de grands yeux étonnés.

— Non, madame. Toute la famille… a disparu.

— Disparu ?

— Ils sont morts dans un accident, déclara Rafi.

L'explication du garçonnet glaça Faye jusqu'aux os.

— Quel jour terrible, terrible, murmura Shiran, le regard humide.

— Le prince Tareq ne pleure pas… Et moi non plus, je ne pleure pas, renchérit l'enfant, le visage baigné de larmes.

Faye serra plus fort le petit prince dans ses bras. Elle-même n'était pas loin de pleurer. Jamais elle n'aurait mentionné les parents des jumelles si elle avait su qu'ils étaient morts.

— Ecoute, Rafi. Si personne n'y voit d'inconvénient, je t'emmènerai, avec Basma et Hayat, s'entendit-elle promettre.

Rafi poussa un cri de joie, annonça qu'il devait aller chercher un jouet et quitta la pièce en courant.

— Raconte-moi l'accident, Shiran, demanda Faye lorsqu'il fut parti.

La mère de Rafi, l'oncle de Tareq, sa tante, son cousin et la femme de celui-ci — les parents des jumelles — avaient péri dans la même tragédie. Au cours d'un vol qui reliait la ville de Jumar à Kabeer sur la côte, un problème de moteur avait incité le pilote de l'avion à tenter un atterrissage d'urgence. Il n'avait pas réussi. Dans son testament, le père de Basma et de Hayat chargeait Tareq de prendre soin de ses filles en cas de malheur. Le pauvre homme ne devait pas imaginer qu'il allait mourir aussi jeune, et laisser à Tareq le soin de s'occuper de deux nourrissons.

En une seule journée, Tareq avait perdu toute sa famille. « Je ne crois pas qu'il soit utile de prendre un hélicoptère, simplement pour gagner du temps. » Elle comprenait pourquoi à présent !

Quatre voitures furent réquisitionnées pour les emmener au palais de Muraaba. Durant ce long trajet à travers le désert, Faye eut le temps de songer à ce qu'elle venait d'apprendre. Désormais, elle comprenait pourquoi Tareq avait passé une année entière en deuil. Elle s'en voulait de ne pas avoir été au courant, alors que cette tragédie avait dû faire la une des journaux. Il est vrai qu'elle regardait rarement la télévision, et qu'elle lisait peu la presse internationale.

Lorsqu'ils arrivèrent dans le hall du palais, Faye monta l'escalier, Rafi sur ses talons. Elle fut conduite dans une suite magnifique qui surplombait le parc. La présence de Tareq imprégnait ces lieux. Partout où se posait son regard, elle découvrait des objets lui appartenant. Des trophées de polo ou encore des photos de famille. Le portrait d'une femme blonde aux yeux noirs, d'une beauté exceptionnelle, retint son attention.

— La mère du prince, lui apprit Shiran avec beaucoup de respect.

En d'autres temps, la mère de Tareq aurait pu être un mannequin célèbre. Pas étonnant que le père du prince ait fermé son harem pour elle !

Elle passa le reste de la journée en compagnie des

enfants qui, fort heureusement ne perçurent pas sa détresse. Depuis qu'elle était séparée de Tareq, Faye se sentait vide, abandonnée. En un mot misérable.

A 23 heures, elle se mit au lit et commença le roman historique qu'elle avait emporté dans ses valises. Captivée par l'histoire, elle prêta à peine attention au bruit de l'hélicoptère qui atterrissait non loin. Elle était encore plongée dans son livre quand la porte de sa chambre s'ouvrit.

Elle leva la tête. Tareq était adossé au chambranle de la porte, un sourire aux lèvres.

— Je voulais te surprendre.

La bouche sèche, Faye le dévisagea. Vêtu d'une chemise de soie blanche à manches courtes et d'un pantalon ample assorti, il était terriblement séduisant. A la fois élégant, sexy et sophistiqué.

— Je vois que j'ai réussi, murmura-t-il d'un ton indolent en refermant la porte. Tu es belle à ravir dans mon lit.

— Je croyais que tu avais des responsabilités, dit-elle dans un souffle.

— Je m'envolerai à l'aube.

— J'ai l'impression que tu ne sais pas ce que tu veux.

— C'est très simple… Je te veux, toi.

Les yeux lavande de Faye s'agrandirent en rencontrant le regard d'ambre de Tareq. Sa voix rauque et profonde, légèrement vibrante, la troubla. A son grand dam, elle sentit ses seins pointer sous le coton de sa chemise de nuit légère.

Il s'approcha d'elle et lui ôta son livre des mains. Puis, il étudia le prince oriental représenté sur la couverture avec un amusement tout masculin.

— Charmant.

— C'est juste pour passer le temps…, bredouilla-t-elle en rougissant.

— Mais maintenant, je suis là.

— Et… ? demanda Faye en levant le menton.

— Je suis plus accessible que ce type sur ton bouquin… Et je m'habille mieux, je crois, déclara-t-il en s'asseyant sur le lit.

Il posa les mains sur ses épaules graciles et la serra contre lui. Il était si proche qu'elle pouvait sentir le parfum musqué de sa peau. Déjà, ses lèvres venaient taquiner les siennes, comme pour agacer son désir. *Je ne vais pas céder… Je ne répondrai pas*, se jura-t-elle.

— Je sais que tu brûles pour moi, toi aussi.

Résiste ! s'ordonna-t-elle lorsqu'il essaya de forcer le barrage de sa bouche. Réprimant un frisson, elle lutta pour ne pas le serrer de toutes ses forces contre elle. Elle fit un violent effort pour ne pas gémir lorsqu'il immisça sa langue entre ses lèvres désormais entrouvertes.

A ce moment-là, elle se souvint qu'il comptait se remarier prochainement. A vrai dire, elle s'était demandé, un peu plus tôt dans l'après-midi, si ce n'était pas pour les trois enfants qu'il souhaitait une épouse. Cette perspective lui semblant soudain odieuse, elle repoussa Tareq.

— La nuit dernière tu as parlé de te remarier.

— Oui.

— Ce qui signifie que tu as déjà eu une femme. Je me demandais simplement si c'était moi.

— Et qui d'autre ?

Elle le regarda avec incrédulité. Même si ses questions agaçaient Tareq, elle devait en avoir le cœur net.

— Si je comprends bien, nous avons été mari et femme, même si notre mariage n'a pas duré longtemps ?

— Mais bien sûr, enfin !

— Pourtant, tu m'avais dit que la cérémonie n'était

qu'une mascarade, insista-t-elle en se carrant contre ses oreillers.

— Non, rétorqua-t-il très calmement. Je t'ai dit que ce mariage, dénué de signification, était une mascarade à mes yeux. Mais, il était parfaitement valable au regard de la loi.

— Tu veux dire que j'étais vraiment ta femme après la cérémonie !

— Evidemment.

— Ta femme ? répéta-t-elle, abasourdie. Quand j'ai dit à Percy que tu m'avais répudiée, il m'a dit que, de toute façon, ce mariage n'était qu'une gigantesque farce organisée avec la complicité de l'ambassade.

— Cette réflexion est bien digne de ton beau-père… Quand je pense que c'est lui qui a tout manigancé, maugréa-t-il, l'air écœuré. Comment a-t-il pu te raconter cela alors que je lui ai interdit d'assister à la célébration ? Je te le répète, ce mariage était légal. Sachant que j'avais également requis la présence d'un pasteur, je me demande comment tu peux encore en douter. Contrairement à ton beau-père, je suis un homme d'honneur.

— Le pasteur n'a pas dit un seul mot en anglais, lui rappela-t-elle. Et si j'ai cru que ce mariage était faux, c'est tout simplement parce que tu me l'as dit… Tu sais bien qu'au début, je croyais…

— C'est ce que tu prétends aujourd'hui pour me faire oublier que tu as quitté l'ambassade avec le chèque !

— L'autre jour, dans l'abri, tu m'as reproché de ne pas t'avoir suivi au Jumar… Tu as ajouté qu'une épouse digne de ce nom n'aurait jamais quitté l'ambassade, mais j'ignorais que…

— Il est inutile de ressasser ce drame, un an après, rétorqua-t-il en détachant chaque syllabe.

— Mais j'ai le droit de savoir ! M'aurais-tu acceptée comme épouse si j'étais restée avec toi ce jour-là, si je t'avais accompagné au Jumar ?

— Je ne suis pas devin. J'ignore ce que j'aurais fait… De toute façon, tu ne m'as pas suivi.

— Tu n'as pas essayé de me retenir, que je sache.

— Bien sûr que non.

— Parce que tu voulais te débarrasser de moi le plus vite possible ! Aie l'honnêteté de le reconnaître !

— J'étais très en colère contre toi, ce qui était compréhensible, mais je n'étais pas responsable de ta décision.

— Je pensais que tu avais pris la décision à ma place ! Bon sang, je croyais que tu avais divorcé dans les minutes qui avaient suivi. Je n'avais donc aucune raison de rester, protesta-t-elle avec véhémence.

Un sourire glaçant flotta sur les lèvres de Tareq.

— Maintenant que l'argent a été dépensé, tu as sans doute envie de redevenir ma femme.

— Je ne répondrai pas à une telle question !

Terrassée par les paroles cruelles de Tareq, Faye ravala péniblement un sanglot.

— Tu n'as pas essayé de me retenir quand je suis partie, eut-elle la force d'ajouter.

— Je n'avais aucune raison de le faire, répliqua-t-il d'un ton sardonique. Tu étais en tort, moi pas. D'ailleurs, tu n'as même pas essayé de te défendre.

Elle découvrait un peu tard le pire défaut de cet homme : un orgueil démesuré aggravé par une obstination sans bornes. Il était si fier, si têtu qu'il l'avait laissée quitter l'ambassade, sans chercher à savoir s'il ne s'agissait pas d'un horrible malentendu entre eux.

— Je ne savais pas qu'il y avait un chèque dans cette

enveloppe que je n'ai pas ouverte. Tu m'as mal jugée, et pourtant j'aurais été prête à te pardonner…

Incapable de continuer, elle se mit à rire nerveusement.

— Mais bien sûr, tu n'admettras jamais que tu as pu te tromper. Je ne t'ai menti qu'une seule fois, sur mon âge. Bien des adolescentes le font… J'ai eu tort d'accepter ta demande en mariage, cependant, il faut me comprendre. Tu me proposais ce que je désirais le plus au monde.

Tareq posa la main sur la sienne, dans un geste réconfortant. Elle la retira aussitôt.

— Personne ne peut changer le passé, lâcha-t-il.

Elle détourna la tête. Pourquoi lui avait-elle parlé ? Pourquoi s'était-elle mise à nu devant lui ? Tout cela était inutile.

— Je n'ai plus qu'une chose à dire, déclara-t-elle d'une voix tremblante. Tu en connais autant sur l'amour que moi sur l'art de gouverner un pays, alors cesse de prétendre que tu étais amoureux ! Tu cherchais juste à venger ton orgueil blessé ; d'ailleurs, tu continues à le faire aujourd'hui.

Un silence assourdissant tomba sur eux.

— Tu as terminé ? demanda Tareq, plus froid que la glace. Je ne me suis pas vengé de ton beau-père car j'aurais pu faire un malheur. Et ce que je lui reproche, plus que son chantage, c'est de t'avoir corrompue.

L'accent de sincérité de sa déclaration la déconcerta. Lorsque le silence tomba de nouveau, elle l'entendit se déshabiller. Se roulant de l'autre côté du lit pour lui tourner le dos, elle prit une résolution. Désormais, elle ne penserait plus jamais à ce mariage désastreux. Elle avait déjà perdu un an de sa vie à regretter, c'était fini à présent.

Les lumières s'éteignirent alors. Tareq venait de la

rejoindre sur le lit. Lorsqu'il se pencha de son côté, elle émit un son indigné.

— Laisse-moi te serrer dans mes bras, Faye.

— Non ! s'écria-t-elle. N'ai-je pas le droit d'être triste ?

— Pas si tu me rends triste aussi, marmonna-t-il en la prenant contre lui.

Elle essaya de se débattre, mais il resserra son étreinte.

— Je ne te toucherai pas si tu ne le souhaites pas. Nous pouvons être malheureux ensemble. Mais ne bouge plus, s'il te plaît.

Peu à peu, la chaleur du corps de Tareq l'apaisa.

— Tu sais, j'ai entendu parler de cet horrible accident d'avion aujourd'hui seulement…

A peine avait-elle terminé sa phrase, qu'elle sentit Tareq se raidir.

— Je suis vraiment désolée. Ton père, ta belle-mère, tes cousins… L'année passée a dû être un vrai cauchemar pour toi.

— La presse britannique a dû en parler, non ?

— Sûrement, mais il y a six mois de cela, ma vie était vraiment sens dessus dessous. La maison venait d'être vendue, j'étais perdue dans les cartons, sans compter que je devais trouver un endroit où loger. C'est pour cela que je n'ai pas entendu parler de l'accident.

— De quelle maison parles-tu ?

— Que veux-tu dire par là ? s'enquit-elle en fronçant les sourcils.

— La maison de ton frère ou la tienne ?

— La maison d'Adrian appartenait à l'armée. Il l'a quittée lorsqu'il a renoncé à sa carrière militaire. Je parlais bien sûr de ma maison d'enfance.

— Pourquoi a-t-elle été mise en vente ?

Faye soupira profondément.

— Adrian et moi en étions propriétaires, mais la maison était trop loin de Londres à ses yeux. Alors, j'ai donné mon accord pour la vendre. L'argent lui a permis de monter son affaire.

— J'ignorais que tu avais dû sacrifier ta propre maison. Comment as-tu pu laisser ton idiot de frère te faire ça ?

— Je t'en prie, ne le traite pas d'idiot, murmura-t-elle, mal à l'aise.

Pourtant, il y avait une part de vérité dans les propos de Tareq. Plus d'une fois ces dernières années, elle s'était aperçue que son frère, qu'elle aimait tendrement, n'était pas toujours des plus avisés.

— Mais où t'es-tu installée ?

— J'ai trouvé un foyer pas très loin de l'endroit où je travaille. Mais, je suppose que j'aurai perdu mon emploi à mon retour — je n'étais censée m'absenter que quelques jours…

— Qu'est-ce qu'un foyer ?

— Tu ne sais pas ce que c'est ?

Faye lui décrivit donc son habitation en quelques mots.

— Tu partages une salle de bains avec des étrangers ? demanda-t-il, stupéfait.

— Chacun notre tour, bien entendu, répondit-elle en réprimant un fou rire.

— Je croyais que tu vivais chez ton beau-père ou chez ton frère !

— Adrian a sa propre famille… et il s'est installé ici avec sa femme et ses enfants, lui rappela-t-elle. Quant à Percy, il a repris contact avec moi lorsqu'il a appris qu'Adrian était en prison. Heureusement pour toi que Percy ne sait pas que notre mariage était légal ! Dieu sait ce qu'il inventerait encore.

A son réveil, elle hasarda une main de l'autre côté du lit et comprit que Tareq était parti. Un léger bruissement sur le sol la fit sursauter. C'était Rafi, qui sauta sur elle en poussant un grand cri.

— Ouah ! Je t'ai fait peur ? je t'ai fait peur ?

— Oui ! Quelle heure est-il ?

Rafi remonta jusqu'à la tête du lit et se glissa dans ses bras.

— On peut faire un pique-nique, aujourd'hui ? demanda-t-il, les yeux brillants d'excitation.

— Peut-être.

— Je t'aime bien…

— Moi aussi… Mais laisse-moi dormir encore un peu, d'accord ?

Rafi n'étant manifestement pas décidé à partir, elle se redressa en soupirant.

— Tu as vu Tareq ? l'interrogea-t-elle.

— Il est parti en hélicoptère, répondit l'enfant en imitant le bruit de l'engin.

Tout au long de la journée, Faye espéra que Tareq reviendrait dans la nuit, mais il ne réapparut pas avant le lendemain après-midi. Elle venait de passer deux heures à jouer avec les enfants dans le jardin. Rafi et les jumelles étaient rentrés pour faire une sieste. Profitant de ce moment de solitude, elle ôta ses chaussures pour aller se rafraîchir à la fontaine. La sensation de l'eau sur ses chevilles était divine. Elle souleva sa robe jusqu'aux genoux pour ne pas la mouiller et fit des clapotis avec ses pieds. Les gouttelettes étincelaient à la lumière du soleil.

En relevant la tête, quelle ne fut pas sa stupeur d'apercevoir Tareq à quelques mètres, sur la pelouse ! Son étonnement n'avait sans doute pas échappé à celui-ci car une lueur d'amusement brillait dans ses yeux dorés. Il lui adressa un sourire dévastateur et Faye sentit son cœur s'emballer. Le regarder lui donnait quasiment le vertige.

— Quel tableau charmant, murmura-t-il en s'approchant.

Il lui offrit sa main pour l'aider à sortir du bassin.

— Tu riais ? demanda-t-elle.

— J'ai eu peu d'occasions de rire ces dernières heures, confia-t-il en la dévisageant avec une intensité qui la fit rougir. J'ai passé la moitié de la nuit à arbitrer la querelle de deux hommes qui revendiquaient des terres dont ils n'avaient pas besoin. Mais je suis content de te retrouver plus tôt que prévu.

— Il me faut mes chaussures…, murmura Faye sans pouvoir se détacher de son regard.

Dans son costume de lin beige, qui mettait en valeur sa peau bronzée et ses cheveux d'ébène, il était beau à couper le souffle. Et même si elle s'était juré d'être aussi froide que possible, elle le considérait comme l'homme le plus séduisant au monde.

Ignorant sa requête, il s'approcha d'elle et la serra contre lui.

— Serre-moi aussi.

— Je n'en ai pas envie.

C'était faux. En ce moment même, elle devait lutter pour ne pas se laisser aller.

— S'il te plaît, Faye.

— Tu perds ton temps.

Comme pour lui prouver le contraire, il déposa un baiser à la naissance de son cou. Une onde voluptueuse parcourut Faye qui rejeta la tête en arrière, en laissant échapper un faible gémissement.

— Je perds mon temps ? demanda-t-il en la soulevant dans ses bras.

Il quitta le gazon, franchit une allée de gravier et se

dirigea vers un banc de pierre, situé à l'ombre d'un arbre. Il s'assit sans la reposer. Puis il se tut quelques secondes et inspira profondément.

— J'ai repensé à ce que tu m'as dit la nuit dernière. Il est possible que je t'aie mal jugée…

— Pour ce qui est du chèque, c'est Percy qui a empoché l'argent, lui dit-elle de but en blanc. Tu as dû le rédiger à son ordre.

— Bien sûr. Je croyais que tu vivais avec lui et qu'il prendrait soin de toi…

— Ecoute, Percy ne s'est jamais occupé de moi. D'ailleurs, il n'était quasiment jamais à la maison quand nous étions enfants — quelques week-ends, tout au plus. Il ne s'occupait même pas de ma mère. Il se contentait de payer des gens pour le faire à sa place.

— Ce n'est pas l'image de la famille unie que vous donniez tous à l'époque où je t'ai rencontrée.

— Evidemment, qui laverait son linge sale en public ? Et ne me dis pas que tu n'avais pas remarqué que Percy était un sale type. Tu crois que je n'avais pas observé que tu faisais de ton mieux pour l'éviter ?

— Pourquoi diable ta mère a-t-elle épousé un tel individu ?

— Peut-être l'a-t-elle regretté… En tout cas, elle ne l'a jamais montré, répondit Faye en soupirant. Je dois reconnaître qu'il ne s'est jamais montré grossier à son égard. Tout ce que je sais, c'est que toute la fortune de ma mère a été engloutie durant ce mariage.

— Quoi qu'il en soit, je m'aperçois aujourd'hui que j'ai manqué à mes devoirs envers toi.

— En aucun cas ! Je n'ai jamais été ta femme. Et je n'ai plus envie de ressasser ces absurdités.

Sur ces paroles, elle repoussa ses bras, et se leva d'un

bond, oubliant qu'elle était pieds nus. Le gravier lui écorcha la plante des pieds.

— Aïe !

— Une princesse ne se plaindrait pas, commenta-t-il, un sourire en coin.

Faye se sentit pâlir et haussa les épaules.

— Je te souhaite de trouver cette perle rare un jour… En attendant, si tu étais un gentleman, tu irais me chercher mes chaussures.

Pour toute réponse, Tareq pressa ses lèvres contre les siennes et l'embrassa avec une ardeur qui la laissa pantelante. Puis il alla chercher ses sandales.

— Tu es comme Cendrillon, déclara-t-il d'un ton badin, en les passant à ses petits pieds.

— Non, Cendrillon a un prince… Moi j'ai hérité du crapaud.

— Je te demande pardon ?

— Tu m'as bien comprise.

Tareq éclata de rire et lui offrit son bras pour la raccompagner à l'intérieur du palais.

— J'ai l'intention de te conduire dans ma chambre, de te débarrasser de tes vêtements le plus vite possible et de te faire sauvagement l'amour, déclara-t-il le plus naturellement du monde.

— Le devoir m'appelle, essaya de plaisanter Faye qui sentit ses joues s'empourprer.

Tareq la dévisagea avec étonnement.

— Tu as changé.

— Pourquoi ?

— Tu prends la situation avec plus de légèreté.

— Ça t'est difficile à accepter ? demanda-t-elle en haussant les épaules. Ta vengeance n'a plus si bon goût si je cesse de me lamenter ?

— Je ne songe plus à me venger…

— Ça m'est égal. Je me considère maintenant en vacances prolongées.

Quelques minutes plus tard, Faye quitta ses chaussures et s'allongea sur le lit.

— Tu veux bien ôter cet anneau à présent ? demanda-t-elle à Tareq en lui présentant sa cheville.

Il la fusilla du regard.

— J'aime te voir le porter.

— Tout le temps… Partout ?

Sans mot dire, il retira sa veste et défit sa cravate. Manifestement, sa requête l'avait irrité.

— Tu essaies de me provoquer ?

— Tu t'attendais que je te sois éternellement soumise ?

Tareq acheva de se dénuder et s'allongea à son côté. Le soleil, filtré par les jalousies des fenêtres, auréolait de lumière sa peau couleur de bronze. La gorge de Faye se serra.

Profite du moment présent, songea-t-elle fiévreusement.

— Tu ne peux pas lutter, tu es mienne, murmura-t-il, plus séduisant que jamais.

— Tant que je te voudrai encore, s'entendit-elle répondre.

Tareq, qui détachait un à un les boutons de sa robe, suspendit son geste. Sous le velours de ses cils, ses yeux brillaient de tous leurs feux. Un sourire sensuel illumina son visage.

— Je n'ai pas l'intention de te lasser dans le futur proche.

— C'est ce que tu penses.

Il écarta les pans de sa robe avec une infinie délicatesse et découvrit sa nudité comme si elle était le plus précieux des joyaux. Elle ne portait pas de soutien-gorge.

— Tu es belle, murmura-t-il en effleurant la pointe

de ses seins. Pas étonnant que j'aie eu tant de mal à me concentrer, hier soir.

Un long frisson la parcourut. Attention, elle ne devait pas se montrer trop enthousiaste, cette fois-ci. Mais il prit possession de sa bouche avec une avidité telle qu'elle crut perdre la raison. En proie à un délicieux vertige, elle s'agrippa à lui.

— Nous sommes ensemble, pour le moment, c'est tout ce qui compte, fit-il.

Un tendre baiser ponctua sa remarque. Faye oublia son chagrin et donna libre cours à sa passion en lui répondant avec toute l'ardeur dont elle était capable. Elle l'aimait, le désirait. Avec audace, elle laissa glisser ses mains le long de son corps musclé.

— Tu me rends fou ! s'écria Tareq d'une voix rauque.

Sans attendre, il prit possession de son corps et lui procura un plaisir sauvage. Elle s'adonna corps et âme à la fièvre de cet instant jusqu'à ce que l'extase la ravisse. Lorsqu'elle reprit conscience, elle eut l'impression de ne former qu'un seul être avec Tareq.

— Tu es extraordinaire, murmura-t-il doucement.

— Toi aussi…

— Je ne te laisserai peut-être jamais partir.

Faye lui adressa un sourire mystérieux, enfin consciente du pouvoir qu'elle exerçait sur lui.

— Devine où je suis ? demanda Tareq au téléphone.

Le téléphone portable qu'il lui avait donné pour qu'ils puissent se joindre directement ne la quittait pas de la journée et lui donnait l'impression d'être la femme la plus désirée du Jumar. Et dire que deux semaines auparavant, elle l'avait traité de crapaud ! Depuis, il s'était transformé en prince charmant.

— Sur le chemin de la maison ? répondit-elle, pleine d'espoir.

— Non.

Son sourire se figea sur ses lèvres.

— Tu rentres dans combien de temps ? Où es-tu ?

— Je serai là très vite.

Faye reposa le téléphone d'une main tremblante et jeta un coup d'œil aux enfants. C'était bientôt l'heure de leur sieste. Elle venait de partager un pique-nique avec eux et ils se reposaient à présent sur des nattes étendues à l'ombre des arbres. Hayat s'agrippa à Faye et lui donna un baiser tout collant. Basma était déjà sur ses genoux, avec Rafi. Quand Tareq n'était pas là, elle leur consacrait tout son temps. En revanche, s'il était au palais, elle savait qu'il passait les premières heures de la matinée et les dernières heures de l'après-midi en leur compagnie, et se gardait bien d'être présente. Aussi difficile que ce fût à admettre, l'éducation de ces enfants ne la regardait pas.

Tareq se doutait-il qu'elle occupait ses journées à jouer avec les enfants ? Comme il n'avait pas abordé ce sujet, elle ne lui en parlait jamais. D'ailleurs, les quelques rares fois où elle avait essayé de parler de Rafi, il avait rapidement mis un terme à la conversation. Malgré tout, elle était quasiment sûre que le petit garçon avait parlé d'elle à son grand frère.

De toute façon, lorsqu'elle était seule avec Tareq, plus rien n'existait. Ils vivaient une passion d'une intensité telle qu'elle se sentait pleinement heureuse. Evidemment, si elle pensait à l'avenir, son humeur s'assombrissait, car elle était plus amoureuse de lui que jamais. C'est pour cela qu'elle préférait vivre au jour le jour.

Plongée dans ses rêveries, elle sursauta quand ses deux suivantes tombèrent subitement à genoux. Levant la tête, elle aperçut Tareq quelques mètres plus loin. Ainsi, il avait voulu la surprendre en lui disant qu'il n'était pas sur le chemin de la maison, car en réalité, il était déjà arrivé !

En posant les yeux sur le tableau qu'elle formait avec les enfants, il ne put cacher son étonnement. D'un geste de la main, il congédia les domestiques.

— J'ignorais que vous étiez aussi proches tous les quatre.

Sans crier gare, Rafi quitta les genoux de Faye et se mit à crier quelque chose en arabe à Tareq qui se raidit aussitôt.

— Arrête, Rafi ! le pressa-t-elle, affolée.

L'enfant se jeta alors dans ses bras et se mit à sangloter bruyamment. Les jumelles fondirent en larmes à leur tour, en se serrant contre elle.

— J'ai comme l'impression que tu t'es rendue indispensable, commenta Tareq d'un ton sardonique. Est-ce un calcul de ta part ?

Sur ces mots, il tourna les talons et regagna le palais.

— Qu'as-tu dit, Rafi ? demanda Faye dans un murmure.

— Tu es ma maman secrète… Si tu pars, je viens avec toi, répondit le petit garçon dans un hoquet.

Puis il alla se blottir au creux de son épaule pour être consolé.

Chapitre 9

Faye retrouva Tareq dans un des salons du rez-de-chaussée.

— Tareq…, l'appela-t-elle timidement, du pas de la porte.

Ce dernier fit volte-face, dévoilant un visage dénué d'expression.

— Es-tu parvenue à apaiser l'hystérie que mon apparition a déclenchée ?

— Les enfants font la sieste à présent… Tareq, je croyais sincèrement que Rafi t'avait raconté qu'il passait beaucoup de temps en ma compagnie ; j'étais à mille lieues de penser qu'il me considérait comme une nouvelle mère.

— Je n'apprécie guère d'être traité comme le grand méchant loup, rétorqua-t-il sèchement. Basma et Hayat m'accueillent d'habitude avec de grands sourires.

— C'est ce qu'elles auraient fait si elles n'avaient pas été si fatiguées… Tout est ma faute.

A sa grande surprise, Tareq éclata de rire.

— Ce n'est pas comme ça que je décrirais la situation. Ces dernières semaines, j'ai pu constater les progrès dans le comportement de mon petit frère, mais je pensais qu'ils étaient dus au départ de ses nurses.

— Lorsqu'elles sont parties, il était très malheureux. C'est sans doute pour cela qu'il s'est tourné vers moi.

— Ce qui l'a métamorphosé, continua Tareq. Ses

cris incessants et ses colères ont cessé. Je ne me suis pas demandé pourquoi. Son comportement était un gros souci pour moi…

— Tu devais sans cesse le rappeler à l'ordre, je sais, ajouta-t-elle. Je me rends compte à présent que j'ai agi de façon égoïste en laissant les enfants s'attacher à moi.

— Je suis stupéfait que vous vous soyez liés à ce point derrière mon dos, fit remarquer Tareq.

— Si j'ai nui à ta relation avec ton frère, j'en suis désolée.

— Non. Rafi est beaucoup plus détendu avec moi depuis qu'il a sa maman secrète…

— C'est un enfant très tendre.

— Et toi, une femme très affectueuse. Quelle ironie que je sois le dernier à m'apercevoir que tu aimes tant ces enfants !

Tareq avait prononcé ces paroles sur un ton dubitatif, comme s'il dissimulait une arrière-pensée. Un soupçon traversa alors l'esprit de Faye. La suspectait-il d'avoir gagné l'affection de ces innocents dans l'espoir qu'il l'épouse ? Pensait-il qu'elle s'était fait aimer des petits pour l'empêcher de rompre avec elle ? A cette pensée humiliante, elle pâlit.

— A vrai dire, je n'aurais jamais imaginé que quelqu'un réussirait à apaiser cet enfant. La plupart des femmes auraient tout bonnement fui en voyant Rafi, déclara-t-il en serrant ses mains dans les siennes. Mais tu as un grand cœur…

— Et peu de bon sens… Je n'ai pas envisagé les choses dans le long terme.

— Tu n'as jamais rien vu à long terme, dit-il en regardant avec fascination leurs mains unies. De mon côté, je suis un homme très décidé dans la plupart des domaines… Mais j'ai eu du mal à me résoudre à divorcer.

— Quand l'as-tu fait ? s'enquit-elle à mi-voix.

Tareq respira profondément.

— En fait, je n'ai jamais divorcé, répondit-il au bout d'un laps temps interminable.

— Pardon ?

Elle chercha son regard pour s'y perdre. En cet instant, comprendre la portée de ces paroles relevait du défi.

— Je ne voyais pas l'intérêt de te le dire avant alors que je pensais que je finirais par m'y résoudre.

— Tu n'as pas divorcé ? reprit-elle en faisant un effort pour parler.

Un frisson glacé la parcourut des pieds à la tête.

— Tu es toujours ma femme… Il n'en a jamais été autrement.

Les jambes de Faye se transformèrent en guimauve. Elle devait lutter pour rester debout.

— Je crois que j'ai attrapé une insolation, murmura-t-elle.

Tareq la conduisit jusqu'au divan.

— Tu es toute pâle.

Lentement, elle commençait à comprendre ce qu'il venait de lui révéler.

— Le jour de la tempête de sable, j'ai ordonné que la presse annonce que tu étais ma femme. Je n'avais pas le choix : il fallait que je justifie ta présence à mes côtés. Si je n'avais pas dit la vérité à mon peuple, j'aurais créé un terrible scandale et sali ta réputation.

— La vérité… Je pensais que tu disais toujours la vérité, marmonna Faye, choquée.

— Récemment, j'ai pu m'apercevoir qu'il est très difficile de révéler la vérité quand on l'a si longtemps évitée.

— Tu m'as menti.

— Non, je ne t'ai jamais dit que nous avions divorcé.

— Tu savais que je le croyais.

— Si tu m'avais posé la question directement, je ne t'aurais pas menti.

— Quand je l'ai fait, tu m'as répondu « pas à ce moment-là », lui rappela-t-elle. Et comment t'y es-tu pris pour expliquer à ton peuple que tu avais une épouse sortie de nulle part ?

— J'ai expliqué que nous nous étions mariés l'année dernière, à Londres. Les gens penseront que j'ai retardé le moment de concrétiser cette union parce que j'étais en deuil. J'ai honte, bien sûr.

Il n'aurait pas à supporter cette situation très longtemps. Ne lui avait-il pas dit que la procédure de divorce dans son pays était des plus simples ? Tout ce qu'elle n'avait pas compris jusqu'alors devenait limpide à présent.

— La réception à laquelle j'ai assisté dans le désert était organisée pour célébrer le mariage, déclara-t-elle. Et ni toi ni personne ne m'en a dit un seul mot ! Pourquoi n'ai-je pas deviné ?

— Selon le protocole, c'était à toi de leur en parler en premier. A vrai dire, je pensais que tu aurais compris.

— Je me souviens que tu étais furieux de devoir me présenter officiellement. Aussi as-tu préféré me laisser croire que j'étais une maîtresse que tu exhibais aux yeux de tous, s'emporta-t-elle.

— Avec un peu de bon sens, tu aurais pu comprendre que je ne me serais jamais comporté ainsi avec une autre femme que ma propre épouse.

— Tu as préféré garder le silence pour éviter que j'aie le plaisir d'apprendre que j'étais ta femme. Eh bien, sache que je trouve ça vraiment dur, asséna-t-elle en détournant la tête.

— Faye ?

Tareq posa les mains sur ses épaules et la força à le regarder.

— Tu es un monstre d'orgueil ! s'écria-t-elle en le repoussant avec dégoût.

— Arrête ! ordonna-t-il en la saisissant de nouveau. J'ai commis des erreurs, tout comme toi. Mais, tout a changé entre nous au cours des dernières semaines. Je te veux comme épouse. Je serai fier d'être ton mari.

— Ah bon ? Depuis quand ? demanda-t-elle, furieuse. Tout ce temps, j'étais la seule à ignorer que j'étais ta femme. Je ne te pardonnerai jamais de t'être moqué de moi. J'en ai assez de toi ! Laisse-moi partir !

— Non ! Pas avant que tu me laisses tout t'expliquer et que tu sois plus calme.

— Plus calme ?

Faye leva la main et la laissa retomber sur la joue de Tareq. Il la lâcha aussitôt, et recula, manifestement aussi remué qu'elle. Abasourdie d'avoir perdu le contrôle d'elle-même, Faye se rendit compte que son geste était un crime de lèse-majesté.

Dans un silence accablant, Tareq la dévisageait, l'air impénétrable.

— Maintenant, tu as une raison pour me jeter en prison et te débarrasser de moi à tout jamais, lança-t-elle avant de se précipiter hors de la pièce.

Elle courait sans savoir où aller. Aveuglée par ses larmes et consciente que Tareq la suivait, elle emprunta au hasard un petit escalier en colimaçon, réservé d'ordinaire au personnel.

« Faye ! » entendit-elle non loin derrière elle.

Oubliant que l'escalier était raide, elle se tourna à moitié, et manqua une marche. En poussant un cri d'effroi, elle essaya de rétablir son équilibre, mais il était trop tard, elle était en train de tomber. Sa tête percuta le mur un peu plus bas. Elle ressentit une douleur aiguë et sombra dans une obscurité profonde et suffocante.

— Ce n'est qu'une vilaine bosse à la tête, Rafi… J'ai été stupide de courir dans cet escalier, dit-elle d'un ton rassurant, en caressant la main de l'enfant. Je vais bien et je suis contente d'être sortie de l'hôpital.

— Je peux rester ?

— Faye a besoin de se reposer pour le moment, murmura le prince en prenant son petit frère dans les bras. Tu la verras plus tard, c'est promis.

Faye n'osait pas regarder Tareq. Après son accident de la veille, elle avait repris conscience dans l'hélicoptère qui la transportait à l'hôpital de Jumar City. Là-bas, elle avait été examinée par trois spécialistes. D'après les explications de Tareq, elle avait compris qu'il avait réussi à amortir sa chute, lui évitant ainsi une blessure plus grave.

La nuit dernière, elle ne l'avait pas regardé une seule fois alors qu'il était resté dans sa chambre pour la veiller. Pas même lorsqu'il lui avait pris la main pour la supplier de lui pardonner. Ne plus poser les yeux sur lui était encore le meilleur moyen de ne pas souffrir.

Lorsque Rafi eut quitté la pièce, Tareq émit un faible soupir.

— Tu veux que je parte aussi ?

Fermant les yeux, elle acquiesça en silence. La porte s'ouvrit et se referma doucement. Elle fixait le plafond, incapable de pleurer. Pourquoi diable Tareq souhaitait-il rester son époux alors qu'il avait d'abord eu l'intention de divorcer ? L'idée qu'il se sente coupable au point de consentir à ce sacrifice lui était odieuse. Trêve de tergiversations ! Il n'y avait qu'une issue possible à cette situation : le divorce. A cette idée, son mal de tête redoubla d'intensité. Fermant les yeux, elle parvint à sombrer dans le sommeil.

Lorsqu'elle s'éveilla, deux heures plus tard, sa migraine était passée. Dans le miroir, elle examina la tache bleuâtre sur sa tempe droite. Heureusement, ses cheveux en cachaient une grande partie. Après avoir pris un bain et avalé un déjeuner léger, elle ouvrit son dressing pour se choisir une tenue.

Sa garde-robe, désormais gigantesque, occupait une pièce entière. Une semaine auparavant, Tareq avait fait envoyer de Paris des toilettes par douzaines. Des vêtements signés de grands couturiers qu'elle n'avait jamais vus qu'en photo dans les magazines de mode. La générosité du prince l'avait d'abord plongée dans l'embarras, mais finalement elle n'avait pu résister à la tentation de porter d'aussi belles robes. Elle arrêta son choix sur un élégant tailleur, dans les tons vieil or. Décidée à être belle pour demander le divorce à Tareq, elle enfila des escarpins à talons hauts. L'anneau de saphir ceignait toujours sa cheville. Même si elle n'avait jamais été pour lui qu'une distraction, elle espérait qu'il la regretterait.

Cette résolution en tête, elle descendit l'escalier pour s'apercevoir que Tareq n'était plus là. Un domestique lui apprit qu'il s'était rendu au palais de Haja. Il lui en fallait plus pour la décourager, aussi demanda-t-elle qu'on la conduise là-bas. Après une longue attente, une limousine fut avancée.

A sa grande stupeur, deux policiers à moto prirent place à l'avant du véhicule tandis que deux voitures l'escortaient à l'arrière. En ville, le chauffeur n'eut pas à respecter les feux de signalisation, car le trafic était interrompu à chaque intersection pour leur céder le passage. Faye, qui ne s'était pas doutée une seconde que sa requête allait déclencher un tel remue-ménage, comprit pour la première fois à quoi ressemblait la vie de l'épouse d'un prince. Le moindre de ses gestes prêtait à conséquence.

Latif l'attendait sur le perron. Il s'enquit aussitôt de son état de santé, manifestement soucieux et étonné qu'elle soit déjà sur pied.

En entrant dans le bureau de Tareq, Faye sentit les battements de son cœur s'accélérer. Debout à côté de la fenêtre, son visage était tendu. Il tourna la tête pour l'accueillir, dardant sur elle un regard troublant.

— J'ai appris avec étonnement ton arrivée ici. Tu es encore très pâle. Assieds-toi, dit-il avec sollicitude. Les médecins t'ont conseillé de te reposer quelques jours.

— Je préfère rester debout. Après tout, lors de ma première visite ici, tu ne m'as pas proposé de m'asseoir, rétorqua-t-elle, sur la défensive.

— Tu devrais mieux me connaître. Je n'avais pas l'intention d'être discourtois. J'étais sous le choc, c'est tout.

— Vraiment ? Je n'ai pas remarqué.

— J'étais stupéfait de découvrir que ma femme ignorait que nous étions mariés !

— Qu'importe, de toute façon !

— Je comprends ton amertume. Et maintenant, tu as l'intention de me dresser la liste de tous mes torts. Comme je l'ai fait avec toi. Et ma liste était longue, crois-moi. Tu ne m'as même pas écrit une lettre de condoléances à la mort de mon père — tu étais mon épouse, malgré tout. J'ai cru que tu étais sans cœur.

— J'ai pensé écrire, murmura Faye, qui avait pâli davantage. Mais comme je ne savais que dire, j'y ai renoncé.

— Tu ignorais que tu étais encore ma femme, lui rappela-t-il gentiment. Quand cet avion s'est écrasé six mois plus tard et que j'ai perdu mes proches, peux-tu imaginer ce que j'ai pensé de toi quand j'ai vu que tu ne m'avais toujours pas écrit ?

Ce récit bouleversa Faye, qui baissa les yeux, incapable de soutenir plus longtemps le regard de Tareq. Des larmes de compassion lui brouillèrent la vue. Pourtant, la situation venait de tourner à son désavantage.

— Je n'étais pas au courant…

— Je le sais. Je ne voulais pas te faire de la peine. Je voulais juste prouver que la fierté et la colère sont responsables de terribles malentendus. Evitons que cela ne se reproduise puisque nous avons déjà surmonté toutes ces barrières.

A ces mots, l'amour-propre de Faye s'enflamma.

— Déjà ? Et peux-tu me dire à quel moment ce miracle s'est produit ?

— Faye… si tu m'aimes, il n'y a aucun obstacle qui ne puisse être surmonté.

Elle ressentit alors une colère terrible. Venue ici avec la ferme intention d'exposer sa vision des choses, elle supportait mal qu'on lui fasse la leçon.

— Le problème est que je ne t'aime plus, asséna-t-elle. Tu m'as fait découvrir les joies de la sexualité… c'est tout !

Tareq posa sur elle un regard indéchiffrable, mais elle remarqua néanmoins qu'il avait pâli.

— Je suis ravi de t'avoir donné satisfaction dans ce domaine, dit-il sèchement.

— Je viens demander le divorce.

— Tu ne pouvais pas attendre que je sois rentré à au palais ?

— Tareq…

— Je n'ai pas l'intention de poursuivre cette conversation dans mon bureau. Rentre au palais.

Cet ordre glacial la terrifia. Tareq passa devant elle et ouvrit la porte d'un geste sec. Serrant les poings, elle avança jusqu'au seuil.

— Latif, Son Altesse préfère rentrer à la maison avant l'heure des embouteillages, décréta Tareq avant de refermer la porte.

Abasourdie de s'entendre appeler « Son Altesse », Faye manqua de bousculer Latif dans le couloir. Le vieil homme l'escorta jusqu'à l'entrée.

— Suis-je une princesse ? ne put-elle s'empêcher de demander, en rougissant aussitôt de sa question.

— A partir de maintenant, oui, l'informa Latif d'un ton respectueux. Seul le prince a le pouvoir de donner ce titre. Vous n'êtes que la seconde princesse dans l'histoire de notre pays.

— Vraiment ?

Latif semblait désireux de l'instruire à ce sujet qui devait lui être cher.

— La mère du prince a été la première à recevoir ce titre, mais à la naissance de son fils seulement. En cette époque plus moderne, je me réjouis que le prince Tareq vous honore de la sorte après votre mariage. Désormais, en public, vous aurez le droit de vous asseoir en présence du prince ou de marcher à côté de lui sans lui manquer de respect.

Faye ouvrit de grands yeux ébahis. Latif redressa les épaules de fierté.

— En vous donnant ce titre, le prince crée un précédent dans le monde oriental. Quel beau symbole !

Chapitre 10

Tareq ne rentra pas au palais de Muraaba avant 20 heures. Faye avait dîné avec les enfants et venait de leur raconter des histoires pour les endormir. Ces petits rituels l'avaient apaisée et elle se sentait plus calme à présent.

Tareq entrouvrit la porte du salon et lui sourit comme si de rien n'était.

— Je vais prendre une douche… Je te rejoins bientôt. Tu peux m'accompagner si tu veux.

Elle prit sur elle pendant dix minutes et finit par aller le retrouver. La porte de la salle de bains était grande ouverte. Tareq qui venait de fermer les robinets de la douche sortit de la cabine en rejetant ses cheveux en arrière.

— Pourquoi n'as-tu pas divorcé il y a un an ? demanda-t-elle sans attendre.

— Je ne voulais pas rompre ce dernier lien, aussi ténu fût-il. Et j'ai bien peur d'avoir de mauvaises nouvelles au sujet de ce fameux divorce.

— Que veux-tu dire ?

— Il y a quelque temps de cela, une enquête confidentielle a été menée à ce sujet. Ce soir, j'ai appris des choses que j'ignorais. Aucun de mes ancêtres n'a jamais demandé le divorce. De ce fait, il n'existe pas de loi permettant au souverain de divorcer.

— Mais tu m'avais dit qu'il suffisait de répéter trois fois…, commença Faye, interloquée.

— C'est possible pour mes sujets, devant un juge. Pas pour moi. Evidemment, ce jour-là à l'ambassade, je l'ignorais. J'étais très en colère, je ne savais pas ce que je disais, reconnut-il, avant de serrer les lèvres.

— Tu dois être capable de trouver un moyen.

— Les législateurs trouveraient sûrement un arrangement, en effet, mais… je n'ai pas envie de divorcer, déclara-t-il en dardant sur elle un regard pénétrant.

— Pourtant, tu as demandé que l'on fasse ces enquêtes pour toi.

— C'est mon père qui a voulu se renseigner.

— Ton père !

— Je n'avais pas la moindre idée qu'il envisageait de divorcer, mais c'était manifestement le cas. Latif me l'a confirmé cet après-midi.

Tareq la rejoignit en deux enjambées et posa les mains sur ses épaules. Puis il la conduisit jusqu'à la chambre.

— Je te le répète… Je ne veux pas divorcer. Tu veux bien m'écouter cette fois-ci ?

— Mais nous ne pouvons pas rester ensemble. Je peux très bien rentrer chez moi avant que notre séparation soit officielle. Ça ne me dérange pas si ça prend du temps.

— Faye, jusqu'à hier, tu étais heureuse. Il n'y a aucune raison que cela cesse.

— Heureuse dans le rôle de ta maîtresse ?

— Il me semble que ce statut t'a beaucoup plu ces derniers temps.

Il y avait une part de vérité dans les propos de Tareq et elle sentit ses joues s'enflammer.

— Faye, reprit-il, je tiens à toi et je n'ai pas envie de te perdre ; cependant, tu mets ma patience à rude épreuve.

— Parce que tu n'as pas mis la mienne à l'épreuve en me soupçonnant d'avoir pris part au chantage de Percy ?

— Je ne te juge plus à présent. Il y a un an, tu souhaitais être ma femme plus que tout au monde parce que tu m'aimais. J'ai décidé d'oublier le passé, de tout pardonner. Tu me crois sans cœur ? Tu penses que je n'ai pas senti que tu étais sincère ? Et puis, il faut que tu saches que lorsque je t'ai rencontrée à Londres, j'ai tout de suite voulu que tu deviennes ma femme.

Tareq avait donc prévu de l'épouser avant que Percy ne le fasse chanter ? Faye n'avait jamais autant voulu croire en ses paroles, mais elle ne devait pas faiblir.

— Pourtant, tu as refusé de me croire, lança-t-elle d'une voix âpre. J'ai le droit de te quitter.

— De quel droit parles-tu ? Pense à Rafi qui aura plus de mal que moi à supporter de perdre une nouvelle fois quelqu'un qu'il aime ! s'écria-t-il. Avant de faire tes bagages, tu vas lui expliquer pourquoi tu décides de partir après lui avoir appris à t'aimer. Ne compte pas sur moi pour le faire à ta place !

A le voir faire les cent pas dans la pièce, visiblement dégoûté par son attitude, la colère de Faye s'évanouit. Ses jambes s'affaiblirent et elle s'assit au pied du lit. En un éclair, elle revit les dernières vingt-quatre heures. Elle se souvint qu'elle l'avait ignoré la nuit où il était resté à son côté à l'hôpital. Durant tout ce temps, elle avait agi comme une enfant gâtée, pourtant il ne lui avait pas adressé le moindre reproche. Quand il lui avait demandé pardon, elle n'avait pas daigné lui répondre, préférant ruminer son ressentiment. Une vraie mégère… Quant à son attitude au palais de Haja, elle lui semblait encore moins pardonnable.

Elle aimait Tareq. Mais, ces dernières heures, sa fierté

avait pris le pas sur tout le reste. Il avait profondément blessé son orgueil. Avant ce jour, il ignorait que divorcer lui serait si difficile. C'est pour cela qu'il y avait renoncé. Sans compter qu'il devait penser aux enfants.

— Tareq…, murmura-t-elle d'une voix hésitante.

— Qu'y a-t-il ?

Au ton de sa voix, il était évident qu'il se préparait à riposter contre une nouvelle attaque.

— Euh… rien.

— Tu n'as plus rien à me dire ?

— Je ne veux pas faire souffrir Rafi, Basma et Hayat, répondit-elle calmement.

— Si tu as l'intention de partir, fais-le maintenant. Plus tu attendras, plus ce sera dur pour les enfants, dit-il en reprenant péniblement son souffle. Je n'ai rien à ajouter.

Un silence chargé d'électricité tomba entre eux. Une peur terrible s'empara de Faye.

— Je suis désolée d'avoir perdu mon sang-froid, dit-elle, la bouche sèche.

Tareq ne répondit pas. Elle le regarda enfiler un jean qui mettait en valeur ses jambes musclées et passer un T-shirt vert foncé. C'était la première fois qu'elle le voyait dans une tenue si décontractée. Il ne la regardait plus, et d'un seul coup elle eut l'impression d'être invisible. L'air sombre, il semblait plongé dans ses pensées.

— Je suis désolée… pour tout, répéta-t-elle, furieuse de ne rien trouver de mieux à dire.

— Je suis désolé, tu es désolée, les enfants le seront aussi, décréta Tareq sans tourner la tête.

Puis, il prit la direction de la porte, les épaules droites et la tête haute. Faye comprit qu'il allait partir sans ajouter un mot. Elle lui avait parlé avec rudesse et il avait gardé son calme pour lui expliquer sa vision des choses. Seulement, comme il avait compris que cela ne le mènerait nulle part, il avait décidé de partir.

— Tareq ? proféra-t-elle d'une voix mourante.

— J'aimerais trouver quelque chose de profond à dire, déclara-t-il en posant la main sur le chambranle de la porte. Mais notre relation n'a été qu'une succession d'erreurs, et je reste sans voix. *Inch Allah !* A la grâce de Dieu !

La gorge de Faye se serra douloureusement, elle ne trouvait rien à ajouter. Si seulement elle avait su tenir sa langue, un peu plus tôt !

Tareq ouvrit la porte et s'arrêta.

— Que vais-je faire de la jument ?

— Quelle jument ?

— C'était une surprise. Delilah, la jument que tu as dû vendre l'année dernière : après une petite enquête, je l'ai retrouvée dans un club d'équitation… Le problème, c'est qu'elle est en route vers le Jumar, à présent… Ne t'inquiète pas, je vais m'en occuper.

Cette révélation inattendue la stupéfia. Lorsqu'elle se remit de cette émotion, elle s'aperçut que Tareq était parti et décida de le rattraper. Mais il avait bel et bien disparu.

Elle téléphona à Latif qui répondit de manière évasive à ses questions, avant de lui proposer de la rejoindre au palais de Muraaba.

— Ne vous inquiétez pas, le prince est en sécurité, l'informa-t-il à son arrivée.

— Je veux juste savoir où il est, c'est tout.

— Il y a quelques endroits où Son Altesse se rend lorsqu'elle souhaite être seule. La solitude est un luxe pour le prince. Il est peut-être sur la plage ou dans le désert. Il lui arrive même d'aller en ville et de marcher dans les rues, comme un sujet ordinaire.

— Comment peut-il être en sécurité si vous ignorez où il se trouve ?

Latif baissa les yeux et examina le tapis en silence.

— Il n'est jamais vraiment seul, n'est-ce pas ? demanda Faye.

Elle se sentit à la fois soulagée et désolée pour Tareq.

— Il est toujours sous surveillance ?

— Le prince endosse les responsabilités les plus lourdes sans se plaindre, répondit ce dernier. Et malgré sa jeunesse, il n'a pas connu la liberté dont a joui son père. Il ne la connaîtra d'ailleurs jamais… Le monde a tant changé. Mais si Votre Altesse insiste pour savoir où il est, il est bien sûr de mon devoir de lui répondre.

— Non, je ne veux plus le savoir, répondit Faye. En ce qui me concerne, nous n'avons jamais eu cette conversation.

Elle raccompagna Latif jusqu'à la porte du palais. C'était le moins qu'elle pouvait faire après avoir mis le vieil homme dans une position si délicate.

— L'année passée fut une épreuve pour nous tous, mais ces dernières semaines, tout a changé, murmura-t-il avec le tact qui le caractérisait.

— Ce sera un changement définitif, promit-elle d'une voix tremblante.

Puis, elle alla se coucher sans parvenir à trouver le sommeil. Latif venait de lui donner une nouvelle clé pour comprendre l'homme qu'elle avait épousé. De toute évidence, Tareq s'isolait lorsqu'il était à bout. A cette idée, des larmes brûlantes lui montèrent aux yeux. Allait-elle renoncer à lui ? Impossible.

Peu avant l'aube, Tareq se glissa dans la chambre en silence. Immobile dans son lit, Faye retint son souffle. Il partit se doucher et elle se demanda s'il avait seulement remarqué sa présence. Lorsqu'il revint, la lueur diaphane de la lune éclaira son corps nu. Elle hasarda un coup d'œil de son côté.

— Ta respiration est plus profonde quand tu dors, chuchota-t-il en la rejoignant sous les draps. J'ai su que tu étais éveillée au moment où je suis entré dans la chambre.

La main de Tareq frôla la sienne. Il ne lui en fallut pas plus pour se blottir dans ses bras. Aussitôt il la serra contre lui de toutes ses forces. Elle pouvait sentir les battements de son cœur contre sa poitrine.

— Les mots sont inutiles, murmura-t-elle.

— Nous risquerions un nouveau quiproquo, répondit-il en l'enlaçant de plus belle. Mais la curiosité me ronge : que t'a dit Latif ?

— Tu savais qu'il était là ?

Tareq émit un rire grave.

— J'ai plus d'un tour dans mon sac.

— Je me faisais du souci pour toi… C'était vraiment stupide.

— Une marque d'intérêt, corrigea Tareq d'une voix apaisante. J'aurais aimé aller sur la plage pour nager. Mais, ils auraient dû envoyer les plongeurs et je crains toujours que l'un d'entre eux n'ait un accident.

— Alors, tu sais les repérer ?

— Ils sont si nombreux que j'ai parfois l'impression que l'on a organisé une réception à mon insu. Mais ces gardes du corps se font un honneur de passer inaperçus.

— Ce n'est pas très amusant pour toi.

Tareq la regarda intensément. Dans la lumière du jour naissant, ses yeux prenaient un éclat argenté.

— J'ai roulé toute la nuit pour réfléchir…

— Ne réfléchis pas, le supplia-t-elle.

— Tu restes.

Ce n'était pas une question.

— Oui.

— Un autre te laisserait peut-être le choix, mais je ne me sens pas capable d'une telle générosité.

Il s'allongea sur le dos et l'attira sur lui, moulant de ses mains la courbe de ses hanches. Une onde voluptueuse la fit frissonner.

— Je veux un oui définitif.

— Oui, répondit-elle avec gravité.

Tareq pencha la tête et elle entrouvrit les lèvres en fermant les yeux pour recevoir son baiser.

Chapitre 11

Trois jours plus tard, Faye assista à sa première réunion officielle en compagnie de Tareq. Un centre pour enfants en difficulté scolaire venait d'être construit et Tareq devait inaugurer le bâtiment.

— Mais personne ne s'attendra à me voir, avait objecté Faye.

— Nous sommes mari et femme, je te le rappelle. Tout le monde attend avec impatience de te voir. Cependant, si tu tiens à rester dans l'ombre, je respecterai ton souhait.

— Vraiment ?

— La mère de Rafi ne faisait jamais d'apparition publique. C'était une femme conservatrice qui refusait par principe de prendre part à la vie du pays. Les femmes du Jumar n'appréciaient guère son attitude. Si tu veux mon avis, je serais fier de te présenter à mon peuple.

Ces paroles encourageantes dissipèrent ses craintes. Lorsqu'elle s'aperçut que son rôle consistait à parler avec tout le monde, y compris les enfants, elle connut un moment de panique, cependant ses sourires et sa gentillesse eurent raison de la barrière de la langue. Quelques photographies furent prises avec la permission de Tareq. Au moment où l'on servait les rafraîchissements, elle reconnut Majida, la cousine de Tareq qui l'avait insultée. Profitant de ce que le prince bavardait avec quelqu'un, la ravissante jeune femme, vêtue d'un tailleur de brocart pourpre, s'approcha d'elle, tout sourires. Consciente que le protocole requérait que ce soit elle qui engage la conversation, Faye prit sur elle pour lui parler.

— J'imagine que vous vous êtes investie dans ce centre, dit-elle à tout hasard après les politesses d'usage.

— Oui, c'est moi qui ai collecté les fonds, répondit Majida. Je suis très connue ici pour mon engagement auprès des œuvres de charité.

Les yeux de la jeune femme étaient acérés comme des poignards.

— Que Votre Altesse me permette de la féliciter pour son attitude envers les enfants en bas âge, poursuivit-elle, mielleuse.

Soupçonnant un sarcasme, Faye se contenta de la remercier.

— Avec trois enfants à élever, il était naturel que le prince choisisse une femme très maternelle. Sans compter qu'il désire ardemment un fils. Dans ces conditions, vous étiez un meilleur choix que moi.

Sur ces paroles, Majida fit une révérence et disparut, laissant Faye pâle comme un linge. Les propos de la jeune femme l'avaient bouleversée. En l'espace de quelques secondes, elle avait anéanti son bonheur.

Car, évidemment, Faye pouvait difficilement la contredire. Tareq l'aurait-il épousée si elle n'avait pas été aussi proche de Rafi, de Basma et de Hayat ? Il prenait très à cœur le sort de ces enfants et n'avait sans doute pas hésité à se sacrifier pour eux.

D'un autre côté, même si Tareq désirait un fils, il avait toujours pris les précautions nécessaires pour qu'elle ne tombe pas enceinte. Mais peut-être était-ce parce qu'il ne lui faisait pas encore suffisamment confiance ? Il préférait sans doute s'assurer de la stabilité de leur mariage avant d'avoir un enfant avec elle.

A l'autre bout de la pièce, elle aperçut Tareq en grande conversation avec Majida. Faye n'osait imaginer les sous-entendus perfides que cette femme était en train de proférer. Tareq s'en apercevrait-il ? Les hommes étaient si faciles à manipuler ! Mais lorsqu'elle tourna de nouveau son regard dans leur direction, elle constata que Majida, incroyablement pâle, était sur le point de quitter la salle.

Dans la limousine qui les ramenait au palais de Muraaba, Tareq lui fit un baisemain, en lui adressant un clin d'œil plein de tendresse.

— Tu as été merveilleuse. J'étais très fier de toi.

— J'espère que tes sujets ne s'attendent pas que je marche dans les pas de ta mère. Je ne voudrais pas les décevoir.

— Tu n'as aucun souci à te faire.

En la voyant acquiescer, l'air peu convaincu, il éclata de rire.

— Ma mère était une femme extraordinaire, mais pas une sainte. Il lui arrivait de se montrer un tantinet agressive pour défendre une cause chère à son cœur. Sa franchise blessait souvent les gens… On lui pardonnait à cause de sa chaleur et de sa gentillesse. Tu as les mêmes qualités, sauf que tu n'as pas l'intention de changer le monde entier du jour au lendemain.

Touchée par la sincérité de Tareq et par son compliment, elle se sentit bien mieux.

— Ma cousine ne te nuira plus, ajouta-t-il le plus calmement du monde. J'ai été très contrarié de l'entendre te parler sur ce ton.

— Tu as entendu ce qu'elle m'a dit ?

— J'écoutais délibérément votre conversation. Je me doutais déjà que c'était elle qui t'avait insultée le soir de nos noces dans le désert.

Faye ouvrit de grands yeux étonnés, ce qui parut amuser Tareq.

— Je connais bien ma famille. Seule Majida était susceptible de déplorer l'arrivée d'une épouse aussi jeune et jolie que toi. Tous les autres attendaient mon mariage avec impatience.

— Je pense qu'elle briguait ma place.

— Les mariages entre cousins sont fréquents en Orient, mais pas dans ma famille.

— Si tu avais voulu l'épouser, tu n'aurais donc pas pu…

— Exact. De plus, Majida n'est pas mon genre. C'est une jeune femme prétentieuse et jalouse. Désormais, elle te témoignera le respect qu'elle te doit.

— Tu n'avais pas à intervenir.

— Oh ! si ! Quand j'ai vu que tu ne te défendais pas, je me suis dit que ton attitude était typiquement féminine.

— Je ne comprends pas.

— Tu n'hésites pas à me remettre à ma place, mais tu n'oses pas avec Majida.

— J'essayais de rester digne, protesta-t-elle.

Tareq lui passa le bras autour des épaules et l'attira à lui.

— Je doute que cette situation se reproduise de toute façon et je te présente mes excuses pour l'attitude de ma cousine.

— Tu n'y es pour rien.

Elle se demandait néanmoins ce qu'il avait dit à cette dernière.

Le téléphone de la voiture sonna. Tareq décrocha en soupirant. Au bout de quelques secondes, les traits de son visage s'assombrirent. Se sentant soudain angoissée, Faye se redressa sur la banquette.

— Que se passe-t-il ? demanda-t-elle dès qu'il eut raccroché. Il ne s'agit pas des enfants, au moins ?

— Non, la rassura-t-il aussitôt. Mais prends des forces et tâche de rester digne une fois de plus. On dirait que nos familles respectives s'acharnent à nous embarrasser, aujourd'hui.

— Comment…

— Ton beau-père s'est rendu au palais et Latif a besoin que l'on vienne à sa rescousse.

— Percy est là ! s'écria Faye qui n'en croyait pas ses oreilles.

— Que vais-je faire de lui ? se demanda Tareq avec décontraction. Je pourrais toujours le jeter en prison pour le simple motif qu'il n'a pas été invité. Cela ne le surprendrait pas puisqu'il a l'air de croire que le Jumar est un pays peuplé de sauvages. Cependant, j'ai bien peur de le décevoir.

Ce trait d'humour noir ne parvint pas à décontracter Faye. Elle redoutait une nouvelle rencontre entre Tareq et Percy.

— Ne t'inquiète pas. Je vais m'occuper de lui…, dit-elle.

— Je ne m'inquiète pas du tout. Pour tout dire, j'ai hâte de le rencontrer, ajouta-t-il en souriant. Contrairement à Majida, Percy est très divertissant, à sa manière.

De son côté, Faye se disait qu'il n'y avait que son beau-père pour avoir l'audace de s'inviter chez un homme qu'il avait fait chanter.

— Je me demande ce qu'il veut, s'interrogea-t-elle à voix haute.

— Ton adorable frère vient peut-être de s'apercevoir que tu avais disparu.

— Ce n'est pas très gentil de dire ça, Tareq…

— J'en ai assez de t'entendre constamment demander s'il y a une lettre pour toi. Ta famille ne te mérite pas.

Décidément, rien ne lui échappait, même s'il se dispensait de faire des commentaires sur le coup. Bien sûr, elle s'était inquiétée de ne recevoir aucunes nouvelles d'Adrian. Supposant que ce dernier avait dû s'installer chez Percy avec sa petite famille, elle avait laissé plusieurs messages sur le répondeur, mais personne ne l'avait jamais rappelée. La lettre qu'elle avait envoyée était restée sans réponse également.

— Adrian n'est pas très doué pour ce genre de choses, comme tous les hommes, rétorqua-t-elle, sur la défensive.

— Il te doit sa liberté.

— Il ne sait pas comment je l'ai obtenue.

— Même un sot aurait fait le rapprochement.

— Je me chargerai de Percy seule, répéta-t-elle lorsqu'ils furent arrivés. Mais je ne comprends pas pourquoi Latif l'a conduit jusqu'ici.

— Tu imagines ton beau-père en train de vociférer des horreurs sur le Jumar au beau milieu du palais de Haja ? Il aurait pu provoquer une émeute.

Latif les attendait dans le hall du palais. Après avoir respectueusement salué Faye, il s'adressa en arabe à son souverain.

— Latif vient de m'apprendre que Percy a gagné une grosse somme d'argent au loto, annonça Tareq. Il a fallu que la chance sourie à celui qui le méritait le moins.

Cette nouvelle la remua profondément, mais elle savait que Percy était moins dangereux fortuné que sans le sou. En apprenant qu'il était au Jumar, elle s'était dit qu'il avait appris leur mariage d'une manière ou d'une autre et qu'il venait de nouveau réclamer de l'argent.

Dans le grand salon, Percy était en train de soulever un vase ancien pour en examiner la signature. Il le reposa à leur entrée, sans paraître gêné le moins du monde.

— J'admirais le fruit de quatre cents ans de guerres et de pillages. Pas étonnant que vous vous attaquiez tous en permanence, déclara-t-il d'un ton envieux.

Choquée par la grossièreté de ses propos, Faye aurait voulu disparaître sous terre.

— Bienvenue au palais de Muraaba, Percy, répondit Tareq en souriant. Vous avez tout à fait raison, mes ancêtres étaient des gens impitoyables.

— Je savais que vous ne me tiendriez pas rigueur de ma franchise, Tareq. Vous êtes un homme d'affaires, comme moi.

Ses petits yeux se posèrent sur Faye.

— Tu es magnifique, ma grande. A présent, sois une chic fille et laisse-nous. J'ai des affaires personnelles à régler avec Son Altesse.

— Je n'irai nulle part, asséna-t-elle en croisant les bras.

— Tu risques d'être surprise.

— Comment va Adrian ? Pourquoi n'ai-je eu aucunes nouvelles ? demanda-t-elle en ignorant ses propos.

— Je l'ai envoyé quinze jours en Espagne, avec Lizzie et les enfants. Il ne sait pas que tu es ici. Bon, je ne vais pas tourner autour du pot plus longtemps.

Il prit l'expression de celui qui a une annonce importante à faire et marqua une pause pour ménager son effet.

— Je ramène Faye à la maison, Tareq.

— Comment ? s'écria cette dernière.

Sans plus de cérémonie, Percy posa un chèque sur la table qui se trouvait à côté de lui.

— Je suis sûr que le vieux Latif vous a parlé de ma chance à la loterie. Voilà donc tout ce que je vous dois.

Tareq arqua des sourcils impérieux.

— Vous êtes venu rembourser la dette d'Adrian ?

— Et l'argent que vous avez déboursé pour faire garder le silence à Faye, le jour de cette comédie à l'ambassade, poursuivit Percy en faisant un clin d'œil.

— Je suppose que vous voulez parler de notre mariage.

— Appelez ça comme vous voulez...

— Vous m'avez fait chanter, lui rappela Tareq.

— Allons, vous savez que c'est faux, répliqua Percy sans se départir de sa bonne humeur. Je n'ai fait que vous demander de quoi vous auriez l'air, si les journaux racontaient qu'un homme de votre importance avait essayé de profiter d'une enfant.

— J'avais dix-neuf ans, intervint Faye d'un ton amer.

— Il était de mon devoir de veiller sur elle, continua son beau-père.

— C'est vrai, concéda Tareq à la grande stupeur de Faye.

— Le jour où ma belle-fille vous a invité à passer la nuit avec elle, j'avais décroché le téléphone dans une autre pièce. Je dois dire que son audace m'avait estomaqué. Mais je me suis dit que vous ne refuseriez pas une telle offre.

— Quelle perspicacité ! railla Tareq.

Faye brûlait de honte et de colère. Pourquoi révélait-il la vérité ? Et surtout, pourquoi était-il prêt à payer autant pour la ramener avec lui en Angleterre ?

— A propos, j'ai investi l'argent que vous avez donné à Faye dans les affaires de la famille, poursuivit Percy. Si elle a essayé de vous faire croire que je l'ai dépouillée, c'est un mensonge, eut-il le front de soutenir. Eh bien, ma grande… Je suis sûr que Son Altesse est très occupée… Il est temps que tu ailles préparer tes bagages, non ?

— Vous avez accepté de vendre votre belle-fille, vous ne pouvez pas la racheter, dit Tareq entre ses dents.

— Pourquoi veux-tu que je rentre avec toi ? Tu ne t'es jamais intéressé à moi ! s'exclama Faye.

— Je ne laisserais pas mon pire ennemi dans ce pays de fous, déclara Percy avec arrogance. On m'a même volé mes bouteilles de whisky à l'aéroport !

— On ne vous a pas volé, coupa Tareq avec hauteur. Les visiteurs n'ont pas le droit d'apporter d'alcool, mais vous en trouverez dans tous nos hôtels.

— Ecoute, Faye, je sais que je n'ai pas été un bon beau-père pour toi, reconnut Percy avec impatience. Mais regarde les choses en face, tu ne m'as jamais aimé non plus. Et tu n'as aucune raison de rester ici à espérer qu'il te passera un jour la bague au doigt.

— En effet, répondit Tareq. Mon arrière-grand-père avait offert à son épouse un bijou en saphir pour leur mariage. Depuis ce jour, la femme du prince porte ce joyau à sa cheville à la place d'une bague.

— Tu vois ce que je veux dire, ma grande. Tu trouves ces coutumes normales, toi ?

Faye pencha la tête et regarda avec étonnement le bracelet à son pied. Sachant que Tareq adorait ce bijou, elle s'y était attachée, elle aussi — surtout depuis qu'il lui avait montré comment le défaire.

— Qu'est-ce que c'est que ce truc sur ta jambe ? demanda soudain Percy.

— Faye est ma femme, répondit Tareq d'une voix lasse.

— Bon sang ! Comment t'es-tu débrouillée, Faye ?

— Cela fait un an. Notre mariage était parfaitement légal, expliqua Tareq.

— Et moi qui croyais que c'était pour nous duper. Vous avez dépensé beaucoup d'argent pour Faye alors que vous auriez pu l'avoir pour rien !

Faye vit Tareq pâlir de colère. Il fit un pas en avant, les poings serrés, mais elle retint son bras à temps. Percy, qui avait pris peur, recula si vite qu'il percuta la table et tomba lourdement sur le sol, entraînant dans sa chute un vase qui se renversa sur sa tête.

— Si vous voulez un bon conseil, ne revenez jamais ici, s'écria Tareq.

— Au revoir, Percy, dit Faye sans regret.

— Latif ! Qu'on escorte cet individu jusqu'à l'aéroport !

Lorsque Percy eut disparu, ils regagnèrent leurs appartements.

— Pourquoi m'as-tu empêché de le frapper ? s'enquit Tareq en la prenant dans ses bras.

— Parce qu'il a dit que je ne l'avais jamais aimé. Entendre cette vérité m'a rendue assez coupable, tout à coup. Je me rends compte que c'est sans doute pour cela qu'il ne s'est jamais occupé de moi. Maintenant, je me demande si je reverrai Adrian un jour.

— Ne t'inquiète pas pour cela. S'il le faut, j'arracherai toute ta famille des griffes de ce monstre.

— Tu aurais pu me dire que cet anneau en saphir était plus qu'un bijou…

— C'est que je ne voulais pas te faire peur. Mais je dois aussi te rendre ton alliance. Elle avait appartenu à ma mère.

Apprendre qu'il lui avait donné la bague de sa mère, un an auparavant, la touchait infiniment.

— Je te demande pardon de ne pas avoir cru en ta sincérité.

— En t'invitant chez moi l'année dernière, je t'ai

donné une fausse impression. Tu vois, je n'imaginais pas une seconde que tu voudrais t'engager dans une relation sérieuse avec moi… Je savais que ton père allait bientôt mourir, et j'ai eu peur que tu ne disparaisses de ma vie. J'ai pris la décision de te proposer de venir à la maison, persuadée que c'était romantique…

— Je te crois. Ce soir-là, j'étais fou de rage à l'idée que tu ne ressentes pas les mêmes sentiments que moi. J'étais persuadé que je n'étais qu'un amant parmi d'autres, et que tu te distrayais temporairement avec moi. Alors que je t'aimais éperdument.

— C'est vrai ? murmura Faye.

— Je n'avais jamais connu l'amour auparavant, seulement le désir. Les femmes que je rencontrais ne s'intéressaient qu'au sexe et à l'argent. Comme je voulais juste m'amuser, ça ne me dérangeait pas.

— Je vois…

A vrai dire, elle préférait ne pas y songer. Comme s'il avait senti que ses propos l'avaient heurtée, il prit ses mains dans les siennes.

— Je n'en suis pas fier. Quand je t'ai rencontrée, tu m'es apparue comme un ange. Cependant, je souhaitais mieux te connaître avant de te parler d'amour et de mariage.

— Je comprends.

— Le second mariage de mon père m'a fait beaucoup réfléchir. J'ai compris que l'homme le plus raisonnable pouvait être dupé par une femme.

Il posa les mains de chaque côté de son visage et se pencha pour lui parler.

— J'ai commis une erreur plus grave que celle de mon père en refusant de t'écouter.

— Ce n'est pas ta faute : Percy s'est joué de nous !

— Si, c'est ma faute. Je ne me suis pas douté un seul

instant que tu croyais que notre mariage n'en était pas un. Je t'ai attendue vingt-quatre heures à l'ambassade.

— Oh ! non !

— Quand je suis rentré chez moi, je n'ai dit à personne que je m'étais marié, pour la simple raison que je n'avais pas de femme à présenter ! J'ai refusé de prendre contact avec toi, par orgueil. Et puis, après la mort de mon père et l'accident d'avion, mon ressentiment à ton égard s'est transformé en fureur.

— C'est pour cela que tu as voulu te venger.

— J'avais juste besoin d'un prétexte pour te revoir sans avoir à admettre que tu me manquais désespérément. Lors de notre rencontre, au palais de Haja, j'ai compris que tu ignorais que nous étions mariés. J'étais stupéfait ! Le jour où tu t'es enfuie avec Omeir, j'ai eu si peur de ne pas réussir à te retrouver avant que la tempête de sable ne s'abatte sur toi que j'ai compris que je t'aimais toujours.

Ces mots furent une source de joie indicible pour Faye.

— Malheureusement, tu ne m'apprécies qu'en tant qu'amant, la taquina-t-il. C'est la première fois que l'on me blesse avec un compliment.

— Je suis folle de toi et tu le sais. Je regrette d'avoir été insupportable, ajouta-t-elle, contrite.

— J'ai été bien pire. Et j'ai vraiment eu peur que tu ne partes… Je suis heureux avec toi. Tu es faite pour moi.

— C'est toi qui es fait pour moi ! A ce propos, Tareq, quand est-ce que nous aurons un enfant ? demanda-t-elle avec une assurance qu'elle ne se connaissait pas.

— Dans quelques années peut-être, suggéra-t-il. J'ai bien conscience qu'à vingt ans, tu as déjà la charge de trois enfants.

— Je les aime tant ! Et je serais heureuse d'avoir un bébé.

— Je ne veux pas me montrer égoïste. Ces dernières semaines, je n'avais pas la moindre idée que tu t'occupais des enfants. En fait, je ne voulais te partager avec personne.

— C'est pour cela que tu ne me parlais jamais d'eux ?

— Je ne voulais pas que tu prennes peur ! Je suis très heureux que tu leur sois attachée, mais ce n'est pas pour ça que je t'aime.

— Je t'aime tant, susurra-t-elle en passant la main dans les cheveux de son mari.

— Moi, le vilain crapaud ? demanda-t-il, l'air malicieux.

Voyant la mine réjouie de Faye, il l'enlaça avec tendresse.

— Il arrive parfois que les crapauds se transforment en princes. Si c'est ton cas, je te préviendrai, c'est promis ! dit-elle en riant.

Dix-huit mois plus tard, Faye installait son fils dans son landau, à l'ombre des arbres.

L'arrivée du petit prince Asif avait été une heureuse surprise pour ses parents. Ils avaient d'abord prévu d'attendre un an avant de concevoir un enfant, mais une croisière sur le voilier de Tareq au large des Caraïbes avait eu raison de cette résolution.

Asif s'étira dans son sommeil, ouvrit un instant ses grands yeux bleus, avant de se rendormir en souriant. Basma et Hayat barbotaient dans la fontaine en riant de bon cœur. Faye qui n'avait jamais été aussi heureuse les souleva en même temps tout en écoutant Rafi lui raconter sa journée à l'école. Avec tant d'aide et tant d'espace à sa disposition, s'occuper de quatre enfants était loin d'être le fardeau que Tareq redoutait.

Adrian, Lizzie et les enfants étaient venus passer une semaine avec eux, un mois auparavant. Le frère de Faye travaillait à présent pour Tareq à Londres et son nouvel emploi était taillé sur mesure pour lui. Aux dernières nouvelles, Percy s'était lancé avec succès dans la spéculation immobilière.

Laissant les nurses s'occuper du repas des enfants, Faye alla prendre une douche. Au moment où elle sortit de la salle de bains, enveloppée dans une grande serviette, Tareq entra dans la chambre.

— Tu arrives toujours au bon moment, annonça-t-elle en souriant.

— Une coïncidence, d'après toi ?

— Pas quand c'est la troisième fois en quelques jours.

— La vérité, c'est que nous ne formons qu'un seul esprit, dit-il.

— Et le corps dans tout ça ?

— Où avais-je la tête ?

Il ponctua sa phrase d'un baiser, puis l'enlaça passionnément. Et cette étreinte en disait plus long que tous les mots.

Retrouvez prochainement,
dans votre collection

DIADÈME

Le pari d'un milliardaire, de Kate Hewitt - N°16

SÉRIE : LA COURONNE DE SANTINA

Quand Ben Jackson, le célèbre milliardaire, la met au défi de participer à un ambitieux projet caritatif, Natalia sait qu'elle tient une occasion de prouver qu'elle n'est pas une héritière capricieuse. Pour une fois, elle sera digne de son titre de princesse de Santina ! Et elle effacera, sur le visage de Ben, ce sourire narquois qui l'irrite tant. Même si travailler avec cet homme arrogant sera pour elle une véritable épreuve…

La fierté d'un héritier, de Caitlin Crews

Épouser Rafe McFarland, l'ombrageux et richissime duc de Pembroke, et lui donner un héritier, c'est la seule issue qui s'offre à Angel si elle veut payer les dettes de sa mère. Un arrangement où l'amour n'entre pas en ligne de compte. Et pourtant, dès la première nuit qu'elle partage avec Rafe, Angel sent une étrange émotion la gagner. Qu'adviendra-t-il si elle tombe amoureuse de cet homme ténébreux ?

Désir sous le soleil, de Janice Maynard - N°17

En voyant Maria tomber sous le charme de Gabriel Montoro, l'un des plus redoutables play-boys de Miami, Alex sent une émotion inconnue naître en lui. Ce mélange de douleur et de colère… de la jalousie ? Un sentiment malvenu, car l'importante mission qui l'a conduit auprès de la famille royale lui interdit la moindre distraction. Maria lui est défendue, il n'a donc plus qu'à s'y faire… ou à briser toutes les conventions pour la faire sienne.

Le choix d'Aleksandra, de Jennifer Hayward

Princesse ou roturière ? Depuis qu'elle a découvert que son père était le roi d'Akathinie, Aleksandra ne sait que faire. Rester auprès de sa mère ou prendre ses fonctions de princesse, comme le lui ordonne Aristos – le premier conseiller de la couronne ? À écouter cet homme impitoyable, elle pourrait goûter à l'existence dont elle rêve ! Une vie bien éloignée de celle qu'elle connaît actuellement, et qui lui ferait surtout côtoyer le ténébreux Aristos…

Chantage princier, de Penny Jordan - N°18

Épouser Luc D'Urbino, prince de S'Antander ? Huit ans plus tôt, cela aurait ravi Catherine. Folle amoureuse, elle s'était jetée dans ses bras, pour le regretter amèrement ensuite. Car Luc l'avait rejetée, aussitôt après l'avoir mise dans son lit ! Humiliée, elle n'avait eu d'autre choix que de fuir. Seulement voilà, l'homme qui l'a tant fait souffrir exige aujourd'hui qu'elle devienne sa femme et lui donne un héritier !

Le seigneur du désert, de Susan Mallery

Amoureux de Liana, une jeune Américaine, le prince Malik l'enlève, persuadé qu'elle ne résistera pas longtemps à la force de son désir… Peu à peu, en effet, Liana se laisse séduire et finit par accepter de suivre Malik dans le désert où une fête a été organisée à son intention. Sans se douter qu'elle va, à son insu, participer à son propre mariage…

RESTEZ CONNECTÉ AVEC HARLEQUIN

Harlequin vous offre un large choix de littérature sentimentale !

Sélectionnez votre style parmi toutes les idées de lecture proposées !

www.harlequin.fr

- **Découvrez** toutes nos actualités, exclusivités, promotions, parutions à venir...
- **Partagez** vos avis sur vos dernières lectures...
- **Lisez** gratuitement en ligne
- **Retrouvez** vos abonnements, vos romans dédicacés, vos livres et vos ebooks en précommande...

L'application Harlequin

- Des **ebooks gratuits** inclus dans l'application
- **50 nouveautés tous les mois** et + de 7 000 ebooks en téléchargement
- Des **petits prix** toute l'année
- Une **facilité de lecture** en un clic hors connexion
- Et plein d'autres avantages...

Téléchargez notre application gratuitement

Télécharger dans l'App Store — DISPONIBLE SUR Google Play

SUIVEZ-NOUS !

facebook.com/HarlequinFrance
twitter.com/harlequinfrance